第五辑

中国生肖诗歌大典

Zhongguo Shengxiao Shige dadian

主编 杨吉成
卷九·申猴卷 卷十·酉鸡卷

申猴卷
酉鸡卷

四川出版集团
巴蜀书社

图书在版编目(CIP)数据

《中国生肖诗歌大典》/杨吉成主编. —成都:巴蜀书社,2013.6
ISBN 978-7-5531-0230-6

Ⅰ.①中… Ⅱ.①杨… Ⅲ.①古典诗歌–鉴赏–中国
Ⅳ.①I207.2

中国版本图书馆 CIP 数据核字(2013)第 069512 号

《中国生肖诗歌大典》(精装、全六册)
主编　杨吉成

策划编辑	施　维	
责任编辑	陈　红　童际鹏　张照华　张红义　张　亮　肖　静	
	王群栗	
出　　版	四川出版集团巴蜀书社	
	成都市槐树街2号　邮编610031	
	总编室电话:(028)86259397	
网　　址	www.bsbook.com	
发　　行	巴蜀书社	
	发行科电话:(028)86259422　86259423	
经　　销	新华书店	
印　　刷	四川省南方印务有限公司	
照　　排	成都勤慧彩色制版印务有限公司	
版　　次	2013年6月第1版	
印　　次	2013年6月第1次印刷	
成品尺寸	170mm×240mm	
印　　张	77.5	
字　　数	1540千	
书　　号	ISBN 978-7-5531-0230-6	
定　　价	300.00元(精装、全六册)	

本书若出现印装质量问题,请与印刷厂联系

《中国生肖诗歌大典》第五辑 目录

申猴卷目录

金猴腾跃过瑶池 / 002

古代涉猴诗

小雅·鱼藻之什·角弓	/ 012
九章·涉江（摘录） 战国·楚·屈原	/ 013
招隐士（摘录） 西汉·淮南小山	/ 014
九思·悼乱（摘录） 东汉·王逸	/ 015
果然赋（摘录） 三国·魏·钟毓	/ 016
白猿赞 晋·郭璞	/ 017
行者歌 南朝·梁·民歌	/ 018
石塘濑听猿 南朝·梁·沈约	/ 018
赋得夜猿啼 南朝·陈·萧诠	/ 019
辽东山夜临秋 唐·李世民	/ 020
留题云门 唐·萧翼	/ 021
送张四 唐·王昌龄	/ 022
卢溪主人 唐·王昌龄	/ 022
早发白帝城 唐·李白	/ 023
猿 唐·杜甫	/ 024
从人觅小猢狲许寄 唐·杜甫	/ 025
临湖亭 唐·裴迪	/ 025
溪行逢雨与柳中庸 唐·李端	/ 026
寄四明山子 唐·施肩吾	/ 027
秋夜山中赠别友人 唐·施肩吾	/ 027
送客之蜀 唐·杨凌	/ 028
巴江夜猿 唐·马戴	/ 029
失猿 唐·李商隐	/ 029
猿 唐·段成式	/ 030
放猿 唐·许浑	/ 031
咏猿 唐·周朴	/ 032
猿 唐·张乔	/ 032
猿 唐·徐夤	/ 033
猿 唐·曹松	/ 034
和修睦上人听猿 唐·李咸用	/ 035

长安里中闻猿	唐·吴融 / 036	题山月猿图	明·释恕中 / 060
忆猿	唐·吴融 / 037	题周进士古木清猿图	
雪夜听猿吟	唐·顾伟 / 037		明·黄玄 / 060
黄藤山下闻猿	五代·韦庄 / 038	月岭猿啼	明·叶颙 / 062
放猿	五代·王仁裕 / 039	题画	明·李东阳 / 062
遇放猿再作	五代·王仁裕 / 040	题水底猿捉月图	明·樊甫 / 063
放猿	五代·吉师老 / 041	竹枝词	明·杨慎 / 064
次韵三司蔡襄獐猿	宋·赵抃 / 041	江猿	明·薛蕙 / 065
酬李公择谢予赠范李猿獐		神猴赞	明·吴承恩 / 065
	宋·郭祥正 / 042	竹枝词	明·王叔承 / 066
咏杨高品马厩猢狲		忆事	明·沈泰鸿 / 067

古代涉猴词曲

	宋·梅尧臣 / 043	望江南	五代·陈朴 / 068
题吴处士猿獐图	宋·黄庭坚 / 044	太常引·仲履席上戏作	
观易元吉獐猿图歌	宋·秦观 / 045		宋·李伯虎 / 069
谢人寄小胡孙	宋·韩驹 / 047	兰陵王·题笔架山	
怀傅茂元	宋·刘子翚 / 048		宋·白玉蟾 / 070
题易元吉獐猿两图（二首）		水龙吟·采药径	宋·白玉蟾 / 072
	宋·范成大 / 048	菩萨蛮·送刘贵伯	
听猿	宋·白玉蟾 / 049		宋·白玉蟾 / 073
三峡吟	宋·徐照 / 050	水调歌头·自述	宋·白玉蟾 / 074
猿皮	宋·徐照 / 051	鲁大夫秋胡戏妻	元·石君宝 / 076
题獐猿图	金·党怀英 / 051	西游记（摘录）	元·杨景贤 / 077
惠崇獐猿图	金·元好问 / 052	龙济山野猿听经	元·无名氏 / 078
猿鹿图	元·牟巘 / 053		

古代涉猴赋

胡孙图	元·牟巘 / 054	王孙赋	东汉·王延寿 / 084
画猿	元·刘因 / 054	猕猴赋	晋·阮籍 / 087
孝猿图	元·程钜夫 / 055	常山王九命文	
猿	元·宋无 / 055		南朝·宋·袁淑 / 091
獐猿图	元·袁桷 / 056	玄猿赋（并序）	唐·吴筠 / 092
林高士隐居	元·黄庚 / 057	白猿赋（并序）	唐·李德裕 / 096
画猿	元·虞集 / 058		
题猿图	元·马祖常 / 058		
题猿	元·李祁 / 059		

酉鸡卷目录

鸡鸣天下话生肖 /104

古代涉鸡诗

国风·郑风·女曰鸡鸣		/115
国风·郑风·风雨		/116
国风·齐风·鸡鸣		/117
九章·怀沙（摘录）	战国·楚·屈原	/118
卜居（摘录）	战国·楚·屈原	/119
九辩（摘录）	战国·楚·宋玉	/120
歌	西汉·枚乘	/121
"归妹"之"无妄"	汉·焦赣	/122
"巽"之"遁"	汉·焦赣	/122
鸡鸣歌	汉·无名氏	/123
斗鸡诗	三国·魏·应玚	/123
斗鸡	三国·魏·刘桢	/124
斗鸡篇	三国·魏·曹植	/125
长鸣鸡赞	晋·湛方生	/126
鸡鸣篇	南朝·梁·刘孝威	/126
正旦春鸡赞	南朝·梁·刘孝威	/127
咏老败斗鸡诗	南朝·梁·周弘正	/128
斗鸡	南朝·梁·萧纲	/129
斗鸡	南朝·陈·徐陵	/130
看斗鸡	北朝·周·王褒	/130
斗鸡	北朝·周·庾信	/131
斗鸡东郊道	南朝·陈·褚玠	/132
鸡鸣篇	隋·岑德润	/132
咏寒食斗鸡应秦王教	唐·杜淹	/133
缚鸡行	唐·杜甫	/134
咏鸡	唐·杜甫	/134
闻鸡赠主人	唐·李益	/135
斗鸡联句	唐·韩愈 孟郊	/136
致酒行	唐·李贺	/137
南朝	唐·李商隐	/139
饮席戏赠同舍	唐·李商隐	/140
寄令狐学士	唐·李商隐	/141
赋得鸡	唐·李商隐	/142
咏山鸡	唐·温庭筠	/143
商山早行	唐·温庭筠	/144
鸡鸣曲	唐·陈陶	/145
仙人词	唐·陈陶	/146
鸡鸣	唐·汪遵	/146
鸡	唐·徐夤	/147
鸡	唐·崔道融	/147
晨鸡	唐·刘兼	/148
早行遇雪	唐·石召	/149
近诗	唐·奚锐金	/150
僧爽白鸡	宋·苏轼	/151
太湖沿檄西源道即事	宋·程俱	/151
早行	宋·刘子翚	/152
饮酒西岩	金·蔡松年	/152

仙鸡诗	金·元德明	/ 153
晓枕	南宋·范成大	/ 154
九曲棹歌	南宋·朱熹	/ 155
和筹堂途中即事	金·李俊民	/ 155
和黄景杜雪中即事		
	元·赵孟頫	/ 156
小游仙	元·杨维桢	/ 157
斗鸡行	元·杨维桢	/ 158
登师山诸生有书	元·郑玉	/ 158
金鸡山	元·贡师泰	/ 159
题钱舜举画鸡	元·丁复	/ 159
杂兴	元·周权	/ 160
鸡鸣歌	明·释道衍	/ 160
鸡鸣歌	明·高启	/ 161
马氏东轩	明·高启	/ 162
鸡雏	明·瞿佑	/ 162
斗鸡	明·瞿佑	/ 163
钱舜举画花石子母鸡图		
	明·王淮	/ 164
题画	明·沈周	/ 165
为张固写鸡	明·沈周	/ 165
画鸡	明·吴宽	/ 166
郊行	明·庄昶	/ 166
题金鸡报晓图（三首）		
	明·唐寅	/ 167
途中	明·陆深	/ 168
赠致政司谏刘后峰		
	明·李开先	/ 168
鸡	明·俞允文	/ 169
斗鸡图	明·周天球	/ 169
宿太华山寺	明·张佳胤	/ 170
题山鸡	明·王世贞	/ 170
田家即事	明·唐时升	/ 172

泖上嘲吴凝父	明·范汭	/ 172
鸡鸣	清·钱澄之	/ 173
刘越石闻鸡处	清·宋琬	/ 173
鸡鸣曲	清·蔡衍鎤	/ 174
缚鸡行	清·曹复元	/ 175
鸡鸣歌	清·潘德舆	/ 175
午鸡	清·姚潛昌	/ 176

古代涉鸡词曲

凤归云	宋·柳永	/ 177
渔家傲	宋·王安石	/ 178
踏莎行·阳羡歌	宋·贺铸	/ 179
清平乐	南宋·辛弃疾	/ 180

古代涉鸡赋

斗鸡赋	晋·傅玄	/ 182
山鸡赋	晋·傅玄	/ 183
长鸣鸡赋	晋·陆善	/ 184
长鸣鸡赋	晋·习嘏	/ 184
山鸡赋	南朝·宋·刘义庆	/ 185
鸡九锡文	南朝·宋·袁淑	/ 186
木鸡赋	唐·浩虚舟	/ 187
鸡鸣赋	宋·张耒	/ 191
鸡鸣赋	元·胡炳文	/ 193
鸡子赋	元·涂几	/ 196

古代涉鸡文

书博鸡者事	明·高启	/ 202
书鸡鹤事	明·王世贞	/ 203

编后记 / 205

中国生肖诗歌大典

第五辑（卷九）

申猴卷

陈述爵　主编

金猴腾跃过瑶池

生肖中的猴

成书于两千多年前的《日书》，于1975年在湖北云梦县睡虎地秦墓中发现，根据书中所载，我们可清楚地知道，至少在战国时期，我国就已把"猴"与纪年时用的十二地支符号联系在一起了。其系列是：子鼠、丑牛、寅虎、卯兔、辰（空位无对应物）、巳虫、午鹿、未马、申环（环与猿古音相近，即是"猿"）、酉水、戌老羊、亥豚。到了东汉，在王充的著作《论衡·物势》篇里又出现了这类系列，只是"午鹿"改成了"午马"，这是否由于秦赵高"指鹿为马"造成的既成事实，尚有待考证。《韩非子》说"卫嗣君云：'夫马似鹿者千金。'"或由此而以马代鹿。这个系列让辰与龙、巳与蛇、未与羊、酉与鸡、戌与犬相连定位。在十二生肖中"猴"排第九，"老九"就不能走了；配地支为申，所以王充说："申，猴也。"有人想象，"申"在甲骨文中也许是刻画为两个母猴相对而立的形状。

十二生肖首见于文学作品的，是南朝刘宋的沈炯之作《十二神诗》。它们见于雕塑的形象，则应是汉代之后的十二生肖陶俑和石兽。前者为十二个人身形却各长着一个生肖的头，如猴头人、鸡头人等；后者为十二个怪兽的身形却各长着一个生肖的头，如猴头兽、鸡头兽等等。这"十二神"各轮值一年，周而复始。到了南北朝时期，把十二生肖用作人们的属相，已经流行起来，这在《南齐书》和《周书》中已有记载。于是任何年份出生的人都会附上一个"生肖印记"。

总之，由于猴子被列入生肖文化，它同人们的关系就近了一层。如果每年出生的人口一样多，那么，每十二个中国人里，就会有一位属猴的人在社会上活动。

古往今来，我国属猴的人，栖身于成就突出的文艺家之林，可谓不胜枚举：曹操之子"七步成诗"的曹植，属猴；唐代古文运动的倡导者韩愈及著名诗人戴叔伦，属猴；宋代著名诗人苏舜钦、文天祥，大词人辛弃疾，著名词人周邦彦、张炎等，都属猴；明代著名作家杨维桢等也属猴。现代著名小说家、散文家和文学批评家茅盾，著名诗人徐志摩，著名小说家、散文家郁达夫，著名戏剧家陈白尘，著名文艺批评家周扬等也都属猴。

现在社会上流行一种预测学，将十二生肖与人的性格、命运联系起来，比如说申（猴）年生的人，才智高且具优秀的头脑；活泼好动，好竞争；心计较深，但有侠义心肠；反应快，能见机行事；善解人意，社交手腕高明；能很快与别人打成一片，但不喜欢被人控制；喜爱追求新鲜事物；聪明、机智、创新有才华；能言善辩，有较强的自我表现欲，非常适合演艺和推销工作；如此等等。这显然是以猴子作为原型演绎出来的结论。那些相学家竟把空中楼阁的属相猴，与有血有肉的人附会成一体了。不过，在文化多元的今天，这也侧面地充实了猴文化的民俗内容。

猴的方方面面

猴是灵长类哺乳动物，长期以来被视为人类的祖先。通身透着机灵活泼，滑稽有趣，所以人们都挺喜欢猴。古人还曾经将猿猴分为许多种类，也列出许多不同的名称，如狙、猱、沐猴（猕猴）、猢狲、犹、猩猩、猨狖、山魈、狒狒、马留、马化、如拳等等。

善于形象思维的中国人，早在三千多年前，就把猴的形象录进了象形字，甲骨文里有个"夒"字，活像一只跳跃的猴子。后起的"猴"，是个形声字，"犭"的左旁表示它属于兽类，注音的右文就是"侯"，也同"候"。"候"的原义为"伺望、观察"，是猴性机灵聪明的一种表现。汉代《白虎通》说："猴，候也；见人设食伏机，则凭高四望，善于候者也。"也就是说，猿猴生性聪明警觉，善于识别猎手的诱饵，发现食物并不轻易去取，观望探察甚久，感到确实没有埋伏方才采取行动。

"侯"，是对猴的美称，引申为一种美。《诗经·羔裘》上有"羔裘如濡，洵直且侯"的句子，注家解释说，"侯"就是美的意思。古代贵族爵位的第二等，是所谓"公、侯、伯、子、男"中的"侯爵"。这个字又泛指封有爵位的地方君主，如春秋战国时期的列国诸侯。秦汉时代，封侯拜相成为大丈夫的追求，于是使"猴"增添了升官进爵的象征意义。

　　以"侯"为姓，相传出自黄帝时的史官仓颉，本为侯冈氏，后简称侯姓。史载，春秋时晋国有侯氏。战国时魏国有著名的隐士侯嬴，曾帮助信陵君窃符救赵。汉代有大司徒侯霸，唐代有宰相侯君集，明末有才子侯方域，现代有著名相声大师侯宝林。

　　猴的雅号很多。《楚辞》里出现"狝猴"之称，三国魏阮籍撰有《狝猴赋》，亦曾沿用此名。《山海经》和《吕氏春秋》上多称其为"猨"；《抱朴子》中称之为"猿"；到了晋代文学家傅玄作《猿猴赋》时，因有"戏猴而纵猿"之句，猴和猿似乎成了两种动物，其实在古人心目中，猿和猴都可称为"猨"。与"猿"字为声的"袁"，极像猿猴形状，连尾巴都画出来了，故《吴越春秋》传说中的白猿，常自称"袁公"。

　　"袁"姓相传出自大舜的后代，春秋时陈国有上卿为袁氏，东汉时有流传甚广的"袁安卧雪"的故事，东汉末有曾同曹操争霸的袁绍和袁术，唐代有宰相袁智弘，明代有号称"公安派"的文学家袁宗道、袁宏道、袁中道，清代有著名诗人《随园诗话》的作者袁枚。

　　古籍中又有狙（一种狝猴）、狒、狖（金丝猴）、猢狲、猱（猿类）、獑胡（狝猴的一种）、猩猩、狌（声如小儿的猩猩）等，都可作猴的外号。

中外猴文化

　　中国的"猴文化"，被"图腾文化"包容着。在汉族居住的广大中原地区，对这种图腾文化的原生理念虽已逐渐淡化，但仍不难找到崇猴、敬猴的痕迹。

　　最典型的民俗文化遗存，如在河南省的淮阳，每年农历二月二到三月三的"初祖伏羲"朝拜会上，会有一种叫"人祖猴"的泥塑玩具大量出售。造型犹如一尊神，头戴冠冕，威严庄重；猴体下部皆绘有生殖符号，被当地人尊崇为人类始祖偶像。

河南浚县大山上，除有巨型泥塑彩绘生肖猴神外，所有寺院的石雕栏柱上均有不同造型的石猴，一年一度的正月庙会上，还会出售大量泥猴玩具，大家尊称它为"灵猴"。

南阳盆地方城的小顶山，每年农历三月三亦有庙会，会上出售一种石雕"小石猴"，当地人俗称"好时候"（谐音），香客们踊跃购买，作为一种吉祥物。南阳伏牛山一带山林茂密，经常有猕猴出没，当地人习惯供奉猴神，希望他管好那些猴子猴孙，不要骚扰民众。南阳镇平的玉雕饰品中，多有猴子造型，取"多子丰产"的吉兆；民间玩具中，更多有木制的"猴子耍刀""猴子爬杆"等制品，十分有趣。

在民间艺术方面，猴子的绘画和剪纸也较普遍，尤其是遇到猴年，人们多半想到用"侯"的谐音讨个吉利。例如，画一匹马，背上驮一只猴子，再加上一只或数只蜜蜂，利用它们的谐音，象征"马上封侯"之意；画一只猴子爬到树上，旁边再加一只蜜蜂，树的下面是一头跪着的象，则其取意就是"封侯拜相"；画一棵树，猴子正在捅那树上的马蜂窝，树下又站着一头鹿，那么取意就变成了"封侯得禄"；画一棵树，树枝上挂一枚印，猴子爬到树上摘印，还有蜜蜂在飞，显然取意便成了"封侯挂印"。反正万变不离其宗，围绕着"侯"在做文章。如果画两只猴子手捧桃子作献礼之状，不用说，那就是"猕猴献寿"了；比较耐人寻味的是，画一只小猴骑在大猴背上，最好再加一点蜜蜂，其取意为"辈辈封侯"，嘿！这样一来便创造长效机制了。

遇到猴年，民间经常制作一些伴有福、禄、寿、禧、吉祥、如意字样的猴子图案，以图吉利。如果有人在猴年结婚，那么在双喜字上加贴猴子剪纸，就更增加了一些逗乐的趣味。

我国有些少数民族，至今还尊猴子为"祖神"，似乎他们早就明白了"从猿到人"的生物进化史。比如藏族，古称吐蕃，在《西藏图经》里就记载着藏族先民以猴为祖图腾；《唐书》《资治通鉴》记述了古代吐蕃人，有着"纹猴面"的习俗；藏族古籍《西藏天统记》中，直言不讳地载有先祖为猕猴所变的神话；至今藏族盛大庆典"跳神"仪式中，仍然保留着头戴猴王面具的舞蹈者。

西南地区往往有一些崇猴氏族，如彝族即称拜猴为"阿奴普"；傈僳族也有拜猴风俗，称为"弥扒"；生活在云南澜沧江、怒江上游的怒族也崇猴，称为"斗华苏"。居住在云南西双版纳、景洪的克木人都崇拜猴子，严禁捕捉，更不能食用。广西南丹县的瑶族，直称其原始祖妣为"母猴"；土家族、羌族的古老传说中，也都有崇猴的影子在幢幢往来。

如果我们放眼世界，就会提出一个问题：中华民族有十二动物纪年法，西方人还有没有？如果有，其中有没有猴子的踪迹？这个问题，不少研究者已经作了回答。远古的巴比伦，就有以猫、狗、蛇、蜣螂、驴、狮、公羊、公牛、隼、猴、红鹤、鳄"十二兽纪日法"，猴占一席之地。元代人发现，真腊（今柬埔寨）亦有十二兽纪年法，其中也有调皮的猢狲。

现代欧洲人的生肖，并不是十二兽，而是沿着黄道的十二星座：白羊、金牛、双子（孪生子）、巨蟹、雄狮、处女、天秤、蝎子、人马（护卫）、摩羯（白山羊）、宝瓶（神话里的山中人精）、双鱼。很遗憾，里面没有猴子的座位。

世界上能够与中国生肖文化相媲美的，恐怕只有印度。印度人所讲的十二生肖动物，是十二位印度神将所驾驭的禽兽。它们依次是：招杜罗神将驾鼠，毗羯罗神将驾牛，宫毗罗神将驾狮，伐折罗神将驾兔，迷企罗神将驾龙，安底罗神将驾蛇，安弥罗神将驾马，珊底罗神将驾羊，因达罗神将驾猴，波夷罗神将驾金翅鸟，摩虎罗神将驾狗，真达罗神将驾猪。这与华夏十二生肖非常近似，其中有猴。有人认为，这说明印度人能够比较平等地看待动物，包括猿猴在内，而且还表明印度人想象力很强，善于编故事，因为每位神将和他的坐骑来历，多多少少都有一些故事情节涵盖其中。同时，在印度的寓言、史诗、戏剧、绘画和雕塑中，也有着丰富多彩的猴子形象频繁出现，它们通过佛教文化深深地影响了我国。

生物学中的猴

猴是一种群居的动物。据生物学家的长期观察，猴子组成的社会，有它自己的秩序，常常推年高德劭者为猴王，作为统治群猴的霸主。但猴王年纪太大或脾气不好，有时也会受到罢免。报载北京八达岭野生动物园的群猴，不仅把一只老猴王罢免，而且将它咬成重伤，后来又有一新猴王坦然继位。

猴子是颇为自私的动物。每只猴都有颊囊（脖子下面的口袋），吃不完的东西就藏在里面，但决不分给其他伙伴。有时为了抢夺食物，彼此互相追打，吱吱乱叫，根本不知道谦让。

猴子是调皮好动的动物，自古被视为聪明伶俐的样板。在动物园看猴子，很少见到它安静不动的样子，有时它还喜欢模仿人的动作。猴捉虱子是人之所常见，其实它们身上并没有那多虱子。据生物学家观察，原来猴子皮肤上附有一种分泌物的结晶体，略带咸味，猴子把它找出来放入口中，就像人们嗑瓜子一样，嚼得津津有味，也算是一种闲趣。不过，这种捉虱子的动作，往往能给小猴子提供溜须拍马的机会。给猴王捉虱子，显然带有巴结上级的意味。不过，母猴也常给小猴捉虱，那就体现出高尚的母爱了。

从生物学角度说，猿猴与人类被划分在同一类目——灵长目中，属于"近亲"，通俗一点说，人就是猴子变的，达尔文大师也这样认为。

但是，猿猴毕竟是猿猴，人类的高速发展、进化，早已远远超过了它们，还遏制了它们的发展，使它们丧失了再度进化为人类的机会。现在，基于人类的原因，猴儿们赖以生存的自然地盘已逐渐缩小，食物短缺。不仅如此，还不时遭到"近亲"人类的捕杀，其处境每况愈下：要么沦落为被饲养的对象，供人类取乐；要么沦落为被保护对象，在有限的空间生存。我国自古有养猴专业户（如狙公），有街头卖艺的耍猴人，也有以吃猴脑为荣的美食家，还有些猴子成了现代科学的实验品。不过到了今天，愈来愈多的人，已经意识到保护猿猴的重要意义，并积极付诸行动。

文艺系列中的猴

艺术作品里边的猴，更加惹人注目。与猴有关的画，有唐代画家梁令瓒的《五星二十八宿神形图》，其中岁星猿神端坐在奔兽之上；宋代画家易元吉的《聚猿图卷》，描绘众猴在林间戏耍，神情各异，曲尽其妙；南宋无名氏的《猿鹭图》更是传世之作，画面为宫扇形式，绢本设色。图中古松缠藤，一只长臂猿正在抓一只白鹭，而旁边另有一只白鹭神情紧张，绘形传神，给人艺术美的享受。

民间艺术中的年画，也不乏猴的形象。如《猴子抢草帽》，画着一位老汉，挑了一担草帽过山，一群猴子开他的玩笑，抢走那些草帽，表现出猴的调皮性格。《扛箱官》画表现的是，几个猴子簇拥着一个戴官帽的老猴，寓意加官进爵。与前面所说的《马上封侯》《辈辈封侯》含有同样的意义。民间剪纸中，则有《猴子捞月》《众猴献寿》等，充满了生活情趣。过去还有专门铸造的生肖猴钱币，供小儿佩戴，用来厌胜辟邪。

至于与猴有关的体育项目，最突出的就是"猴拳"。三国时的名医华佗首创的"五禽戏"即"一虎、二鹿、三熊、四猨、五鸟"中，第四个"戏"（运动）就是"猴"。人学猴的动作锻炼，以达到强身健体的目的。后人在此基础上，进一步创造出一套完整的"猴拳"。

在戏剧领域里，由猴扮演的"猴戏"，出现时代较早，早在晋代傅玄《猨猴赋》即有"戏猴而纵猨"之语；南朝梁时亦有"弥猴幢伎"之说。真正的表演恐怕是在唐代，艺人指挥已驯服的猴子做穿衣、脱衣、翻筋斗、骑羊奔走等动作，配合猴子一起表演的，还有羊、狗、熊等动物。《避暑录话》说："唐故事，学士礼上，例弄猕猴戏，不知何意。"《幕府燕闲录》说："唐昭宗播迁，随驾有弄猴者，猴颇驯，能随班起居，昭宗赐以绯袍，号孙供奉。罗隐诗：何如学取孙供奉，一笑君王便着绯。"唐昭宗喜欢猴子，玩物丧志，封那个猴演员为"孙供奉"，结果丢了政权。后来朱温篡了位，把孙供奉引至座侧，那只猴子忽然号叫跳掷，自裂其衣，当即被朱温杀死，这只猢狲倒有灵性，没有辜负故主的一番蓄养。相传最早的猴戏公开表演，始于成都，其剧目"从侯侍中来"，表演的头一个节目就是"沐猴而冠"，让猴子演员自己戴上乌纱帽。有竹枝词描写其状："注目儿童合四周，铜钲鼓击闹稠稠。骑羊作马缘场走，冠戴朝衫笑沐猴。"

应该指出，当今"猴戏"一词，还专指戏剧中由人所扮演的猴子节目，如《西游记》里的孙悟空。演员模仿猴子的各种动作，绘声绘色，惟妙惟肖，非常精彩。

传统文辞里的猴

涉及猴的赋文、笔记、小说也为数不少。赋文中，值得一提的是西晋著名诗人傅玄的《猨猴赋》，通篇描述受人摆布的猨猴。《猨猴赋》以生动的笔触，描写猴子表演节目时的情景，绘形绘色，几乎足以在纸上跳跃："扬眉蹙额，若愁若嗔。或长眠而抱勒，或嚘咋而龃断；或颠仰而踟蹰，或悲啸而吟呻。"在傅玄的笔下，猴子是技艺高超的演员，逗人喜爱，但又相当可怜。张华的笔记体《博物志》、南朝宋小说名家刘义庆的《世说新语》、明代著名小说家吴承恩的巨著《西游记》里面都有猴子的形象。在《博物志》中，猴子成了"盗贼"和好色之徒；而《世说新语》中，刘义庆却给我们讲述了一个断肠猿的故事：当年东晋大将军桓温率兵进入蜀地，到了长江三峡，部队中有人在江岸上捉到一只小猿，那只母猿则沿着江岸追逐，一路狂奔，一路哀号，"行百余里不去"，最终跳入船上，气绝而亡。人们剖开母猿的腹部，只见它的肠子，已因过度悲痛而断成了一寸一寸。桓温当即下令，将那个逮到小猿的部下黜免了。在刘义庆的笔下，母猿成为爱子胜过自己生命的慈母，其悲惨遭遇真正令人唏嘘。

众所周知，《西游记》里塑造了"齐天大圣"孙悟空的形象，它由顽石化成神猴，拜师后神通广大，它居然敢于大闹天宫；后来与猪八戒、沙和尚一道护送唐僧去西天取经，一路斩妖除魔，历经八十一难，终成正果。在吴承恩的笔下，神猴成了正义的化身，美好的别名。如今孙悟空的形象，在中国早已家喻户晓，在国际上也颇具影响。

自佛教传入中国后，随着佛经的大量翻译介绍，印度的猿猴故事东来，融入了中国的猴文化，也影响了中国人对猿猴的看法。在印度人心目中，人与猿猴的界限十分模糊，故事里的猿猴，往往不乏高尚者和智慧者。

《六度集经》卷六记载：从前有一群猴子因天旱饥饿，猴王带着它们到国王的园子去吃果子，被国王的侍从包围。猴王把自己的肢体和树藤连在一起，让数百只猴子从身上通过，救了猴群，自己却耗尽体力，被国王捉住，死于非命。在该书卷五还载有一个猕猴救人的故事：一个人坠入深谷，猕猴将他背上平地。那人却想打死猕猴喝它的血。他用石头砸猕猴的头，血流遍地。猕猴却毫无憎恨之意，反而将他送上回家的路。显然，这里宣扬的是"以德报怨"的教义。

大约是受了这则故事的启发，明代宋濂《燕书》里创作了一则"衣冠禽兽"的寓言：有个叫西王须的人在山中迷路，被一只猩猩救助。后来他的友人来救他，他却想杀猩猩取血。友人谴责西王须："猩猩倒像是人，你却很像是个兽。"

元杂剧《龙济山野猴听经》，演绎了一个深山老猿，到寺庙听禅师讲经而修成正果的故事，宣扬佛的教化可使顽石点头，野猿成道。这些令人难忘的文辞，充分说明了中外文化的和融。

综上所述,"猴文化"包容着史前"图腾文化"的母题,有着极其悠久的历史渊源,是儒、佛、道相混合的一种民间信仰。它逐渐世俗化,饱含人情味。吴承恩在《西游记》中塑造的美猴王孙悟空的艺术形象,上可通天,下可入海,呼风唤雨,几乎无所不能,成为劳苦大众心中驱除邪恶的"保护神"。当人们的理想同封建统治发生矛盾时,孙猴子大闹天宫地府的造反精神,就成为庶民百姓宣泄不满情绪的平衡剂。毛泽东七律诗《和郭沫若同志》:"金猴奋起千钧棒,玉宇澄清万里埃。"对"金猴"的赞赏和评价,无疑是深有启迪。

古代诗歌里的猴

与猴有关的诗文,在中国第一部诗歌总集《诗经》里就有涉及。《小雅·角弓》吟唱道:"毋教猱升木,如涂涂附。君子有徽猷,小人与属。"这四句诗,翻译成现代汉语就是:别教猴子去爬树,好像用泥来涂附;国君如果有美德,百姓自然会依附。尽管这不是专门咏猴的诗,但它毕竟是我们今天所能见到的最早涉及猴的诗句,而且由此派生出成语"教猱升木",意思说猿猴爬树属其本能,毋须教它就会,这句话实际上比喻引导人去做坏事。

曹操《薤露行》里,有"沐猴而冠带,知小而谋强"的诗句,前一句直接引用"沐猴而冠"的成语;魏文帝曹丕《善哉行·上山采薇》则有"野雉群雊,猴猿相追"之句,后一句描写猿猴互相追逐戏耍的情景,虽说仅几个字,却给人以身临其境的感觉。建安七子之一的王粲《七哀诗三首》之二,用"流波激清响,猴猿临岸吟"写出猿猴临岸啼吟,以水声加以衬托,隐含一个"哀"字,令人如闻其声。西晋诗人刘琨《扶风歌》的诗句"麋鹿游我前,猨猴戏我侧",后一句写猿猴戏于身旁,让人如见其态,也突出了猿猴与"我"的亲近融洽,并以此反衬上文的悲情:"据鞍长叹息,泪下如流泉。"

唐诗中咏猴的诗句和篇章为数众多。根据清人所编的《全唐诗》来统计,诗题中出现"猿""猴""猱"三字的诗,共有57首。著名诗人李白、杜甫、白居易、韩愈、杜牧、李商隐等,均有咏猴的诗篇或诗句。其中杜甫的《猿》、杜牧的《猿》《伤猿》,周朴的《咏猿》等篇,都是名副其实通篇咏猿的诗作。就以周朴的《咏猿》为例,此诗是一首七言绝句,诗中交代了猿的出生地和迁徙之处,写半夜时分的猿,因为忆起它的"秋云伴",只有"遥隔朱门向月啼"。这一情景，既写其行，又状其声，更传其情，可谓是通篇咏猴的佳作。

唐代以后，咏猴的诗更多。在《全宋诗》中以"猿"或"猴"为诗题的共有112项。宋代颇具特色的诗句有：南宋著名诗人杨万里的"疗饥摘山果，击磬烦岭猿"（《清远峡四首》），"入山无路出无门，鸟语猿声更断魂"（《过五里迳三首》其三），"岳麓猿声里，湘流雁影边"（《送丁子章将漕湖南三首》其一）；通篇写猿猴的，则有南宋著名诗人范成大《猴马并引》。金代著名诗人元好问的"摩围可望不可到，青壁无梯猿叫绝"（《下黄榆岭》），元代诗人陈孚的"野猿忽跃去，滴下露千点"（《飞来峰》），明代诗人安磐的"峭壁断崖无鸟过，古藤昏树有猨哀"（《峡中》），皇甫涍的"猨鸣鹤以怨，岁暮何远为？"（《秋夜忆山中》），清代诗人曹申吉的"偶向潇湘听断猿，斑斑千载泣龙孙"（《楚南》），都很引人入胜。通篇描写猿猴的，有清代诗人王又旦的《自千尺嶂缘猢狲愁行》，刻画得非常生动。

本书集中选取了古代咏猴的精彩诗赋，供大家欣赏，其中不少深刻的内涵，更值得认真玩味。

古代涉猴诗

小雅·鱼藻之什·角弓

骍骍角弓①，翩其反矣②。兄弟婚姻③，无胥远矣④。尔之远矣，民胥然矣。尔之教矣，民胥效矣⑤。

此令兄弟⑥，绰绰有裕⑦。不令兄弟，交相为瘉⑧。民之无良，相怨一方。受爵不让⑨，至于己斯亡。

老马反为驹⑩，不顾其后。如食宜饇⑪，如酌孔取⑫。毋教猱升木⑬，如涂涂附⑭。君子有徽猷⑮，小人与属⑯。

雨雪瀌瀌⑰，见晛曰消⑱。莫肯下遗⑲，式居娄骄⑳。雨雪浮浮，见晛曰流。如蛮如髦㉑，我是用忧。

注释

①骍骍（xīng）：弓调得很好的样子。角弓：以角饰弓。②翩：反复调试状。何按：唐孔颖达疏："今北狄角弓，弛则体反。"清陈奂《毛诗传疏》："翩者偏之假借，古代弓劲，上弦时，弓的两头向弦而曲，去弦时，弓两头向反面而曲，此文指去弦时而言。"陈奂之释与孔疏义同。"角弓反张"一词即由此来。今亦有去弦时反张之弓。③婚姻：亲骨肉。《尔雅·释亲》："壻之父为姻，妇之父为婚……妇之父母、壻之父母相谓为婚姻。"④胥：互相。亦有

都,皆等义。下句"民胥"即用此义。⑤效:仿效。⑥令:和好之意。⑦裕:宽绰。⑧愈:本字为瘉。原意为"劳困之病"。按:《毛诗正义》及今人高亨《诗经今注》等,"愈"皆作"瘉",当改。⑨爵:爵位,官职。⑩驹:两岁以下小马。句意为老人反像小孩一样,所谓老还小,不懂事。⑪饫(yù):饱。⑫孔:很。取:从中取出。意思是取酒任其多少。⑬猱(náo):猴类,身体便捷,善于攀援。猱本会攀援,教猱升木(爬树),岂非多事?⑭涂涂:上字指涂料;下字指涂抹动作。附:附著。⑮徽猷:美德。猷,道。指修养、能力。《毛传》:"徽,美也。"《郑笺》:"猷,道也。君子有美道以得声誉,则小人亦乐与之而自连属焉。"⑯与属:依附。⑰瀌瀌(biāo):雨雪盛大貌。⑱晛(xiàn):太阳出现。⑲下遗:遗或同颓(tuí),柔顺貌。郑玄以为"遗读曰随(suí)",谦以下人之意。⑳式:用。娄:收敛。一说为屡,多有。㉑蛮、髦:即南蛮、夷髦。古代对西南少数民族的蔑称。

解 说

诗经中的"小雅",相当于小乐曲,共74篇,大部分是贵族作品,部分是民间歌谣。产生于西周末期与东周初期,其音调较轻快,反映的多是统治者昏暴、政治废弛、人民大众的悲怨和社会秩序比较混乱的情况,表现了对周室的趋于衰落的不安和忧虑。

本诗以角弓作比,认为反弦不善。《诗序》说是讽刺周幽王喜好谗佞,不亲九族而作。是反映统治阶级内部矛盾激化,国势日益衰微,士大夫讽刺其主子远骨肉、亲佞人的一首告诫诗。因为统治者内部矛盾重重,弟兄疏远,百姓就会远离仿效。告诫不要为了争夺爵位,贪恋官禄,结怨一生了。全篇共分四章,此处摘录其中的与猴有关的第三章。

猿猴一生下来就会爬树,意指国君有了美德,百姓自然会来依附。主子啊!应当谦虚礼下,戒其骄慢,如果不肯改过,那么看似雨雪满天飘,见了阳光将会化为水流,我为你这蛮夷的秉性不改变,真是忧心极了。本诗突出猿猴爬树的自然本性,说明君子重在修德,才会得到他的百姓拥护的社会真理。

九章·涉江(摘录) 战国·楚·屈原

深林杳以冥冥兮①,乃猿狖之所居②。山峻高以蔽日兮,下幽晦以多雨③。

注释

①杳：黑暗。冥冥：黑暗得什么也看不见。②狖（yòu）：黑色长臂猿，泛指猿猴。③幽：深而黑。晦：昏暗。

解说

作者屈平（约前340～约前278），字原，通常称屈原；芈（mǐ）姓，屈氏。战国末期楚国丹阳（今湖北秭归）人，楚武王熊通之子屈瑕后代，为楚宗室。屈原事楚怀王，娴于辞令，明于法度，忠心国事，勤政爱民，主张联齐抗秦，曾任三闾大夫等职。却屡遭排挤。怀王死后，因顷襄王听信谗言，屈原被流放，终投汨罗江而死。

诗为屈原《楚辞·九章》之一章中有关猴的句子。全章记叙他将渡长江，入洞庭，过枉渚、辰阳而入溆浦，借以抒发其被谗见疏后愤世忧国、坚贞自守的心绪。此行首渡长江，故以篇名。溆浦是溆水之滨，在湖南西部，与辰溪相邻。

此诗为渡江沿途所历，坎坷曲折，迷路不知所往。林深得什么也看不见，这里是猿猴居住的地方，抬头高山蔽日，俯视幽谷昏暗多雨。诗的主旨表现了诗人离开故土，孤独忧愤、前途茫茫的心情。这里以猿狖所居，衬托坚贞去俗、不为世人理解的苦闷。

招隐士（摘录） 西汉·淮南小山

猿狖群啸兮虎豹嗥①，攀援桂枝兮聊淹留②。

岁暮兮不自聊③，蟪蛄鸣兮啾啾④。

状貌崟崟兮峨峨⑤，凄凄兮漇漇⑥。

猕猴兮熊罴，慕类兮以悲⑦。

注释

①嗥（háo）：野兽吼叫。②聊：姑且。淹留：停留。《离骚》："时缤纷

其变易兮,又何可以淹留。"③不自聊:无以寄托、依赖。④蟪蛄:寒蝉;夏生秋死。啾啾(jiū):虫鸟细杂的叫声。⑤崟崟(yín):形容山高。一作嶔崟。⑥洗洗(xǐ):滋润貌。⑦弥猴:弥借作猕,弥猴即猕猴。慕类:向往成群,思慕同类。

解说

淮南小山,西汉淮南王刘安的一部分门客的共称。似今世之集体笔名。王逸注:"《招隐士》者,淮南小山之所作也。"

诗句的开头描写了隐居者所处环境的凄清与险恶,猿犹群啸,虎豹吼叫,人只好冒着危险躲到高高的树上。已不知道几多岁月了,王孙啊,归来吧!你怎能在这里栖身,与生命短暂的寒蝉在一起呢?可当他看到那山中的猕猴和熊类的自由生活,却产生了羡慕之情而独自悲伤。

诗的主旨是招隐居者归来,山中是野兽出没的地方,不可久留。诗中的王孙即"幽独处乎山中"的隐士,指屈原及其他忠贞之士。

九思·悼乱(摘录)　　东汉·王逸

将升兮高山,上有兮猴猿。欲入兮深谷,下有兮虺蛇①。

注释

①虺(huǐ)蛇:虺为毒蛇,虺蛇即毒蛇,同义词连用。《后汉书·段颎传》:"今傍郡户口单少,数为羌所创毒,而欲令降徒与之杂居,是犹种枳棘於良田,养虺蛇於室内也。"

解说

作者王逸字叔师,南郡宜城(今湖北襄阳宜城)人,东汉著名文学家,《楚辞章句》作者。安帝时为校书郎,顺帝时官侍中。官至豫州刺史,豫章太守。参加编修《东观汉纪》,尤擅长文学,所著赋、诔、书、论及杂文21篇,又作《汉诗》123篇,后人将其整理成集,名为《王逸集》,多亡佚,唯《楚辞章句》流传于世;为《楚辞》最早的完整注本,为后世学者所重。其哀悼屈原之作《九思》,存于《楚辞章句》中,写作时间在汉顺帝时。创作目的,王逸说:"逸与屈原,同土同国,悼伤之情,与凡有异。窃慕向褒之风,作颂一篇，号曰《九思》，以禅其辞。"《九思》在艺术上，善于运用比喻和象征的表现手法，深化主题，具有较强的艺术感染力。

此篇摘自王逸所作《九思·悼乱》中有关猴的几句。王逸与屈原同土共国，对他十分同情，于是作颂一篇，名为"九思"：即逢尤、怨上、疾世、悯上、遭厄、悼乱、伤时、哀岁、守志。题中"悼乱"，意指国家遭乱而伤悼，因读《楚辞》而伤愍屈原，故为之作解。《九思》现存于《楚辞章句》中，写作时间在汉顺帝时，作者自述："逸与屈原，同土同国，悼伤之情，与凡有异。窃慕向褒之风，作颂一篇，号曰《九思》，以阐其辞。"《九思》在艺术上的特点，是善于运用比喻和象征式的表现手法，以深化主题，具有较强的艺术感染力。

这几句原以"嗟嗟兮悲乎，肴乱兮纷挐（rú）"开头，形容国家纷乱的局面。接着写"仲尼兮困厄，邹衍（战国时阴阳家）兮幽囚"，于是"伊余兮念兹，奔遁兮隐居"，不得不离开故土。想上高山，上有猿猴；想下深谷，下有毒蛇；意指国家遭乱给人民带来的灾害。这里的"猴猨""虺蛇"，既写自然环境的险恶，也写社会环境的多灾多难，表现了作者对忠臣介士高其节行，以赞其志。

果然赋（摘录） 　　三国·魏·钟毓

果然①：似猴象猨，黑颊青身。肉非嘉肴，唯皮为珍。

注释

①果然：一种长尾猿，传为仁兽。《山海经》称"蜼"（wěi，又读作wèi），《中山经》禺山、《海外南经》狄山、《海内西经》昆仑山都有记载，郭璞注："蜼似猕猴，鼻露上向，尾四五尺，头有歧，苍黄色。雨则自悬树，以尾塞鼻孔，或以两指塞之。"《南州异物志》说："交州以南，有果然兽，其鸣自唤。身如猿，犬面，通有白色。其体不过三尺，而尾长四尺余。反尾度身，过其头。视其鼻，仍见两孔，作向天。其毛长，柔细滑泽，色以白为质，黑为文，视如苍头鸭。胁边班文，集十余皮，可得一幕。繁文丽好，细厚温暖。"

解说

作者钟毓（？~263），字稚叔，颍川长社（今河南长葛市境）人。钟繇之子，钟会之兄，才思敏捷，喜好谈笑。太和初年迁黄门侍郎，正始年间任散骑常侍。后迁任侍中、魏郡太守、御史中丞、御中廷尉。晚年任青州刺史，加后将军，迁任都督徐州诸军事，假节，又转为都督荆州诸军事。

此文为《艺文类聚》所摘录，仅存四句，实为赞体，描述名为"果然"的猿类形态，其皮可以利用。这种动物今称长尾猿，《本草纲目》有记，说它们出自西南各大山中，平时居住在树上，形状如猿，白面黑颊，多胡须而毛彩斑斓。尾长过身，它的末端有分叉，雨天则用叉塞住鼻孔。喜爱群行，老的在前，少的在后。吃时相互推让，相聚而生，相赴而死。"果然"是它的叫声。人若捕住一只，则会引起猿群的啼叫追赶，即使被杀也不离开，因此称为仁兽。

生物学上有一种长尾叶猴，体长约70厘米，体重约20千克，尾长超过体长，颊毛和眉毛发达。体毛灰黄褐色，脸黑色，额、颊、颏、喉为灰白色。栖息在海拔3000米以下的热带雨林、亚热带常绿阔叶林或针阔叶混交林中。习惯于树栖生活，在地面上也能行走。出没于河谷两旁林间石崖上，常集群活动，一般数十只为一群，多晨昏觅食，以树叶和野果为食。应该就是这种动物。

（冯广宏补充）

白猿赞 晋·郭璞

白猿肆巧，由基抚弓；应眄而号①，神有先中。数如循环，其妙无穷。

注释

①肆：任意行事。由基：即养由基（一作繇基），春秋战国时楚国平舆邑（今安徽临泉）人，著名的神射手。《战国策·西周》："楚有养由基者，善射；去柳叶百步而射之，百发百中。"眄（miǎn）：斜视，此处指瞄准。

解 说

作者郭璞（276～324），字景纯，河东闻喜县人（今属山西），东晋训诂学家，又是道学术数大师。赞是一种韵文文体，多为四言。

这篇赞中所称的"白猿"，是根据《吕氏春秋·不苟》中的传说，主要赞美养由基神奇的射技："荆廷尝有神白猨。荆之善射者，莫之能中。荆王请养由基射之，养由基矫弓操矢而往，未之射而括中之矣，发之则猨应矢而下。养由基有先中中之者矣。"意思说一般射手射不到白猿，是因为白猿巧妙地跳跃躲避；而养由基只要拿起弓来瞄准，白猿就啼叫起来，虽然没有射，实际上已经射中了。这就好比数理的循环，其中奥妙无穷。

（冯广宏补充）

行者歌 南朝·梁·民歌

巴东三峡猿鸣悲，猿鸣三声泪霑衣①。

注 释

①巴东：古代巴国的东部，主要在今川东、鄂西一带，三峡即位于此。霑：即"沾"字。

解 说

这是一首古代民歌，虽然只有两句，但已充分表达出旅人听见猿声而思乡落泪的感情。早在汉晋时期，三峡里猿猴繁多，经常啼叫声连绵不断，在山谷中回响不止，往往引起过往行人的怀乡之情，因有此歌。见晋袁山松《宜都山川记》："峡中猿鸣至清，诸山谷传其响，泠泠不绝。"

（冯广宏补充）

石塘濑听猿 南朝·梁·沈约

嗷嗷夜猿鸣①，溶溶晨雾合②。不知声远近，惟见山重沓③。既欢东岭唱，复伫西岩答④。

注释

①噭噭（jiào）：猿鸣声。②溶溶：云雾弥漫的样子。③重沓（tà）：重叠，重复。《三国志·魏志·武帝纪》"韩遂请与公相见"裴松之注引晋王沉《魏书》："贼将见公，悉于马上拜；秦胡观者，前后重沓。"④伫：久立；等待。

解说

作者沈约（441～513），字休文，吴兴武康（今浙江德清县武康镇）人。南朝文学家、史学家。沈约幼孤贫流离，笃志好学，博通群籍，擅长诗文。历仕南朝宋、齐、梁三代，官至尚书令。著有《晋书》《宋书》《齐纪》《高祖纪》《迩言》《谥例》《宋文章志》，并撰《四声谱》。作品除《宋书》外，多亡佚。他提出诗歌创作"四声八病"之说，尤为后世所重。为齐、梁文坛领袖。主张作诗精密工整，尤注重声律、对仗。诗文之外，又长史学。本诗应是南北朝时不可多得的好诗。

这是一首写景寄情的小诗。人的视觉常受外界条件的限制，或为高山所阻，或为云雾所遮。而听觉则可超越这些限制。本诗着重写听觉形象，以"听"字点明主旨。首联写猿声噭噭，晨雾溶溶，目不能远视，唯有能听，从视觉突出听觉效果，写耳聆之状；第二联写山峦重叠，是眼前之景而为"猿"张本，从视觉衬写听觉；末联东岭猿唱，西岩猿答，直接写听猿效果，以及由此产生的无尽逸趣。全诗亦闻亦见，虚实相间，造就了一个无限邈远的空间，诗中景与情，全从听中得来。

赋得夜猿啼　南朝·陈·萧诠

桂月影才通①，猿啼迥入风②。隔岩还啸侣，临潭自响空。挂藤疑欲饮，吟枝似避弓。别有三声泪，霑裳竟不穷③。

注释

①桂月：月中有阴影，人以为桂树，故常称月为桂月。《乐府诗集·杂曲歌辞八·东飞伯劳歌》："南窗北牖桂月光，罗帷绮帐脂粉香。"②迥（jiǒng）：远。③三声泪：指猿声催人泪下。郦道元《水经注》："巴东三峡巫峡长，猿

啼三声泪沾裳。"霑:同沾,浸湿。穷:尽。

解说

作者萧诠,南朝陈诗人,曾任黄门郎等职,多写宫体诗。余未详。

题中"赋得",是古代文人依限定的成语为题目作诗,照例在诗题上加"赋得"两字。作者练习应考的拟作,题目上也得加上这两个字。

这也是一首写猿啼的诗,不过诗既写听觉感受,也写视觉形象。诗的基调却是悲凉的。首联写晚上在月光树影下,猿猴的啼鸣随夜风传来与一般迥然不同。颔联深化其迥异,隔山呼唤侣伴,临水空音回旋,写听的感受。颈联由听觉转为视觉,猿猴饮水悬挂树藤之上,为避弓矢不敢下来,只得在树枝上长吟,呼唤着同伴。这凄清的数声啼叫啊,使人听了泪水浸湿衣襟,这是写听猿啼的感受。如果说前首是写听猿的野趣,这首则重在抒发人的感伤。从自然之景到人事之情,猿声勾起所处之境遇,不免潸然泪下。诗虽五古,注意句间对仗和句中平仄,有静有动,有声有形,引典经括,节奏鲜明,把猿猴的形象、声音刻画得惟妙惟肖。

辽东山夜临秋[①] 唐·李世民

烟生遥岸隐,月落半崖阴。
连山惊鸟乱,隔岫断猿吟[②]。

注释

①辽东:指今辽宁东南部辽河以东一带。②岫(xiù):峰峦。

解说

作者李世民(599~649),唐朝第二位皇帝,即唐太宗,陇西成纪(今属甘肃省)人,祖籍赵郡隆庆,政治家、军事家、书法家、诗人。即位后积极采纳群臣意见,厉行节约、使百姓休养生息,国泰民安,史称"贞观之治",为后来全盛的开元盛世奠定了重要基础,将中国传统农业社会推向鼎盛时期。

这是李世民征辽途中所写的一首写景诗,时间是宿营时所见所闻。第一句写营地对岸远远望去,烟雾忽隐忽现;第二句点明是深夜月落西边,山崖一半被遮显得阴暗。在这样寂静的山夜里,不知是谁惊动了归宿的鸟,在连绵的山中乱飞。诗的末尾由鸟的连山惊飞，引起隔着峰峦的猿猴也断断续续啼吟起来。诗人抓住表现临秋的山夜特点——烟生、月落、鸟乱和猿吟，描绘出一幅清秋山夜的动态图画，给人以凄清的美感。一、二句与三、四句平仄、对仗工整，虽有失粘，但此为五言古绝，无碍。

留题云门 唐·萧翼

绝顶高峰路不分，岚烟长锁绿苔纹①。
猕猴推落临崖石，打破下方遮月云。

①岚烟：山林中的雾气。

作者萧翼，为南朝梁元帝曾孙，仕唐。唐贞观年间（627～649）曾任谏议大夫，监察御史。传其曾为唐太宗骗取越州云门寺辩才和尚所藏之王羲之《兰亭帖》。

题中"云门"为山名，在今广东省乳源县北，上有云门寺，为五代文偃禅师建，人称文偃为云门禅师。越州（今绍兴市平水镇）亦有云门山、云门寺。佛教三论宗祖庭、王献之洗砚池、洗笔池、辩才塔等古迹均在此。唐玄宗开元年间孙逖（696～761）有《宿云门寺阁》诗："香阁东山下，烟花象外幽。悬灯千嶂夕，卷幔五湖秋。画壁余鸿雁，纱窗宿斗牛。更疑天路近，梦与白云游。"诗题之"云门"亦或为此山。

诗写云门山势的高耸入云，非常形象生动。开头交代高峰山路崎岖难分，然后侧写山中雾霭常常遮盖山路上的有纹的绿苔，仍写山势之高。第三句笔锋一转，在这人迹罕至的地方，则是猿猴的天下。"推落临崖石"，既写它们好动的天性，又写出"遮月云"还在下方，这就更形象地反衬云门山之高。全诗从不同角度刻画山的高峻绝顶。后两句尤其出色，从"推落""打破"的动景中，写出猕猴的神态，紧扣主旨，十分传神。

送张四 唐·王昌龄

枫林已愁暮,楚水复堪悲。
别后冷山月,清猿无断时。

解说

作者王昌龄(698~757),字少伯,京兆长安(今陕西西安)人,出身寒微。开元十五年(727)进士,曾任江宁丞、龙标尉等微职,故世称王江宁、王龙标。安史乱中,被刺史闾某冤杀。他的边塞诗气势雄浑,格调高昂,充满了积极向上的精神;并以擅长七言绝句著称,与高适、岑参同为盛唐边塞诗人的代表。他的诗作多表现军旅生活、宫怨、闺怨及友情,长于借景抒情,意境深远,存有《王昌龄集》。王昌龄籍贯,有太原、京兆两说。《旧唐书》本传云王昌龄为京兆(即唐西京长安,今陕西省西安市)人;唐人殷璠所编《河岳英灵集》载王昌龄为太原人,《唐才子传》也认为王昌龄为太原人。开元十五年进士及第。

这是一首送别友人的五绝诗,"张四"即友人。第一句点明时序,"枫林愁暮"系指秋天;第二句说明地点系南方的"楚水",以眼中之景写心中分别之情。第三句写别后冷清、孤寂的心境,最后以猿猴不断的啼叫,表明诗人无尽的思念。全诗以秋天大自然的景色反映送别之情,以猿的"无断时"的啼叫,表达对友人无尽的怀念。色彩明丽,情景相融,文字简练,颇有新意。

卢溪主人 唐·王昌龄

武陵溪口驻扁舟①,溪水随君向北流。
行到荆门上三峡②,莫将孤月对猿愁。

注释

①武陵:郡名。郡治在今湖南省常德市。扁(piān)舟:小船。②荆门:楚地山名。今湖北宜都县西北。《水经注·江水》:"江水又东,历荆门、虎牙之间,荆门在南,上合下开,闾彻山南,有门像虎牙在此。"

解说

诗里以卢溪喻桃花源中武陵之溪，褒含友人脱俗的风格。第二、三句实写送别，最后以写景表达对友人祝愿之情。"孤月"与"猿愁"本属客观景物，这里以"莫将"劝勉对方不要分别后愁绪常挂心间。前三句铺垫，最后一句尤为精当，点明主旨。

早发白帝城　唐·李白

朝辞白帝彩云间①，千里江陵一日还②。
两岸猿声啼不住，轻舟已过万重山。

注释

①白帝：指白帝城，地势高峻，在今重庆市奉节。②江陵：又名荆州城，今为湖北省荆州市。

解说

作者李白（701～762），字太白，号青莲居士，又号"谪仙人"。中国唐朝诗人，有"诗仙""诗侠"之称。祖籍陇西郡成纪县（今甘肃省平凉市静宁县南），出生于蜀郡绵州昌隆县（今四川省江油市青莲乡）。另说出生于西域碎叶（今吉尔吉斯斯坦托克马克）。开元十三年（725），李白出蜀，"仗剑去国，辞亲远游"。此后唐玄宗使之供奉翰林，作为文学侍从。史称："帝爱其才，数宴见。白尝侍帝，醉，使高力士脱靴。"三年后被"赐金放还"。天宝十四年（755）安史之乱爆发，李白避居庐山，永王李璘出师东巡，李白应邀入幕，不久永王军败获罪，李白也因之被系浔阳狱。至德二年（757）冬，李白受"长流夜郎"处分。有《李太白集》传世。其诗大多为描写山水和抒发内心的情感为主。他与杜甫并称为"李杜"。

此诗大约写于唐肃宗乾元二年（759）的春天。诗人因参加永王李璘幕府获罪，流放夜郎（其辖境为今贵州桐梓及正安西部地区）。途中遇赦，由白帝城（今重庆奉节县）乘舟返回江陵（湖北省江陵县）。题意说早晨从白帝城出发。

此诗是李白七绝中脍炙人口的杰作。通过描写江中船行之轻快，表现其流放途中侥幸遇赦、欢快喜悦的心情。首句点明时间是清早,并指出白帝城地势之高。次句写白帝城至江陵路程的遥远和下水行舟之速。第三句描写江岸猿猴声音的此起彼伏,接连不断。末句以动之轻舟与静之万山对比,再次突出行船之快。全诗意境优美,感情饱满轻快,语言流畅,音韵和谐,在猿猴"啼不住"中,反衬乘舟已过的欢快心情。

猿 唐·杜甫

袅袅啼虚壁①,萧萧挂冷枝②。
艰难人不免,隐见尔如知③。
惯习元从众④,全生或用奇⑤。
前林腾每及⑥,父子莫相离。

注释

①袅袅:委婉缭绕的猿鸣声。虚壁:空寂高峻的山崖。②萧萧:寒风吹拂声。③隐见:隐约可见。④惯习:一作"惯集";习惯群集生活。元:同"原"。⑤全生:保全生命。用奇:称奇。一指有奇妙技巧,奇谋。《宋书·张兴世传赞》:"兵固诡道,胜在用奇。"⑥前林:前面的树。腾每及:猿猴每次腾空飞跃都能抓住前面的树枝。

解说

作者杜甫(712~770),字子美,自号少陵野老,杜少陵;后人称杜工部、杜拾遗等。河南巩县(今巩义市)人。原籍湖北襄阳。唐肃宗时官左拾遗。后入蜀,友人严武推荐他做剑南节度府参谋,加检校工部员外郎。他忧国忧民,人格高尚,一生写诗1500多首,诗艺精湛,被后世尊称为"诗圣"。

这是一首以猿喻人的五言律诗。首联写猿猴的生活习性,在空寂高峻的山崖间、在寒风吹拂里啼叫着,暗示着生活环境的困苦;颔联从猿猴的生存不易,联想到人世间生活的艰难;颈联和尾联再写它们群居的生活,可是能保全生命平安度过一生的却很少啊!全诗首尾两联具体描写,二、三联用叙述和议论,从猿到人,同一道理,扩大了世事艰难主题的涵盖面,使景、情、理相结合,鲜明形象,给人启发。

从人觅小猢狲许寄 唐·杜甫

人说南州路①，山猿树树悬。
举家闻若欻，为寄小如拳②。
预哂愁胡面，初调见马鞭③。
许求聪慧者，童稚捧应癫④。

注 释

①南州：即今四川省南川县。唐武德二年（619）初置南州，宋改南川县。②欻（kài）："謦欻"之省，言笑之意。小如拳：形容这种小猢狲只有拳头大。③哂（shěn）：讥笑。愁胡：形容胡人的面貌，因为胡人深目，状似悲愁。此处借喻猴脸。调：调教。马鞭：当指猢狲的长尾。④童稚：指自己的儿女。

解 说

这首五律，是杜甫在成都西郊建草堂后，生活安顿下来，想给幼小的孩子找点乐趣。听说南州一带出产一种"小如拳"的猢狲，就写信向人索要，对方答应了，即题中的"许寄"。诗中开头两句交代南州有这种猴子；下面两句接着说，家人听到消息后非常兴奋，要求尽快寄赠；再下两句，说已经预想到这一宠物可爱的样子，十分盼望如愿以偿；末两句进行补充，最好是聪明一点的，这样，孩子们就会高兴得发疯了。全诗层层递进，期望之情可掬。

关于这种小猢狲，古人称为墨猴或珍猴，清代《武夷山志》："珍猴小巧，大仅如掌。"可见以前福建有产。今称狨猴，亦称指猴或拇指猴，身高10～12厘米，重80～100克，生性温顺，但国内现已不存，附近惟泰国尚有。

（冯广宏补充）

临湖亭 唐·裴迪

当轩弥溴漾①，孤月正裴回。
谷口猿声发，风传入户来。

注释

①轩：长廊或小室之窗。弥：遍，满。滉漾（huàng yàng）：浮动的样子。晋葛洪《抱朴子·畅玄》："或滉漾於渊澄，或氛霏而云浮。"

解说

作者裴迪（716～?），关中（今陕西渭河流域一带）人。官蜀州刺史及尚书省郎。他是著名诗人王维的道友。二人在辋川（陕西蓝田县）时，常有唱和。王维在他自编的《辋川集》中收入有他们游览辋川别墅各处风景所写的唱和诗各二十首。这些绝句，意境优美，兴会深长，具有较高的艺术成就和一定的美学价值。

这首诗是写临湖的所见所闻。前两句写眼前所见之景：在一轮孤月下，从窗内望去，在月光中闪着金波，呈现出一片寂静明亮的景色；后两句写所闻之景：山谷垭口那边，远远地从晚风中传来猿猴的叫声，打破了这深夜的宁静。这猿声是如此清晰，又如此令人遐想。这种动中有静、静中有动，水波、月光、猿声和临窗的诗人，结合成一幅有声有色美丽的图画，是一首平仄合律、一、二句对仗工整的五言绝句。

溪行逢雨与柳中庸　唐·李端

日落众山昏，萧萧暮雨繁①。
那堪两处宿②，共听一声猿。

注释

①萧萧：同潇潇。形容风雨急骤。繁：多。②堪：可，能。

解说

作者李端（约743～782），字正己，赵州（今河北赵县）人。大历五年（770）进士，曾任秘书省校书郎、杭州司马。少居庐山，师诗僧皎然。晚年辞官隐居湖南衡山，自号衡岳幽人。为大历十才子之一，诗重练字练句。

诗写与朋友柳中庸正沿溪行走，突然落雨时的心情。这与一般游玩观赏诗不同，第一句点明时间、地点，"日落"而众山已经昏暗下来，可是美好的山景使人流连忘返。正在这时下起雨来,而且雨越下越密。于是心情矛盾起来:匆匆归去,就看不到雨中的山景;留在山中,又潇潇雨繁。那是什么景色吸引着他们呢?最后点明那是与朋友一道听取山中猿猴的啼吟。猿声使人遐想,给人美感,照应了为什么日落山昏还不肯归家的原因,这猿声凝聚了山中自然的美景。诗中先抑后扬,烘云托月,耐人寻味。

寄四明山子 唐·施肩吾

高楼只在千峰里,尘世望君那得知。
长忆去年风雨夜,向君窗下听猿时。

解 说

作者施肩吾（780～861）,字希圣,号东斋,入道后称栖真子。睦州分水（今浙江桐庐）人,唐代著名诗人、道学家、民间开发澎湖第一人。元和十五年（820）进士,长庆年间（821～824）隐于洪州西山（在今江西南昌）学仙。著有《西山集》十卷、《闲居诗》百余首。

题中四明山,在今浙江宁波市西南。自天台山发脉而绵亘于奉化、慈溪、余姚、上虞、嵊州诸县境。相传群峰之间,上有方石,四面如窗,中通日月星辰之光,因名四明山。"子"是古代男子的美称。

这是一首回忆朋友相聚的七绝诗。先写"君"居住的地方是远离尘世的众山之中,第二句语意双关,一是高楼难于寻觅,二是高洁的品节为世人所不解。后两句说,诗人去年有幸与之相聚一起,在山中风雨之夜的窗下倾听那深山猿猴啼叫,享受着世人难以理解的野趣。在不少写猿的诗中,常带着悲怆,而这里却给人以清新宁颖的美感。具体形象,整首诗无一句褒扬,却句句褒扬。

秋夜山中赠别友人 唐·施肩吾

何处邀君话别情,寒山木落月华清①。
莫愁今夜无诗思,已听秋猿第一声。

注 释

①月华：月光，月亮。

解 说

这是与友人临别表述诗人自我心情的七绝诗。首先提出邀请对方在哪里话别好呢？表现其内心不舍的友情。第二句照应题目离别是在秋夜月光如昼的寒山之中。这时本应写出分别和伤感，但笔锋一转，在这宁静美好的月夜里，"莫愁"无意诗作，且听那秋夜里第一声猿猴的啼叫，不是激发我俩写诗的灵感么？由分别之感转为喜悦之情，这"秋猿第一声"使全诗跃进一个新的境界。

送客之蜀　唐·杨凌

西蜀三千里，巴南水一方①。
晓猿天际断，夜月峡中长。

注 释

①巴南：今重庆南部，原为四川所辖。

解 说

作者杨凌为中唐人（约802前后），与其兄杨凭、杨凝并称"三杨"，因官至大理评事，又称杨评事，有《杨评事文集》存世。

题中"之蜀"，"之"是"到"的意思；蜀即四川、重庆一带。

这首五绝诗的一、二句叙写去蜀地之遥远，短短10个字概括其偏远；三、四句描写行船路途是艰险和漫长的。早晨在途中，抬头听到的是断断续续天边的猿声，暗指山之高；到了夜晚，俯首在月光照耀下三峡是那样的长。山高水长，蕴涵着对"客人"前途珍重的祝福。全诗以白描的手法，既写景又传情，写出了峡中的特色。第三句早晨猿猴在高山上仿佛在天边的断续啼叫，把静止的山色动态化了，是全诗的"诗眼"所在。

巴江夜猿　唐·马戴

日饮巴江水①，还啼巴岸边。
秋声巫峡断②，夜影楚云连③。
露滴青枫树，山空明月天。
谁知泊船者，听此不能眠。

注释

①巴江：水名，源出于大巴山，西南流入重庆境内。②秋声：秋夜猿的啼声。③楚云：楚地的云雾。

解说

作者马戴（799～869），字虞臣，定州曲阳（今江苏省东海县）人。晚唐著名诗人。早年屡试不第，困于场屋垂30年，客游所至，南极潇湘，北抵幽燕，西至沂陇，留滞长安及关中一带，曾隐居华山。会昌四年（844），与项斯、赵嘏同榜登第。大中元年（847）为太原幕府掌书记，以直言获罪，贬为龙阳（今湖南省汉寿）尉，后得赦还京，后佐大同军幕。咸通七年（867）擢国子太常博士。其诗凝练秀朗，含思蕴藉，饶有韵致，无晚唐纤靡僻涩之习，并以五律见长。

这是一首描写巴山夜猿生活特性的五言律诗。首联是写白天，颔联是写夜晚，"巫峡断""楚云连"既交代所处的环境，又暗示生存的不易。颈联进一步写巴山幽静的环境。接着笔锋一转，"谁知"在这里泊船过夜的人，听到这凄戾的猿声却久久不能入睡。尾联由山猿的生活，想到为生活奔波的自己怎能入眠呢！诗的最后点明主旨。全诗处处写猿，紧扣巴山之夜，由猿推及到人，深化了诗的意境。

失猿　唐·李商隐

祝融南去万重云①，清啸无因更一闻②。
莫遣碧江通箭道③，不教肠断忆同群。

注释

①祝融：指炎热的夏天。《管子·五行》："（祝融）辩于南方。"相传祝融死后为火神。南方丙丁火，属夏。②更：连续，交替。③箭道：山间小路。

解说

作者李商隐（813？～858？）字义山，怀州河内（今河南沁阳）人，开成二年（837）进士，历任秘书郎、东川节度使判官等职。素有济世雄心，因深受朋党倾轧的牵累，终生没有得志，未满五十即抑郁而逝。他是晚唐著名诗人。其诗各体皆工，擅用比兴、象征、暗示、典故等手法，给人以兴寄深微、声情俱美的感觉，耐人玩味。某些篇章因顾虑太多，旨意过于朦胧而流于晦涩，使人不易理解。著有《李义山诗集》《樊南文集》传世。

这是一首猿猴失群推想到不幸遭遇的七绝诗。第一句写时令，夏天离去秋云飞卷，第二句不知为何突然听到一声猿猴凄清的叫声。于是诗人推想到这只猿猴是迷路了还是被猎人捉去了呢？第三句祈愿不要让"碧江"与"箭道"相通，如果与世隔绝，它们就不会有失群发出断肠悲伤的声音了。诗人写猿猴的失群不幸，实则照应自己的孤独落寞和人生的不幸，有虚有实，含蓄而意境深远。

猿　唐·段成式

却忆书斋值晚晴，挽枝闲啸激蝉清①。
影沉巴峡夜岩色②，踪绝石塘寒濑声③。

注释

①激：激越，声音高亢嘹亮。②巴峡：地名。指巴县以东的石洞峡、铜锣峡、明月峡，水程90里，即《华阳国志·巴志》所称的巴郡三峡。杜甫《闻官军收河南河北》："即从巴峡穿巫峡，便下襄阳向洛阳。"③绝：越过。寒濑（lài）：寒冷的（沙石上）急流。

解说

作者段成式（？～863），临淄（今山东淄博市临淄区）人，官至太常少卿，学问博洽。诗与李商隐、温庭筠齐名。因三人皆排行十六，故号其诗为"三十六体"。著有《酉阳杂俎》。

这首写猿猴的七绝诗，着重写其活动，以表现其天生的本性，流露出诗人赞赏之情。第一句点明时间、地点是在晚晴的书斋里，回忆着猿猴活动的情景。第二句近写，挽枝闲啸，使黄昏的蝉同时发出激越清亮的叫声；三、四句远写，从眼前之象到耳闻之声。到了夜晚，猿猴的身影沉入峡底，与崖石相融，只听到它们跳跃横过石塘时那寒冷急流的水声。诗的特点，虽写猿啸而重在动作，并且放到巴峡、石塘更大的活动背景下描写，以表现猿猴轻巧、敏捷的本性，使人为之欣慕。有形、有影，有声、有色，印象深刻。

放猿　唐·许浑

殷勤解金锁，昨夜雨凄凄。
山浅忆巫峡，水寒思建溪①。
远寻红树宿，深向白云啼。
好觅来时路，烟萝莫自迷②。

①建溪：水名，闽江上游，在今福建南平市东南。②烟萝：雾霭，云气。

解　说

作者许浑，唐润州（今江苏镇江）丹阳人，太和六年（832）进士。为太平县令，历官监察御史，睦州、郢州刺史等。因病退居润州城南丁卯桥丁卯庄，故名其诗集为《丁卯集》。诗多登高怀古之作，以律诗最为擅名。

这是一首将猿猴放归山林的祝愿五律诗。诗开头殷勤解锁，表明主人决心放猿。第二句既交代时间背景，又为下联所处环境深化过渡：山浅、水寒，不是猿猴生存之地，只有巫峡、建溪才是理想的环境和气候。第三、第四联乃诗人的祝愿和告诫。"远"和"深"那里才安全，才能生存，要仔细寻觅来时的路，不要被沿途的云雾所迷惑，再次落入猎人之手了。

全诗围绕题旨，有描写，有想象，有叙述和议论，从放猿自然联想到人事，诗人其时目睹唐文宗时期朝政腐败，国事日非，已是"山雨欲来风满楼"

（许浑《咸阳城西楼晚眺》诗）的局面，不免寄托感慨。二、三联对仗工稳，色彩明丽，充满了对生物的关爱之情，读来琅琅上口。

咏猿　唐·周朴

生在巫山更向西①，不知何事到巴豀②。
中宵为忆秋云伴③，遥隔朱门向月啼④。

注释

①巫山：今重庆巫山县一带。②巴豀：重庆东部以西的山涧。豀为山间河沟，这里指有山涧的地方。《荀子·劝学》："不临深豀，不知地之厚也。"③中宵：半夜。④朱门：王侯贵族之家。

解说

作者周朴（？～878），字见素，一作太朴，福州长乐（一作吴兴）人，乾符五年（878）为黄巢所杀。工诗，无功名之念，隐居嵩山，寄食寺庙中当居士，常与山僧钓叟相往还。与诗僧贯休、方干、李频为诗友。为诗极雕琢，字斟句酌，盈月方得一联一句，当时诗家称为"月锻年炼"，未及成篇，已播人口，佳句已广为传诵。"晓来山鸟闹，雨过杏花稀""高情千里外，长啸一声初"，皆其名句。

这首咏猿七律诗与上首同类，同为抒写失去自由的猿猴的心态。本来在大山中生活，"不知何事"却被人捕捉，运到巴州西部山涧旁的庄园里。到了半夜主人睡熟后，忆起山中的同伴来，只有隔着这富贵人家的朱红大门向着外面的月光哀鸣了。上首是"不敢吟叫"，这首是只有到了深夜主人睡熟了，一想到深山里的"秋云伴"，才敢在月光下隔着"朱门"哀啼。这里不正面写人为的不当，而侧写猿猴失去自由的悲哀，比拟形象，细节生动，其主旨概括力强。

猿　唐·张乔

挂月栖云向楚林①，取来全是为清音。
谁知系在黄金索，翻畏侯家不敢吟②。

注 释

①向：走向。楚林：猿猴所栖之处。②翻：反而。

解 说

作者张乔，池州（今安徽省贵池县）人。苦力为诗，十年不窥园。咸通中（860～874）进士。当时与许棠、喻坦之、剧燕、吴罕、任涛、周繇、张嫔、郑谷、李栖远，号称"十哲"（与郑谷传中所称"芳林十哲"，略有不同），咸通十二年（871）李频主持文试。其诗本最擅长，由于许棠久困场屋，推为首荐，张乔与喻坦之皆屈居其下；时尚书薛能欲表于朝，以事未果。黄巢起义爆发，隐居九华，著有诗集二卷传世。

这首七绝是诗人拟猿猴的口吻表现其失掉自由的心境。第一、二句写原来栖息在南方楚地高高茂密的树林里，随时可取来林中的果实，吃饱后发出欢快清亮呼叫同伴的声音。第三、四句写被人捕捉来卖到侯王家里系上黄金索，从此再不敢随意吟叫了。在侯家虽食物不愁，但供人玩弄，失掉自由，连呼唤也不敢随意，它的这种痛苦心情，诗人感到深深的同情和不平。这种猿猴失掉自由任人摆布的诗很少，它启示我们自由之可贵。

猿 唐·徐夤

宿有乔林饮一谿①，生来踪迹远尘泥②。
不知心更愁何事？每向深山夜夜啼。

注 释

①宿：住宿。乔林：高大的树林。"一"又作"有"。②远：远离。尘泥：尘世。

解 说

作者徐夤（夤，一作寅），字昭梦，莆田（今属福建）人。乾宁（894～897）中登进士第，授秘书省正字。后依王审知，因礼待简略，遂拂衣去，归隐延寿溪。著有《探龙》《钓矶》二集。

这是明写猿猴、实写诗人自己心境的抒情七绝诗。一、二句写猿猴的习性和生活环境，反映诗人所向往的高洁生活。第三句设问，第四句以猿猴深山夜啼，反映自己愁苦的心情。明写猿，实写诗人自己向往脱离尘世，追慕高雅生活而不得。看似明白如话，读来含蓄隽永。

猿　唐·曹松

曾宿三巴路①，今来不愿听。
云根啼片白②，峰顶掷尖青。
护果憎禽啄，栖霜觑叶零③。
唯应卧岚客④，怜尔傍岩扃⑤。

注释

①三巴：地名，指巴郡、巴东、巴西。巴郡在今重庆巴县至忠县一带，巴东即今云阳、奉节等地，巴西即四川阆中地区。②云根：山中云生处，唐杜甫《题忠州龙兴寺所居院壁》诗："忠州三峡内，井邑聚云根。"仇兆鳌注："张协诗'云根临八极'注：五岳之云触石出者，云之根也。"③觑：窥探，看。④应：顺应，适应。卧岚（lán）客：隐居者。岚为山林中的雾气。⑤怜：爱。扃（jiōng）：门户。白居易《长恨歌》有："金阙西厢扣玉扃，转教小玉报双成。"

解说

作者曹松（约828~903），字梦徵，舒州（今安徽桐城）人。早年曾避乱栖居洪都西山，后依建州刺史李频。李死后流落江湖，无所遇合。光化四年（901）中进士，年已70余岁，特授校书郎（秘书省正字）而卒。

作者工五言律诗，炼字琢句，诗学贾岛，"平生五字句，一夕满头丝"，是其自我写照。其诗取境幽深，自有一种清苦澹宕风味。"汲水疑山动，扬帆觉岸行"（《秋日送方干游上元》）、"废巢侵晓色，荒冢入锄声"（《送进士喻坦之游太原》），即此种诗风表现。《己亥岁二首》中之"凭君莫话封侯事，一将功成万骨枯"，则流传广远。

这是一首写巴山猿猴的五律诗。首联先反推其意，不愿听到使人伤感的猿啼之声。接着说明其原因，在白云根处啼叫，在青峰尖顶攀援。此联以倒装句式,具体地绘出猿猴险峻的生存环境。颈联进一步写生活环境的艰苦,为护果而憎禽,为了栖息而担忧着霜雪来临。到此才知道为什么"不愿听"凄楚猿声的缘由。最后,得到唯一安慰的终有山中的隐居者,怜爱你们而在这山崖傍立室而居,诗的主旨仍是爱愍猿类。此诗特点先抑后扬,由疏远到怜爱,二、三联从具体描绘中写出猿猴的习性和心态,"啼""掷""憎""觑"几个动词精确、形象,十分有力。

和修睦上人听猿 唐·李咸用

禅客闻犹苦①,是声应是啼②。
自然无稳梦,何必到巴溪。
疏雨洒不歇,迴风吹暂低③。
此宵秋欲半,山在二林西④。

注 释

①禅客:和尚,此指修睦上人。②是声:这种声音。③迴风:即回风,旋风。《楚辞·九章·悲回风》:"悲回风之摇蕙兮,心冤结而内伤。"④二林:指庐山东林寺、西林寺的合称。唐白居易《与微之书》:"仆去年秋,始游庐山,到东西二林间香炉峰下,见云水泉石,胜绝第一,爱不能舍,因置草堂。"唐郑谷《题兴善寺》诗:"寺在帝城阴,清虚胜二林。"释修睦曾居东林寺,为晋释慧远创净土宗之所,为净土宗祖庭。

解 说

作者李咸用,咸通末年(约873)在世,与来鹏同时。应举不第。尝应辟为推官。工诗,著有《披沙集》六卷传于世。

题中修睦上人。即释修睦(?~918),为唐末僧人。光化中(约899)为洪州僧正。与贯休、处默、栖隐为诗友。后死于维杨朱瑾之难。修睦著有《处东林集》一卷。

这是一首与僧人唱和同听猿啼的五律诗。诗的基调是悲苦和空灵的。首联从禅客的听觉感受入手,猿啼使禅客感到的是悲苦的声音;接着写当晚睡不着,"何必到"实则联想到巴山溪涧中的猿猴不也是一样吗?这时屋外的小雨还在落,远风丝丝吹来,使人感到阵阵凉意。诗的最后,猛然想到已是时近中秋,抬头看那山峦影子却隐约在斑驳树林的西面。诗先写听猿的感受,后写听猿的环境和时节,先情后景,遗世独立,猿声把他们带入了一片充满空灵而清幽悲凉的境界。

长安里中闻猿① 唐·吴融

夹巷长门似海深②,楚猿争得此中吟③。
一声紫陌才回首④,万里青山已到心。
惯倚客船和雨听,可堪侯第见尘侵⑤。
无因永夜闻清啸,禁路人归月自沉。

注释

①里:里巷,里弄。②夹巷:原指正室两旁的房间。长门:原指汉宫。此处指王侯的深宅大院。③争得:怎么会。④紫陌:京城大道。⑤可堪:如何经受。见:被。尘侵:红尘侵蚀。《北齐书·邢邵传》:"加以风雨稍侵,渐致亏坠。"

解说

作者吴融,字子华,越州山阴(今浙江绍兴)人。生卒年不详。龙纪元年(889)登进士第。曾随宰相韦昭度出讨西川,任掌书记,累迁侍御史。一度去官,流落荆南,后召为左补阙,拜翰林学士、中书舍人。天复元年(901)朝贺时,受命于御前起草诏书十余篇,顷刻而就,深得昭宗激赏,进户部侍郎。同年冬,昭宗被劫持至凤翔,吴融扈从不及,客居阌乡。不久召还为翰林学士承旨,卒于官。其诗属晚唐温庭筠、李商隐一派,多流连光景、艳情酬答之作,前人评为"靡丽有余,而雅重不足"。

这首七律诗写在京城里听到猿猴啼叫的感受。首联点题,长安城里王侯聚居的高楼深院里,怎么却有南方的猿猴的叫声呢?在这京城大道上猛回头,使人想到它原来是生活在万里之外的青山里的呀!第三联回到客船上,一边听着猿声和雨声相融,一边眺望在那濛濛细雨中的王侯宅第,能经受住岁月尘埃的侵蚀吗?尾联写在猿猴整夜的凄戾啼叫中,路断人止,月亮渐渐沉落下去。全诗围绕猿啼写王侯高宅内的奢侈腐败，含蓄地加以揭露和批判，题材新颖，发人深思。

忆猿 唐·吴融

翠微云敛日沉空①，叫彻青冥怨不穷②。
连臂影垂秋色里，断肠声尽月明中。
静含烟峡凄凄雨③，高弄霜天袅袅风④。
犹有北山归意在⑤，少惊佳树近房栊⑥。

注释

①翠微：轻淡青葱的山色。②青冥：青天，亦作"青溟"。③凄凄雨：寒凉的雨丝。《诗经·郑风·风雨》："风雨凄凄，鸡鸣喈喈。"④袅袅：细微。屈原《九歌·湘夫人》："袅袅兮秋风，洞庭波兮木叶下。"⑤北山：钟山，又名紫金山，在今南京市东北。南齐文人孔稚珪曾隐居于此，有著名的《北山移文》，这里指归隐的地方。⑥房栊：窗户。

解说

这是一首由忆猿想到归隐的七律诗。首联和颔联皆写猿猴哀怨的啼叫，一是白天，一是晚上；一写环境，一写时令，给人以愁苦、寂寥的感觉。颈联进一步深化了猿猴生存的空间和时令的恶劣环境。尾联想到决意归隐过着山野的生活，别让那美好的树木受到挪动惊扰，来栽种在我的窗前了吧！整首诗看似静写大自然，实则透露着社会的不安，正是不着一字，尽得风流，不言而尽在言中矣！

雪夜听猿吟 唐·顾伟

寒岩飞暮雪，绝壁夜猿吟。历历和群雁①，寥寥思客心②。
绕枝犹避箭，过岭却投林。风冷声偏苦，山寒响更深。
听时无有定，静里固难寻。一宿扶桑月③，聊看怀好音④。

注 释

①历历：分明可数。②寥寥：空虚，空阔。③扶桑：古国名。《梁书·扶桑国传》："扶桑在大汉国东二万余里，地在中国之东，其土多扶桑木，故以为名。"按其方向，位置约相当于日本，故后来沿用为日本的代称。这里指东方。④好音：好消息。《诗经·桧风·匪风》："谁将西归，怀之好音。"

解 说

作者顾伟，唐代末年人，生平不详。

这是一首雪夜里听猿猴啼吟抒发感慨的五言排律诗。首联先写猿啼的时令和地点，是暮雪纷飞的寒夜和在绝壁之上，给人以孤寂寒冷的感觉；接着由猿声和着雁群，勾起了诗人客居在外的思归之心。想到自己前途漫漫，再回头想到眼前猿猴的处境：为避箭犹得绕枝，过岭即须投林，风冷听来偏苦，山寒响得格外深沉。仔细听来其声音无一定所，在这寂静的深山里是难以寻到它们踪迹的。这一夜寄宿在这冷寂的深山里，姑且看着那东方升起的月亮，等待着好消息的到来。诗以雪夜听猿啼写猿猴生存的险苦，写诗人内心的空虚、孤寂。最后，却在一片静美的环境中，寄予美好的未来，在清冷、孤寒中带给我们一丝明丽和温暖，给人以美的享受。

黄藤山下闻猿　五代·韦庄

黄藤山下驻归程①，一夜号猿吊旅情。
入耳便能生百恨②，断肠何必待三声③。
穿云宿处人难见，望月啼时兔正明④。
好笑武陵年少客⑤，壮心无事也沾缨⑥。

注 释

①黄藤山：地名，在湖南岳阳。驻：停住车马。②百恨：言遗恨之多。③三声：郦道元《江水》："巴东三峡巫峡长，猿鸣三声泪沾裳。"④兔：指月亮。⑤武陵：今湖南常德市，此处指武陵源、桃花源。后亦泛指清净、幽美、避世隐居的地方。⑥沾缨：泪下沾衣之意。缨本意为冠带。

解说

作者韦庄（836~910），长安杜陵（今陕西西安市）人，乾宁元年（894）进士。后入蜀依附割据一方的王建。唐亡，王氏建立前蜀，韦庄为宰相。韦庄兼工诗词，著名的长篇叙事诗《秦妇吟》，记录了黄巢起义的一些历史情况。他的词与温庭筠齐名，内容较为丰富，风格也较为清新明朗。著有《浣花集》。

这是一首七律听猿诗。首联写诗人旅游在外，听到一夜猿猴的啼叫，而动游子思归之情；颔联深化"旅情"，"百恨""三声"既是数量相对，又使正反强调，其愁恨多多；颈联自然引起探寻啼处的欲望，终归实难寻觅，它们是在云深处，月明时，使听猿更增加一片凄凉之感；尾联两句诗人以出世之心态，"好笑"以身许国的武陵年少客，反映了厌倦官场的消极避世的态度。前面三联都在写听猿，最后卒章显志，表明其主旨。

放猿 五代·王仁裕

放尔丁宁复故林①，旧来行处好追寻。
月明巫峡堪怜静，路隔巴山莫厌深。
栖宿免劳青嶂梦②，跻攀应惬白云心③。
三秋果熟松梢健，任抱高枝彻晓吟④。

注释

①丁宁：叮嘱、告诫。②青嶂：青青的直立如屏障的山峰。③跻攀：登攀。惬：（心里）满足；适意。④彻晓：通晓。

解说

作者王仁裕（880~956），字德辇，天水（今属甘肃）人。为人俊秀，少孤而不知书，以狗马弹射为乐；二十五岁才开始就学，后以文辞知名。唐末任秦川节度判官。五代时仕蜀为翰林学士。后唐庄宗平蜀，复任秦川节度判官。废帝时以都官郎中充翰林学士。五代后晋时任谏议大夫，后汉时复为翰林学士承旨，迁户部尚书，后罢为兵部尚书太子少保。仁裕曾梦剖开肠胃，用西江水来洗涤，由此文思益进，于是集其生平所作诗万余首，号《西江集》，凡百卷。《宋史·艺文志》有《乘辂集》五卷、《紫阁集》五卷、《紫泥集》十二卷、《紫泥后集》四十卷，还有《开元天宝遗事》四卷行于世。

这是一首主人放猿时反复叮咛告诫的七律诗。首联叮咛所放归的猿猴回到原来的地方去吧！颔联反复告诫回到"巫峡""巴山"那样无人侵扰的环境，不要犹豫嫌它遥远偏僻。颈联正面写只有到了那里，才会睡上安稳的觉，才会自由自在地生活。尾联进一步说明那里有秋天成熟的果实和粗壮可攀的松枝，任你在高高的树枝上通晓舒心的啼吟。诗篇以诉说为主，诉说中兼描写，表现主人热爱生灵、热爱大自然的思想情操。诗中对仗工整，色彩明丽，概括力强。

遇放猿再作 五代·王仁裕

嶓冢祠前汉水滨①，饮猿连臂下嶙峋②。
渐来子细窥行客③，认得依稀似野宾④。
月宿纵劳羁绁梦⑤，松餐非复稻粱身⑥。
数声肠断和云叫，识是前时旧主人。

注释

①嶓（bō）冢：山名。一说在陕西宁强县北，东汉水发源于此；一说在甘肃天水县西南，西汉水发源于此。②嶙峋：林立峻峭或层叠高耸的样子。③窥：察看。④野宾：山野客人，这里指所放之猿。⑤羁绁（xiè）：络系犬马的用具。马用羁，犬用绁。《左传》有："及河，子犯以璧授公子曰：'臣负羁绁，从君巡天下。'"⑥松餐：猿回归山野，以松子等果实为食，故非复在人间，故不以稻粮为食。

解说

这是一首放归的猿猴复又神奇相遇的七律诗，诗中透露出彼此喜悦的心情。首联写相遇的地点，正是猿猴下山来饮水的地方。"行客""野宾"皆指所放归的猿猴，"子细""依稀"表明主人的细心和喜悦。由现在想到过去，虽辛劳和松餐非昔日的稻粱美食，但获得了可贵的自由。最后去时在云中数声啼叫，那是对过去不堪回首的告别，报告今日的自由，还是向相识的旧主人的感恩？让读者去自由遐想吧！这是一首题材新颖的七律诗，它告诉我们生态平衡与大自然和谐相处，给人们带来的喜悦和惬意。

放猿 五代·吉师老

放尔千山万里身，野泉晴树好为邻。
啼时莫近潇湘岸①，明月孤舟有旅人②。

注释

①潇湘岸：泛指湖南地区。潇湘言清深的湘水。②旅人：客居在外的人。

解说

作者吉师老，唐末、五代诗人。余未详。

这首五绝诗主要叙述放归猿猴，任其回到大自然中去，告诫其远离尘世，明写猿，暗写人，远离这悲苦的人间社会。一、二句祝愿它回归到遥远的地方去，与野泉晴树相伴，过着自由自在的生活，第三句告诫千万不要到那湘水岸边啼叫啊，第四句写因为在夜晚的明月下，那孤舟里在外漂泊的旅人，当听到这凄厉的叫声，会更增加他们思乡的愁绪来。诗实写猿的庆幸，虚写人的前途多舛，流露出对现实社会的悲观和不满，主题含蓄，比拟工巧。

次韵三司蔡襄獐猿 宋·赵抃

獐狎猿驯遂性情①，恍然疑不是丹青②。
岂忧夜猎林中去，只欠秋吟月下听。
举目便同临涧谷，此身全恐寄郊坰③。
山容野态穷微妙，造化争功六幅屏④。

注释

①狎（xiá）：亲近。驯：顺服。遂：任从，放任。②丹青：图画。③郊坰（jiōng）：远处郊野。④造化：自然的创造化育。

解 说

作者赵抃（1008～1084），字阅道，衢州西安（今浙江衢州）人，少孤，景祐元年（1034）进士。任殿中侍御史，因弹劾不避权贵，京师号为"铁面御史"。历知杭州、青州，知成都时以一琴一鹤自随。神宗立（1068），擢参知政事，因与王安石议政不合，再出知成都。卒谥清献。

题中"次韵"，是指和人的诗，并依原诗用韵的次序。"三司"即三公，东汉改大司马为太尉，与司徒、司空并称三司。唐宋置盐铁使、度支使、户部使为管理财赋之官。至宋为专管财赋，太平兴国八年（983），分置三司，号计相，位高权重。蔡襄曾任三司使，故有此称。蔡襄（1012～1067），字君谟，仙游（福建东部）人。担任过馆阁校勘、知谏院、直史馆、知制诰、龙图阁直学士、枢密院直学士、翰林学士、三司使、端明殿学士等职，出任过福建路转运使，知泉州、福州、开封和杭州府事。他为人正直，讲究信义，且学识渊博，书艺高超，擅书画，小楷、草书为笔甚劲，而姿媚有余，人称当时第一。

这是一首题画七律诗。通过赞美画工之妙来表现獐子猿猴的习性。首联点明在画中它们虽各有性情，而其神态却显得亲近顺服，恍然若真；颔联用"岂忧"，点明不用担忧晚上的猎人捕猎，用"只欠"，点明只是在秋天的月光下听不到猿猴的叫声，从时间和空间方面点明图画的特点。颈联观画再次赞美"举目""此身"如身临其境。最后尾联高度评价这六幅画屏乃自然创造化育，非人工所能为。全诗以写獐猿来赞美画屏，进而赞叹画工技法的精妙，正反描述，不落窠臼，虽未作细致描写，其景却如在目前。

酬李公择谢予赠范李猿獐 宋·郭祥正

黄獐雄领雌①，青猿母抱子。一落罝网中②，城市就生死。不如画图上，山深石泉美。永无罝网忧，精神自全耳。爱之写横轴，容易披案几③。动静适自感，物我忘表里。犹疑跳掷去，毫端讵能止④。易生名独擅⑤，斯人嗟往矣！后来称范李，赠君君勿鄙⑥。纵令笔未妙，犹胜负涂豕⑦。

注释

①獐：生性机警而善于隐匿的兽类；古诗中常与猿配合。②罝（jū）：捕兽网。③披：打开。④讵：哪；难道。⑤易生：即易元吉，字庆之，湖南长沙人，北宋画家。初攻花鸟、草虫、果品，后专写獐猿；曾游荆、湖间。独擅：专有，独占。⑥鄙：轻视，看不起。⑦负涂豕：遭受稀泥涂抹的猪。

解说

作者郭祥正（1035～1113），字功父（一作功甫），自号谢公山人、醉引居士、净空居士、漳南浪士等。当涂（今属安徽）人。皇祐五年（1053）进士，授秘书阁校理，迁星子县（今江西）主簿。至和元年（1054）弃官归寓宣城（今安徽）昭亭。嘉祐四年（1059）赴德化县（今江西九江）尉。嘉祐八年（1063）母卒，归家守丧。其后在家闲居。熙宁六年（1073）为太子中舍。八年（1075）为桐城县令。时王安石为相，实行"新政"，郭祥正拥护王安石变法，并上书奏乞天下大计，称颂王安石，乃升为殿中丞。诗题中"酬"，为诗文赠答之体。

这是答谢友人赠画的一首五言古诗。诗的开头 8 句写现实中的獐与猿，随时会遭到人类的捕捉丧失生命，不如画里在深山美泉的环境中自由自在地生活。接着中间 8 句，写画作者作画的动机、神态和过程。最后 4 句写赠画，从谦词中表达友好的情谊。全诗紧扣题目，由远及近，两相对照，明写画，实写友情。层次分明，重点突出，一韵到底，节奏感强。

咏杨高品马厩猢狲　宋·梅尧臣

尝闻养骐骥，辟恶系猕猴①。
供奉新教艺，将军旧病偷②。
聊看缘柱杪③，尚想傍崖头。
更祝南州使，如拳试为求④。

注释

①骐骥（qí jì）：千里马。辟恶：祛邪避灾。北魏贾思勰《齐民要术》：

"常系称猴于坊,令马不畏,辟恶、消百病也。"明李时珍《本草纲目》亦言:"养马者厩中畜之,能辟马病。"传说猴子拴在马桩上,可以替马消灾。②供奉:以技艺侍奉帝王的官职。唐代初年有侍御史内供奉;宋代"内东、西头供奉官"则为内侍充任。将军:以东汉伏波将军马援来影射骏马。马援在巡视北边守备,进击反汉的五溪蛮时染病。偷:暂时苟安。③杪(miǎo):末端。④南州:即今南川。如拳:指杜甫所谓小猢狲,大小略似拳头。杜甫《从人觅小猢狲许寄》诗,即有"举家闻若欬,为寄小如拳"之句。

解 说

作者梅尧臣(1002~1060),字圣俞,宣州宣城(今属安徽)人。初试不第,以荫补河南主簿。皇祐三年(1051)赐同进士出身,为太常博士,任国子监直讲,累迁尚书都官员外郎,曾参与编撰《新唐书》。题中杨高品其人不详。

这首五律,是酬酢友人之作。吟咏杨高品的马厩里,按旧有习俗系了一只猕猴,用以消灾之事。诗中或多或少带有一些调笑的意味。头两句交代题意,下面两句说,皇家的供奉,大概又给猴子教了不少本领,因此将军的心病也会好些了。再下两句,是描写猴子虽然系在木柱顶上,但它心里实际上仍在渴望山野;末两句替猕猴讲话,希望南州的使者,找个小猢狲来,好有个伴,不至于过分沉闷。

(冯广宏补充)

题吴处士猿獐图 宋·黄庭坚

画工神品今代无,祁岳一脉传醉吴①。几年傲睨不落笔②,乘兴扫出赤县图③。今君所宝亦第一,我疑神遇非有笔。青林红叶晚来暝④,遥山远水秋一色。五猿踞石相因依⑤,两猿挂树松枝低。仰睇侧顾獐善疑⑥,其二行齕如不知⑦。昔人画马师厩马⑧,画山直付居山者⑨。野猿不驯獐易惊,貌若渠能写闲暇⑩。草露空荒远刀机⑪,即今放麑谁氏子⑫。山蜂负毒不足怜⑬,盍贷螟蛸留报喜⑭。

注释

①祁岳：即祁山。一说在甘肃西和县西北；一说在安徽祁门县东北。何按：此祁山当指安徽祁山。醉吴：指画家吴处士醉后之笔。"吴"一本作"胡"。②傲睨：倨傲傍视，目空一切。③赤县：赤县神州的略称，指中国。④瞑：昏暗。⑤相因依：彼此依靠、相偎。⑥睇（dì）：斜视。⑦齿：年龄。刚能攀援的年龄。⑧厩：牲口棚。⑨付：交付。⑩渠：他，指吴处士。⑪刀机：捕兽的工具机具。⑫麑（ní）：幼鹿。⑬负：依靠、依仗。⑭盍（hé）：何不。贷：宽恕、宽容。螨蛸（xiāo shāo）：虫名，长脚蜘蛛。

解说

作者黄庭坚（1045~1105），字鲁直，洪州分宁（今江西省修水县）人。治平四年（1067）进士。历任北京（今河北省大名县）国子监教授，知太和县（今属江西省）、召为校书郎、秘书丞兼国史编修官。哲宗、徽宗朝曾先后因事贬涪州（今重庆涪陵区）别驾、黔州（今重庆彭水县）安置，后又改为戎州（今四川宜宾市）安置。曾一度起用，很快又被除名羁管宜州（广西宜山县），卒于贬所。他是"苏门四学士"之一，"江西诗派"的代表人物。作诗取法杜甫，强调作诗在重视"立意"的前提下，一字一句要有来历，并注意研究诗歌的形式格律。他的理论对提高诗歌的艺术性有一定贡献，但过分坚持仿效古人，追求形式，难免走上轻内容、重形式的道路。其末流此弊显然。有《山谷集》流传后世。

这是一首题画抒发观感的七言古诗。诗分四层：第一层夸奖其无人匹敌；第二层描写猿、鹿的栩栩形态；第三层写吴处士绘画的特点和成功的原因；最后一层抒发诗人观后的感慨，山蜂依靠毒尾来对付天敌，为什么人们畏惧长腿蜘蛛，不就因它们为了保全自己而不高兴呢？诗的结尾提出了任何生物为了生存，都有保全自己的权利，使诗意升华。全诗围绕所题的图画，四句一转韵，或平或仄，感情跌宕起伏，结构紧凑自然。

诗题又作《题胡处士猿獐图》，作者题为陈造。

观易元吉獐猿图歌　宋·秦观

参天老木相樛枝①，嵌空怪石街清漪②。两猿上下一旁挂，两猿熟视苍蛙疑③。萧萧丛竹山风吹，海棠杜宇相因依④。下有两獐从两儿，花餐草啮含春嬉。易老笔精湖海推，画意忘形形更奇。解衣一扫神扶持，他日自见犹嗟咨⑤。金钱百万酒千鸱⑥，荆南将军欣得之。老禅豪取橐为垂，白昼掩门初许窥。房栊炯炯明冬曦⑦，榛丛羽革分毫厘⑧。残编未终且归读，岁暮有闲重借披⑨。

注释

①樛（jiū）：树木向下弯曲。一指纠结，缠绕。《仪礼·丧服》："殇之绖，不樛垂，盖未成人也。"郑玄注："不绞其带之垂者。"此指林中老树树枝交错纠结。②嵌空：玲珑。宋楼钥《游初旸谷及白岩》诗："昨日登旸谷，但见石嵌空。"清漪：清澈的水波。③苍蛙：青蛙。④杜宇：杜鹃鸟。相因依：互相依靠、凭借、映衬。⑤嗟咨：感叹，惊叹。⑥鸱（chī）：盛酒器。苏轼《和陶赠羊长史》诗："不特两鸱酒，肯借一车书。"⑦房栊：窗户。⑧榛丛：丛生的灌木。羽革：鸟毛兽皮，这里指鸟兽。⑨借披：借来阅览。

解说

作者秦观（1049~1100），字少游，一字太虚，号淮海居士，别号邗沟居士，扬州高邮（今属江苏）人。少豪隽慷慨，熙宁元年（1068）进士，元祐初（约1086）因苏轼举荐，为太学博士，后兼国史院编修官。绍圣初（约1094）坐"党籍"出为杭州通判，既而贬郴州（今湖南郴县）、横州（今广西南宁）、雷州（今广东雷州半岛海康县）。徽宗立（1101），放还，死于途中。他的诗文，在当时很受苏轼和王安石的赞赏，他与黄庭坚、张耒、晁补之，并称"苏门四学士"。其文章长于议论，诗词以清新婉丽著称。

题中易元吉，为北宋画家，善画獐猿图。

这是一首观画的七言古诗。诗分三层：第一层前8句写图中之景。在古木、怪石、山风、海棠、杜鹃的背景下，两猿上下一旁挂，两猿凝视着青蛙；两獐吃着花草，小獐一旁嬉戏。第二层接着4句直接赞美作者绘画时的神态和技艺的精湛。他日就连他自己看了也感到惊叹。第三层后面8句赞叹作品的价值。诗中对图画里的景物描写细致，作画过程具体形象，对作品的精美和价值，从主客观两方面进行多角度地高度评价和赞美，给人印象深刻。

谢人寄小胡孙　宋·韩驹

致尔自何处，初来犹索腾①。
真宜少陵觅，未解柳州憎②。
婢喜常储果，奴嗔屡掣绳③。
报君无一物，试为劚寒藤④。

注释

①致：取得。索腾：躁动状。②少陵：杜甫自号少陵野老，故以为称。杜甫曾经向南州地方官索取过小猕猴。柳州：指柳宗元；他终于柳州刺史任上，人称柳柳州。③嗔（chēn）：怨恨。掣（chè）：拽；拉。④劚（zhú）：掘；挖。

解说

作者韩驹（1080～1135），字子苍，号牟阳，陵阳仙井（今四川仁寿）人。政和初年（约1111），召试舍人院，赐进士出身，除秘书省正字，因被指为苏轼之党谪降，后复召为著作郎，校正御前文籍。宣和五年（1123）除秘书少监，次年迁中书舍人兼修国史。南宋高宗立，知江州。著有《陵阳集》四卷。

这首五律，是作者感谢友人寄赠宠物之作。题中小猕猴（亦作胡孙），即今狨猴，或称拇指猴，高10～12厘米，重80～100克，生性温顺，但目前国内现已绝迹。诗的首联，讲说取得这种小猴时还在折腾乱动，耍小脾气，真不知它是何方神圣。颔联举杜甫和柳宗元对此猴的不同态度，杜甫是在寻索，而柳宗元却是憎嫌。颈联说家里奴婢的态度也不大一样，婢女倒很喜欢它，准备了许多食物；而奴仆却不太高兴，常常拉绳子骚扰它；与前语遥相呼应。末联是作者自己的态度，对这种宠物存在好感，因为这是友情赠品，所以专门挖些藤叶来喂它，但不知小猴领不领情？全诗语言生动风趣，章法井然。

（冯广宏补充）

怀傅茂元 宋·刘子翚

松底柴门尽日关①，主人西去几时还。
长镵委地黄精老②，时有寒猿啸砚山③。

注释

①尽日：终日，整天。②镵（chán）：掘土工具。杜甫《乾元中寓居同谷县作歌七首》之二："长镵长镵白木柄，我生托子以为命。"委：抛在。黄精：又名黄芝，草名。多年生草本，可入药。道家以为其得坤土之精粹，故名黄精。③砚山：在今福建省建阳县。

解说

作者刘子翚（1101～1147），字彦冲（一作彦仲），号屏山，又号病翁，学者称屏山先生。宋代理学家。建州崇安（今属福建）人。以荫补承务郎，通判兴化军，因疾辞归武夷山，专事讲学，深于《周易》，朱熹曾从其学。著有《屏山集》。

这是一首怀友的七绝诗。首两句以柴门整日都关着，不知主人几时才能回来，点明对友人的怀念，照应题目。第三句写主人的生活环境和使用过的工具，说明已离开好些时候了，而怀念已有多时。最后以猿啸砚山，进一步写诗人怀念时间之长和感情的强烈。全诗以景物抒发情怀，猿啼蕴涵着深深的思念，从对客观景物的描写中表达对友人深厚的情谊。

题易元吉獐猿两图（二首） 宋·范成大

择食麇相唤①，无人意不惊。
猿啼雨动叶，机熟两忘情②。

乌逐山公噪，惊麇仰望疑。
春林无一事，猵狚自生悲③。

注 释

①麇（jūn）：即獐，鹿类。②机熟：时机成熟，指丰茂的水草采食的时机。两忘情：物我两忘。③獝（xù）：鸟惊飞状。狘（xuè）：兽惊走貌。

解 说

作者范成大（1126~1193），字致能，号石湖居士，吴郡（今江苏苏州市）人。绍兴二十四年（1154）进士，历官中书舍人、四川制置使、参知政事。为官政声颇著，充祈请国信使赴金，进退有节，不辱使命。晚年隐居苏州石湖，以诗酒自娱。作诗初学江西派，后来摆脱束缚，取唐、宋诸名家之长，自成一家。其田园诗独创一格，颇有影响。

这两首五言绝句的题画诗，分别描写獐子和猿猴的生活情态。第一首写山野的静中之动，第二首写鸟兽的动中之静。在没有外界干扰下，它们的生活是多么的和谐自在。麋唤、猿啼、鸟噪，益显山林的恬静，如果獝狘，莫名惊诧，那只是自找烦恼悲伤罢了。全诗彼此映衬，动静结合，以反喻正，物我两忘，表现出两幅图画的天然美景，使人向往。

听猿 宋·白玉蟾

三树五树啼寒猿，一声两声落耳根。吾疑耳到猿啼处，却是猿声随风奔。猿声不悲亦不怨，吾亦于世何所恋。夜深月白风籁寒①，听此忽然毛骨换②。

注 释

①风籁：风声。②毛骨换：抛去愁怨，顿觉神清气爽，换了一个人似的。

解 说

作者白玉蟾（1134~?），本姓葛，名长庚；为白氏继子，故又名白玉蟾，字如晦、紫清、白叟，号海琼子、海南翁、武夷散人、神霄散吏。祖籍福建闽清，生于琼州（今海南琼山），一说福建闽清人。幼聪慧，谙九经，能诗赋，长于书画，曾举童子科。及长，因"任侠杀人，亡命至武夷"。后出家为道士，开禧元年（1205）师事陈楠，一共九年；为南宗第五代传人，正式创建了内丹派道教南宗社团。白玉蟾曾游历罗浮、武夷、龙虎诸山，时而蓬头赤足，时而青巾野服，"或狂走，或兀坐，或镇日酣睡，或长夜独立，或哭或笑，状如疯颠"。南宋嘉定中（约1214），曾应诏征赴阙，对答称旨，命建太乙宫。嘉定十年（1217）收彭耜、留元长为弟子。次年宁宗降香，玉蟾主持国醮于洪州玉隆宫，后又于九宫山瑞庆宫主持国醮。十五年（1222）赴临安，言天下事，"沮不得上达，因醉执逮京尹，一宿乃释"；一日不知所在。

　　这首七言古诗，写从听猿声中受到启发。首联猿猴的啼叫在寒天里、树林中一声声传来；颔联啼声又随风而去，这是大自然天籁之音，并非专向人啼。颈联则是诗的中心所在，猿啼本自然属性，人又何必因此产生悲怨之情呢！尾联当明白这个道理后，当夜深月白，猿声和着山风吹来，会顿觉神清气爽，换了一个人似的。这是客观科学的描述，告喻人们不要多愁善感。全诗以猿啼的声音为线索，寓意深远，语言明白晓畅，层次井然有序。

三峡吟　宋·徐照

山水七百里①，上有青枫林②。
啼猿不自愁，愁落行人心③。

注释

①七百里：郦道元《水经注·江水》："自三峡七百里中，两岸连山，略无阙处。"②青枫林：枫叶至秋而色变红，诗文中常以枫林形容秋色。③落：落下。

解说

作者徐照（？～1211），字道晖，一字灵晖，自号山民。永嘉（今浙江温州）人，以布衣终身，家境清寒，贫病潦倒。徐照是"永嘉四灵"之一，其诗宗姚合、贾岛，题材狭窄，刻意炼字炼句。他在《山中寄翁卷》中写道："吟有好怀忘瘦苦。"可见苦吟情状。叶适说他是"四灵"中首先反对江西派而提倡晚唐诗风的诗人。

　　本诗是写三峡猿猴啼叫的五言古诗。一、二句先写三峡地理的特点，水长山高，明白如话，富有概括力。第三句照应题目，客观描述，第四句主客观结合，进一步写出"有我之景"，反映出诗人的愁绪和诗的主旨。

猿皮　宋·徐照

路逢巴客卖猿皮①，一片蒙茸似黑丝②。
常向小窗铺坐处，却思空谷听啼时。
弩伤忽见痕犹在，笛响谁夸骨可吹。
古树团团行路曲，无人来作野宾诗③。

注释

①巴客：巴地来的商人。巴指川东、重庆东部一带。②蒙茸：蓬松；杂乱的样子。③野宾：山野的客人，指猿猴。

解说

这是一首同情猿猴遭遇的七律诗，以猿猴皮为题。诗的开头写巴客所卖猿皮的形状和质地，接着诗人展开联想，猿猴在深山里自由啼叫的情景。再次又回到现实中来，看到猿皮上的弓弩伤痕，想到它们"骨可吹"的悲惨命运。最后，远望山野古树团团，行人在曲折的山路上来来往往，有谁来为猿猴申诉这不幸的遭遇呢！题材新颖，刻画形象，物我之情融会一起，明写猿，实写人——在官府的重压下，百姓生如草芥。

题獐猿图　金·党怀英

云山空，冈阜重；槲叶半湿新霜红①。溪猿得意适其适②，闲攀静挂晴光中。孤麇何从来，寂历野竹风③。举头相视不相测④，昂藏却立如痴童⑤。鲲鹏负云天，斥鷃处蒿蓬⑥。万生所乐自不同，恝然胡为之二虫⑦？

注释

①槲（hú）：木名。实圆、味劣，可入药，叶称槲若。其叶秋红，为红叶之一种。②适其适：适宜这样舒适、自在的环境。③寂历：空旷、寂静。

④测：推测，估计，猜防。⑤昂藏：高峻，轩昂。如陆机《晋西平将军孝侯周处碑》有："汪洋廷阙之傍，昂藏察案之上。"此处指动物高仰远视的状态。⑥鲲鹏、斥鷃：前者比喻至大之动物，后者比喻至小之动物，二者的生活方式和理想不同。见庄子《逍遥游》。⑦恝（jiá）然：无忧无虑的样子。胡为：为什么。

解 说

作者党怀英（1134～1211），字世杰，号竹溪，祖籍冯翊（今陕西大荔）。其父党纯睦为北宋泰安军录事参军，因迁居奉符（今山东泰安市），遂为奉符人。怀英少年时与辛弃疾同学，后辛起义归南宋，党则留事北朝。他是大定十年（1170）进士，调莒州军事判官，累除汝阴县尹、国史院编修官，应奉翰林文字，官至翰林学士承旨，故世称"党承旨"。卒谥文献。为金代著名文学家、书法家。

这是一首杂言的题画古诗。诗的开头交代美丽的山景，接着写猿和獐自由自在的生活，最后抒写天生万物，各得其乐，不要强求一致。并以人们熟悉的鲲鹏和斥鷃作比，表达了诗人顺应自然、向往山野和谐的生活志趣。其中獐猿刻画形象具体，突出其题画的重点。语句错落有致，铿锵起伏，一气呵成，富有音乐感。

惠崇獐猿图　金·元好问

月啸烟呼本不群，笔头同是一溪云。
野情山态令人羡，世路机关不似君①。

注 释

①机关：权谋机诈。宋黄庭坚《牧童》："多少长安名利客，机关用尽不如君。"

解 说

作者元好问（1190～1257），字裕之，号遗山，太原秀容（今山西忻县）人，系出北魏鲜卑族拓跋氏。金宣宗兴定五年（1221）进士，做过镇平、内乡、南阳等县县令。后入朝为左司都事，转行尚书省左司员外郎。金亡辞官。

工诗、词、散文，尤以诗的成就为最高，是金代最杰出的诗人。他论诗提倡刚健质朴之风，主张表现真情。其作品有较深刻的社会内容，风格沉雄，意境阔远。有《遗山集》传世。题中"惠崇"为画家名。

这首七绝诗通过题画抒发诗人的人生感受。诗的开头，猿在月光下啼啸，獐在烟雾中呼唤，本来不是同类的动物，但在画家的笔下，却同在一片天空和溪水旁边，写出绘画来源于生活而又高于生活的特点。第三句表达诗人羡慕山野大自然的生活。最后点明人世彼此权谋机诈，不如山野的麋鹿和猿猴。诗先写景，后抒情，短短四句，两相对照，表达了大自然的美好，从侧面反映了当时社会现实的丑恶。

猿鹿图　元·牟巘

野鹿正周张①，猿投两臂长②。
由基方逞巧③，何似总相忘④。

注释

①周张：焦躁急迫貌。②投：投奔，奔向。③由基：即养由基，古代善射者。又作养繇基，楚国平舆邑（今安徽临泉）人，在柳叶百步以外而射箭，能够百发百中。此句意为捕猎者准备动手。④何似：怎么像。总：总是。

解说

作者牟巘（1227～1311），字献甫，一字献之，学者称陵阳先生，井研（今属四川）人，徙居湖州（今属浙江）。以父荫入仕，曾为浙东提刑。理宗朝，累官大理少卿，以忤贾似道去官。德祐二年（1276）元兵陷临安，即杜门不出，隐居凡三十六年。有《陵阳集》二十四卷（其中诗六卷）。

这首五绝诗以猿猴与麋鹿不同的习性带来不同结果的命运，暗含不同的人生处世态度的利与弊。麋鹿善惊，每到一地常周张四望，保持警惕；而猿猴喜逞能却常常被人捕捉。告诫人们处世不要锋芒毕露，扬鹿贬猿，实则表达了诗人自己的人生态度。诗以形象描写，避免说教，含义颇深。

胡孙图　元·牟巘

山果包已尽，充然两嗛中①。
雄雌自相命②，槲叶老秋风③。

注释

①充然：塞满。两嗛（qiǎn）：猴类两颊藏食物处。②自相命：彼此认命，互相照顾。③槲（hú）：木名。实圆味苦，果实可入药。

解说

这首五绝诗写猿猴在深秋来临，山果已尽，彼此储备、互相提携中度过冬天，这是一幅赞美同类亲情的图画。猿猴尚且如此，人类理应如是，使人观赏读后，深受启迪和教育。

画猿　元·刘因

万古西山只月明，画中依约晓猿鸣①。
幽人未去深须听②，一出世间无此声。

注释

①依约：隐约。唐白居易《答苏庶子》诗："蓬山闲气味，依约似龙楼。"②幽人：隐士。孔稚圭《北山移文》："或叹幽人长往，或怨王孙不逝。"深：深入。

解说

作者刘因（1249~1293），字梦吉，号静修。初名骃，字梦骥。容城（今属河北）人。元代著名理学家、诗人。才华出众，性不苟合；家贫教授生徒，皆有成就。因爱诸葛亮"静以修身"之语，题所居为"静修"。元世祖至元十九年（1282）应召入朝，为承德郎、右赞善大夫。不久借口母病辞官归。母死后居丧在家。至元二十八年（1291），忽必烈再度遣使召刘因为官，他以疾辞。死后追赠翰林学士、资政大夫、上护军、追封"容城郡公"，谥"文靖"。

这是一首七绝，通过画猿表达诗人厌倦尘世、向往山野的七绝诗。前两句写景。从清幽月明之夜突出猿鸣,以显得环境是那样的恬美宁静。后两句抒情。勉励隐居者应仔细聆听这大自然天籁的声音,否则,到了滚滚红尘中就再也听不到了。诗以猿声能否听到,反映其处世态度,写得集中而含蓄、精练。

孝猿图　元·程钜夫

三生石上性长存①,死别如何不断魂。
开卷故人还满眼,此情今更不堪论。

注释

①三生石:传说中的奇石。苏轼《僧圆泽传》言圆泽至天竺,当中秋月下,闻葛洪井畔有牧儿叩角而歌:"三生石上旧精魂,赏月吟风不要论,惭愧情人远相访,此身虽异性常存。"西湖边上有三生石,高约10米,宽2米余,峭拔玲珑。石上刻有"三生石"三个篆字。"三生"源于佛教的因果轮回学说。

解说

作者程钜夫(1249~1318),初名文海,因避元武宗庙讳,改用字代名,号雪楼,又号远斋,建昌(今江西南城)人,祖籍郢州京山(今属湖北)。宋亡后入大都(今北京),留宿卫。元世祖试以笔札,改授应奉翰林文字,累官翰林学士承旨。历仕四朝,号为名臣。追封楚国公,谥文宪。文章雍容大雅,其诗亦磊落俊伟。有《雪楼集》三十卷。

这首七绝是以写猿猴至孝以喻人类的一首评论诗。写猿猴本性至孝世世代代如此,而满眼的"故人"呢,这种孝亲的感情却不能与猿猴相提并论。通过对猿猴的孝顺其亲,批判丑恶的世风。一首小诗反映一个重大的社会问题,以猿猴对照,既集中具体,又形象新颖。

猿　元·宋无

巴峡闻声愁断肠①,冷泉照影绿阴凉。
藤摇乱雨领儿过②,树晒斜阳拾虱忙。
献果去寻幽洞远,攀萝来撼落花香。

空山月暗无人见，啼入白云深处藏。

注释

①巴峡：即巴东三峡的省称，指瞿塘峡、巫峡、西陵峡。②乱雨：摇动藤萝落下的纷乱雨点。

解说

作者宋无（1260～1340），字子虚，号晞颜，苏州（今江苏苏州）人。工诗，善画墨梅，有《墨梅寄因上人》诗二首存世。

这是一首描写猿猴生活习性的七律诗。首联先写声音再写形影；颔联写猿猴一动一静的特有习性，以突出"领儿过"浓郁的亲情。颈联进一步写猿猴合群的习性；尾联照应开头深化意境。全诗写猿猴的神态和行踪，突出其合群、亲情的本性，读后使人深受启发。

獐猿图 元·袁桷

细草丰茸①，古洞斜柯②。历落寒云③，信道乾坤④。消息端须⑤，类聚同群。

注释

①丰茸：丰盛而细密。②斜柯：倾斜的枝桠。③历落：参差、疏落。④信道：深知，料知。⑤端须：审视，等待。

解说

作者袁桷（1266～1327），字伯长，号清容居士。庆元鄞县（今浙江宁波市鄞州区）人。始从戴表元学，后师事王应麟，以能文名。20岁以茂才异等举为丽泽书院山长。大德元年（1297），荐为翰林国史院检阅官，时初建南郊祭社，进郊祀十议，多被采纳。升应奉翰林文字，同知制诰兼国史院编修官。请购求辽、金、宋三代遗书，以作日后编三史资料。延祐年间（1314～1319）迁侍制，任集贤直学士，未几任翰林直学士，知制诰同修国史。至治元年（1321）迁侍讲学士，参与纂修累朝学录，泰定元年（1324）辞归。谥文清。文章博硕，诗亦俊逸。工书法，存世书迹有《同日分涂帖》《旧岁北归帖》。

对音乐亦有造诣,著有《琴述》。另著有《易说》《春秋说》《清容居士集》《延祐四明志》等10余种。《延祐四明志》考核精审,为宋元四明六志之一。

诗借题画表达诗人对宇宙万物变化无穷的哲理观点,且以四言的特殊形式描述,别有韵味。诗中一、二句写獐、猿生活的环境,第三句过渡,由寒云参差错落,联想到宇宙的变化,总是此消彼长,生生不息。结尾落到画上,獐与猿同类相聚,在大自然环境中共同和谐地生活着。以题画来表达其对宇宙看法,这在诗中还是不多的,语言文字十分精练。

林高士隐居 元·黄庚

家住西湖深更深,古松阴里礼茅君①。
白猿攀树藤花落,点破岩前一地云。

注 释

①茅君:指传说中在句容句曲山修道成仙之茅氏兄弟。唐李颀《题卢道士房》诗:"秋砧响落木,共坐茅君家。"

解 说

作者黄庚,字星甫,天台(今属浙江)人,因号天台山人。元初"科目不行,始得脱屣场屋,放浪湖海,发平生豪放之气为诗文"。以游幕和教馆为生,与宋遗民林景熙、仇远等多有交往,释绍嵩《亚愚江浙纪行集句诗》亦摘录其句。泰定四年(1327)仍在世,卒年八十馀。晚年曾自编其诗为《月屋漫稿》。

这是一首写景的七绝诗。通过对林高士隐居地方美景的描绘,烘托其超凡脱俗的人品。第一、二句说明隐居的位置和环境,衬托出拜访者崇敬的心情;第三、四句进一步拓宽所居环境的高雅美妙,山中的白猿攀落藤花使居所岩前呈现一片云彩,这白猿与藤花,一动一静,空中地上,茅屋与云彩,融为一体,愈显其周围环境的超远脱俗,以烘托主人志趣、品格的高远。

画猿　元·虞集

冷泉亭下呼常到，巫峡舟中听更愁。
老石枯藤还见汝，因怀经处思悠悠。

解　说

作者虞集（1272～1348），字伯生，号道园，人称邵庵先生。祖籍仁寿（今属四川）其父虞汲曾任黄冈尉，宋亡后，徙临川崇仁（今属江西省）。元代大德六年（1302），被荐入京为大都路儒学教授。不久，为国子助教。以师道自任，声誉日显，求学者甚多。仁宗即位（1312），任太常博士、集贤院修撰。延祐六年（1319），为翰林待制兼国史院编修、集贤修撰。泰定元年（1324），为国子司业，后为秘书少监。泰定帝时，升任翰林直学士兼国子祭酒。文宗登基后编修《经世大典》，命其为奎章阁侍书学士，与平章事赵世延同任总裁。书成后，任翰林侍讲学士、通奉大夫。著有《道园学古录》《道园遗稿》。虞集素负文名，与揭傒斯、柳贯、黄溍并称"元儒四家"；诗与揭傒斯、范梈、杨载齐名，人称"元诗四家"。

这是一首由猿猴的活动习性想到人处境的七绝诗。诗中的"呼常到""听更愁"，说明猿猴为求生存而不得不在人呼唤时前来觅食，联想到人类为求生存与猿猴相似，于是产生了愁猿而更愁于人类自己。第三句再写猿猴生存的恶劣环境，最后，为求解脱，怀抱经书常来到这里诵读，不由得想得很深很远。诗以"愁"字点明题意，写得含蓄委婉，由猿猴的生存想到人类的生存，反映世事茫茫，人生坎坷的社会现实。

题猿图　元·马祖常

江渚无来雁①，山樊有宿猿②。
秋高卢桔熟③，巴月树连村。

注　释

①江渚：江中的小块陆地。②山樊：山傍，山阴。③卢桔：果名，一名金

桔。生时青卢色，熟则金黄色，故有卢桔、金桔之名。可入药。

解 说

作者马祖常（1279～1338），字伯庸，光州（今河南潢川）人，先世为西域雍古部贵族，聂思脱里派（基督教中国景教派）信徒。其高祖锡里吉思是金代凤翔兵马判官，死后封恒州刺史，子孙按照以官为姓的惯例改姓"马"；曾祖月合乃，随从元世祖忽必烈攻宋，留居开封；父润为同知漳州总管府事，移居光州。祖常延祐二年（1315）会试第一，廷试第二，授应奉翰林文字，拜监察御史。英宗朝至顺帝朝，历任翰林直学士、礼部尚书、参议中书省事、江南行台中丞、御史中丞、枢密副使等职。他的诗"圆密清丽，大篇短章无不可传者"，写有大量歌咏家乡风物佳作；还参与修撰《英宗实录》，译润《皇图大训》《承华事略》，编集《列后金鉴》《千秋纪略》。被文宗誉为"中原硕儒唯祖常"。

这首五绝诗中以猿为中心写景。江渚、山樊，月树连村，写猿猴活动的环境，卢桔既是猿猴所需的食物，又给人以明丽的感觉。短短20字，山光江色、桔熟、树连，虽是秋天，却色彩鲜明，空旷恬静，呈现出一幅生动的秋光图画，其基调是美丽而令人愉悦的。

题猿　元·李祁

冷泉亭上呼嫌少①，巫峡舟中听厌多。
白发老人宵梦短，月明孤馆奈君何②？

注 释

①冷泉亭：在浙江杭州市灵隐寺前飞来峰下。唐白居易有《冷泉亭记》。②孤馆：游子单独所居的旅舍。奈君何：君指猿猴；"奈君何"意为把它怎么办呢？

解 说

作者李祁，字一初，号希蘧翁、危行翁、望八老人、不二心老人，湖南茶陵州（今湖南茶陵县）人。元统元年（1333）进士第二名，授应奉翰林文字。后农民起义爆发，李祁因母老要求就养江南，改任婺源州同知，累迁江浙儒学副提举。后其母去世，回乡服丧，归隐江西永新，后又躲避乱世，藏入云阳山中。李祁崇尚名节，当元亡之际，在家乡听到元军溃败，十分忧愤，以至于食不下咽。有《云阳先生集》十卷行世。

这首七绝认为，世间事总是难从人愿，"嫌少""厌多"表达事与愿违。想见却少见，厌听声音却常常来干扰睡梦，诗人以写猿声来衬托自己孤寂的心情。从写景中议论，议论中抒情，三者融合，形象概括而主次分明，以猿猴的啼叫笼罩全篇。

题山月猿图　明·释恕中

水中明月轮，可玩不可觅①。
猕猴徒自狂②，触破寒潭碧。

注释

①玩：同玩。玩赏。觅：寻求，寻找。②徒自：白白地。

解说

作者释恕中（1309~1386），号无愠，俗姓陈，临海（今属浙江）人。著有《二会语录》《三庵杂录》及《净土诗》行世。

这是一首五言禅诗。说明世间有些事如水中明月，只可远观不可近觅，否则如猿猴捞月一样，不但落空，而且使一潭碧水打破月中的美景。这种距离美感已在我们生活中常常得到印证。诗将人们熟知的典故提升到哲理的高度，含蓄隽永，耐人寻味。

题周进士古木清猿图　明·黄玄

昔从锦城来，却遇愁猿道①。千崖万嶂不可闻②，此中哀怨令人老。况是西江秋水来③，冲波逆折鸣风雷④。攀萝涉水苦难度，腾枝抱子俱萦迴⑤。空林阴阴不知处，前惊后呼若相语。正当绝险凌天梯⑥，揽辔听来泪如雨⑦。君不见、蚕丛开国通秦关⑧，六龙西幸仍跻攀⑨。猿声鸟道有如此，一为长歌行路难⑩。

注释

①愁猿道：猿猴啼声为之愁苦的道路。②不可：不能忍受。③西江：何按：古人称西江者有四：一、湖北天门河，唐赵璘《因话录·商下》："千美万美西江水，曾向竟陵城下来。"竟陵今名天门。二、珠江干流。古名郁水，唐张籍《野老歌》："西江估客珠百斛，船中养犬常食肉。"非长江水系。三、唐代多称长江中下游为西江。李白《夜泊牛渚怀古》诗："牛渚西江夜，青天无片云。"元稹《相忆泪》诗："西江流水到江州，闻道分成九道流。"江州为九江古称。虽为长江，但离蜀已远。四、蜀江，古亦称锦江。从"蚕丛开国通秦关"看，此西江当指蜀江。《庄子·外物》："我且南游吴越之王，激西江之水而迎子，可乎？"成玄英疏："西江，蜀江也。"所谓"蜀江水碧蜀山青"者也。另诗中"冲波逆折"四字正从李白《蜀道难》："上有六龙回日之高标，下有冲波逆折之回川"来。④冲波逆折：波浪冲击、回旋。鸣风雷：江水如风吼雷鸣。⑤萦迴：旋绕转折。⑥凌：迫近，到。⑦揽辔：拉着驾驭牲口用的缰绳。⑧蚕丛：传说中古蜀国开国的国王。秦关：秦岭关隘。⑨六龙：古代神话记载，羲和驾着六条龙所拉的车，载着太阳在空中运行。西幸：驾临西去。"幸"为古代帝王行迹的专用语。此当暗用唐两代帝王西幸蜀地事，尤指唐玄宗出逃四川。跻（jī）：登。⑩一为：专一为此。

解说

作者黄玄（约1398），字玄人，明昆山（今属江苏）人。以岁贡任泉州训导。工诗。为闽中十子之一。

这是一首以猿譬人世事艰难的杂言古体诗。第一层前4句，写行进在猿猴都为之愁苦的蜀道，其艰难跋涉使人衰老；第二层中间8句，具体写巴山峡水中猿猴抱子呼群的惊险攀援，备尝艰辛，使人为之动容流泪；第三层由蜀道之难于行走，联想到游子迁客，前途难料，点明题意。全诗以猿猴的攀援前行作为线索，将写景与抒情融为一体。四句一转韵，诗的转韵随着感情的起伏而变化，读来宛如李白《蜀道难》乐府古诗的缩写与再现。

月岭猿啼 明·叶颙

树头清啸两三声,纸帐梅花睡欲成①。
唤醒冷泉亭上梦②,岭云飞动月初明。

注释

①纸帐:指隐居者所用之蚊帐。用藤皮茧纸系于木上,以索缠紧,勒作皱纹,不用糊,以线拆缝。以稀布为顶,取其透气。帐上常画梅花、蝴蝶等为装饰。唐齐己《夏日草堂作》诗:"沙泉带草堂,纸帐卷空床。"宋朱敦儒《鹧鸪天·樵歌》词:"道人还了鸳鸯债;纸帐梅花醉梦闲。"②冷泉:泉在浙江杭州灵隐寺前飞来峰下。唐白居易有《冷泉亭记》。

解说

作者叶颙（yóng），字景南，号云鼎，浙江金华人。建文三年（1401）进士,曾任行人司副,后免归,以吟咏自适,隐逸以终。著有《樵云独唱》六卷。生卒年未详。

这是一首以猿啼为中心的写景七绝诗。诗人在冷泉亭上小憩,将入梦乡时突然被两三声清婉的猿猴啼叫惊醒了。抬头一看,山岭上月光初现,浮云飞动,四周因猿啼而愈显宁静。诗以倒装的句式突出猿啼,构成一幅山岭月夜图,有声有色,紧扣题旨。

题画 明·李东阳

霜枯古树秋飐飐①,枝间老猿罢腾踏②。戏将长臂扑游蜂,半似相欺半相狎③。冈峦高下路东西,由来异类不同栖④。应怜野径穿花去,不作空山抱树啼。君不见、场中有果房有蜜,共趁园林好风日⑤。丁宁慎勿采桃花⑥,留结山中千岁实⑦。

注释

①飐飐（zhǎn）:摇曳貌。②罢:停止。腾踏:指周旋活跃。③狎

（xiá）：亲近，亲热。④栖：居住；栖止。⑤趁：利用（时机）。⑥采：摘取。⑦千岁：千年。

解说

作者李东阳（1447～1516），字宾之，号西涯，明茶陵（今属湖南）人，天顺八年（1464）进士。成化八年（1472）任翰林院编修；十六年（1480）任翰林院侍讲，兼应天府（南京）乡试考官；弘治六年（1493）任翰林院侍讲学士；七年（1494）任职内阁，专管诰敕。后屡任礼部右侍郎、礼部、户部、吏部尚书及文渊阁、谨身殿、华盖殿大学士。武宗朝，太监刘瑾专朝政，依诺其间，不敢立异。以台阁大臣地位，主持诗坛，为茶陵诗派领袖。其论诗附和严羽，宗法杜甫，而以音调、法度为主。为文典雅、流丽，书法擅长篆隶。

这首七言古诗以老猿的活动为题材，叮咛其趁寒冬未到，抓紧觅食。诗分三层：第一层写猿戏游蜂，表现其贪玩的习性；第二层劝勉趁时觅食；第三层绘制美好未来的图景。诗的主旨以猿喻人，通过形象说明只有辛勤劳动，才能丰衣足食。诗将描写与叙述、议论有机结合，中心明确，读来亲切自然。

题水底猿捉月图　明·樊甫

漏板敲愁夜惊冷①，露井梧桐湿无影。海风吹星消碧烟，青天不见纤月悬②。嫦娥泪泣桂香死，谁知兔魄沉水底③。巫猿激烈心欲飞④，便伸长手捞摸之。夷神叱咤蛟龙怒⑤，翻倒沧海上天去。

注释

①漏板：古代报时用的铜板。汉许慎《说文》："漏，以铜受水，刻节。"古代滴水计时的仪器称为"漏"。②纤月：细小的月亮。③兔魄：指月亮。④激烈：急疾、猛烈。⑤夷神：即水神冯夷，亦称河伯。《庄子·大宗师》："冯夷得之，以游大川。"成玄英疏："姓冯名夷，弘农华阴潼乡堤首里人也。服八石，得山仙。大川，黄河也。天帝锡冯夷为河伯，故游处盟津大川之中也。"叱咤（chì zhà）：发怒的声音。

解说

作者樊甫，《缙云县志》谓又作樊阜，明成化年间（1465～1487）举人。

这是一首以猿猴水中捞月为题材的题画七言古诗。先描写露凉之夜不见星月，给人以愁苦凄清的感觉。一会儿小小的月儿悄悄映在水中，巫山的猿猴为之激动，迅速伸出长长的手臂去捞取。最后这种违背常理的行为，使碧水翻倒，而圆圆的月亮却高高地挂在天上。诗以冷寂的背景反映猿猴的天真活泼，其形象既生动具体，其行为又发人深思。

竹枝词　明·杨慎

无义滩头风浪收①，黄云开处见黄牛②。
白波一道青峰里，听尽猿声是峡州③。

注释

①无义滩：长江上险滩名。②黄牛：地名，即黄牛峡，在湖北宜昌县西，又名黄牛山，下有黄牛滩。《水经注·江水》载行者歌谣："朝发黄牛，暮宿黄牛。三朝三暮，黄牛如故。"③峡州：也作硖州。今湖北省宜昌县。

解说

作者杨慎（1488~1559），字用修，号升庵，四川新都（今成都市新都区）人。正德六年（1511）试进士第一，授翰林修撰。嘉靖时充经筵讲官。其父杨廷和为首辅，以议礼得罪世宗，请求退休离去。杨慎在父亲告老回乡后，坚持前议力谏，两受廷杖，谪戍云南。他利用谪居多暇，书无所不览，好学穷理，老而弥笃。记诵之博，著作之富，为明代第一。著有《升庵集》及杂著多种，其《丹铅杂录》等尤为著称。竹枝词是一种诗体，由古代巴蜀民歌演变而来，其作品大体可分为三类：一类是由文人搜集整理的民间歌谣；二类是由文人吸收、融合民间歌谣的精华，创作出有浓郁民歌色彩的诗作；三类是借竹枝词格调写出的七言绝句，这一类文人气较浓，但仍冠以"竹枝词"。

这是以巴峡民歌形式所写的一首小诗。一、二句点明船行经的地点，三、四句写在一片白波、青峰、风行水上的美景中，在猿猴不住的叫声中，不知不觉就过了难行的三峡。诗以静态写动态，视觉与听觉交替，表现了轻快、喜悦的心情，与李白的《早发白帝城》有异曲同工之妙。

江猿 明·薛蕙

舟行转江峡，处处响哀猿。
极浦云方合①，连山雨正昏。
接条时自挂②，饮水复相援。
不待三春尽③，先伤游子魂。

注释

①极浦：遥远的水边。屈原《湘君》："望涔阳兮极浦，横大江兮扬灵。"
②接条：接着树枝。③三春：春天里的孟春、仲春、季春，这里泛指春天。

解说

作者薛蕙（1489～1539），字采君（《明史》作君采），号西原。祖居亳州（今属安徽）。12岁时即能诗能文，于书无所不读。正德九年（1514）进士，授刑部主事。因谏武宗南巡，受廷杖夺俸，引疾归里。后复起用，任吏部考功司郎中。薛蕙性情耿直，明嘉靖初，朝中发生"大礼"之争，薛蕙撰写《为人后解》《为人后辨》等万言书上奏，反对世宗以生父为皇考，招致皇帝大怒，被捕押于镇抚司，后赦出。著有《西原集》10卷、《补遗》1卷、《五经杂录》《大宁斋日录》5卷、《老子集解》《庄子注》《考功集》《约言》和《西原遗书》2卷。崇祯年间被追封为太常少卿。

这首五律诗以江峡猿猴似哀伤的啼叫，联想到游子自身的处境。春天本来是美好的季节，但感怀前途茫茫，猿声不由自主感物伤人，不胜唏嘘起来。从一个侧面反映了当时人事不堪的社会现实。

神猴赞 明·吴承恩

浑圆体正合先天①，万劫千番只自然。
渺渺无为浑太乙②，如如不动号初玄③。
炉中火炼非铅汞，物外长生是本仙。
变化无穷还变化，三皈五戒总休言④。

注释

①先天：指生下来的禀赋。②太乙：指天地未分混沌之时，形成天地万物的元气。《礼记·礼运》："必本于大（太）一，分而为天地，转而为阴阳，变而为四时。"③如如：佛教称永恒之真理。唐白居易《读禅经》诗："摄动是禅禅是动，不禅不动即如如。"初玄：混沌初开。亦指石头受日月精华而成胎气之时。此时虽已石胎暗结，但在凡人看来，仍是一动不动的一块顽石。④三皈（guī）：佛教要求身心归向佛、法、僧。五戒：五种戒条。一不杀生，二不偷盗，三不邪淫，四不妄语，五不饮酒。

解说

作者吴承恩（1500~1582），字汝忠，号射阳山人，淮安府山阳县（今江苏淮安）人。博学工于诗文。嘉靖二十三年（1544）被录为岁贡生，后流寓南京，以卖文为生。曾写志怪书《禹鼎记》已不传；今存《西游记》和《射阳先生存稿》四卷。本诗选自《西游记》第一回修真诗文第二首。

这是一首《西游记》中赞赏神猴孙悟空的七律诗。一、二联写它奇特的石化出生和千般磨难的经历，第三联写在八卦炉中冶炼，非一般铅汞而化，相反，却更加炼成了火眼金睛，因为它非常物，本是物外长生的神仙。最后写它的超常本领和不循清规戒律的本性。全诗突出它非凡的经历和活泼可爱的性格，语言概括力强，主旨新颖，突破了书中其他诗文说教的束缚。

竹枝词 明·王叔承

白帝城高秋月明①，黄牛滩急暮潮生。
送君万水千山去，独自听猿到五更。

注释

①白帝城：地名，在今重庆奉节县城东瞿塘峡口。

解说

作者王叔承（1537~1601），初名光允，字叔承，晚更名灵岳，字子幻，自号昆仑承山人。吴江（今属江苏）人。喜游学，纵游齐、鲁、燕、赵，又入闽赴楚。在邺下时,郑若庸荐之于赵康王,叔承以其无礼贤下士之实意,赋诗离去。又作客大学士李春芳家,因嗜酒。春芳有所纂述,常因醉卧不应,久之乃请其归。其诗为王世贞兄弟所推崇。曾纵观西苑园内之胜,作汉宫曲数十阕,流传于禁中。著作有《潇湘编》《吴越游集》《宫词》《壮游编》《蠛蠓寄杂录》《后吴越编》《荔子编》《岳色编》《芙蓉阁遗稿》等。

这是一首峡江送行的歌谣体竹枝词。诗的一、二句以明白如话的语句,概括地描绘出三峡独有的景色。第三句写送别时恋恋不舍的心情。最后一句分别后久久不能入睡,以独自听猿到五更天明,表明对友人情谊的深厚。诗写得形象含蓄,白描中显新颖,让人难忘。

忆事 明·沈泰鸿

空山秋月明,处处暮猿清。
不是愁肠断,还闻第四声①。

注释

①第四声:即宫、商、角、徵、羽的徵声。也即D调定音为5。凡调定音为徵声,近悲声。苏轼《仇池笔记·卷上》说乐天诗云:"相逢且莫推辞醉,听唱'阳关'第四声。"一说古人谓猿啼三声泪沾裳,作者声称愁肠已经麻木,可以继续听那第四声。

解说

作者沈泰鸿,浙江鄞县(今浙江宁波市鄞州区)人。明万历年间(1573~1619)尚宝司卿。有《慈向集》等传世。

这首五绝,以猿声的凄清想到秋天令人伤感的时节。第一句写所见之景,第二句写所听之声。第三句本应是好的心境,结尾点明主旨,只因这猿猴的悲鸣使空山明月也充满了悲伤的氛围。短短20字有声有色,一正一反,以猿声带来起伏变化,颇见功力。

古代涉猴词曲

望江南　五代·陈朴

内外遍①，八转始还元②。地带长垂生坎户③，周行胎息贯天门④。太始道方存⑤。　　纯一体⑥，赤黑气常喷⑦。丹火发来烧内境⑧，冷泉深处浴猴狲⑨。神水赤龟吞⑩。

注　释

①内外：此指内脏外形皆换遍，"遍"一作变。②八转：道家炼丹，有一至九转之别，以九转为高。此为陈朴九转金丹法第八转之歌诀。还元：丹家以为丹至八转，外之形体，内之五脏，盖皆换遍。复生地带，如同婴儿之状，故曰返本还元。③地带：此指人之脐带。坎户：道家以为脐带生脐中，为北方坎卦之位。坎为水，胎儿吸收母血输送之营养及氧气。④周行：道家以为元气在任督二脉中通转，即为"周天"。胎息：道家吐纳术中似有似无的呼吸。晋葛洪《抱朴子·释滞》："得胎息者，能不以鼻口嘘吸，如坐胞胎之中，则道成矣。"天门：说法不一，此处当指天庭。《黄庭内景经·隐藏章》："上合天门入明堂。"务成子注："天门在两眉间，即天庭是也。"⑤太始：天地开辟之初，万物赋形之时。《列子·天瑞》："太始者，形之始也。"张湛注："阴阳既判，则品物流形也。"⑥纯一体：纯阳之体，内外均为阳气所充满。⑦赤黑气：神火之气。丹成八转，息之往来，从鼻中出，常见黑赤之气。⑧丹火：炼

丹之火。元萨都剌《升龙观夜烧香印上有吕洞宾老树精》诗："夜静药炉丹火现，月明神剑夜光浮。"内境：内心境界。⑨浴猴狲：道家说丹火之患，心如猴之跃动不已，须以神水制之，如入冷泉。⑩赤龟：仍指丹火。丹浮神水中，如龟吞水之状。

解 说

作者陈朴，字冲用，唐末五代道士。唐僖宗时避黄巢之乱入蜀，隐居于青城大面山，受道于钟离权习内丹道术。曾于宋元丰元年（1078），游南都。其丹法系统完整，以中医脏腑经络学说为基础，注重任脉一路的运炼，著有《陈先生内丹诀》行世，寄意于《望江南》词，通俗易懂。

词牌《望江南》又名《忆江南》《江南好》《春去也》《望江楼》《梦江南》《望江梅》等，原为唐代教坊曲名，属于"小令"，只有27个字。《白香词谱笺》认为："词之难于令曲，如诗之难于绝句"，"一句一字闲不得"。

此词下片提到的"猴孙"句，表面看好像描写猴子在山泉中沐浴，实际上指比喻语中的心猿，需要净化。

词叙九转金丹之第八转修炼法，多丹家用语，读者尤须注意。

（何焱林注）

太常引·仲履席上戏作　宋·李伯虎

憎人虎豹守天关①。（并）嗟蜀道、十分难。说与沐猴冠②。这富贵、於人怎谩③。　　忘形尊俎④，能言桃李⑤，日日在东山⑥。不醉有余叹。唱好个、风流谢安⑦。

注 释

①天关：天门。②沐猴：猕猴。《汉书·西域传》䍐（jì）宾国"出封牛、水牛、象、大狗、沐猴、孔爵"。《汉书·项籍传》："人谓楚人沐猴而冠耳，果然。"颜师古注："言虽著人衣冠，其心不类人也。"③谩：欺语，侈说。④尊：酒器。俎：置肉几。此指酒席之间。⑤桃李：昔人有"桃李无言，下自成蹊"之语。此反其意，用指能言之晚近。⑥东山：指隐居之地。《晋书·谢安传》载：谢安早年辞官隐居会稽东山，朝廷屡征，始复出，为东晋重臣。

后以东山代指谢安。李白《登金陵冶城西北谢安墩》："想象东山姿，缅怀右军言。"⑦谢安（320～385）：字安石，号东山，东晋政治家，军事家，浙江绍兴人。历任吴兴太守、太保兼都督十五州军事兼卫将军等职，死后追封太傅兼庐陵郡公。世称谢太傅、谢安石等。其初与权臣周旋，不卑不亢。当政时，处处以大局为重，不结党营私，不仅调和了东晋内部矛盾，还于淝水之战与其侄谢玄击败前秦苻坚80余万大军，北伐夺回了大片失地。功成名就之时，激流勇退，不恋权位；被后世视为良相代表。

解 说

作者李伯虎，宋章陵令，生平余事不详。

《太常引》是词牌名，调入仙吕宫，又名《太清引》。此调适于婉约、幽怨，遣字不需太重、太猛；可有波澜，但无需大浪。

虽然此词称为"戏作"，实际上带有满腹牢骚，开头一句就点出虎豹当关的现实。猴在这里是以"沐猴而冠"的成语出现，比喻那些当道的衣冠禽兽。

（何焱林注）

兰陵王·题笔架山 宋·白玉蟾

三峰碧①，缥渺烟光树色。高寒处、上有猿啼，鹤唳天风夜萧瑟。山形似笔格，人道江南第一。游紫观②、月殿星坛③，积翠楼前吹铁笛④。　客来访灵迹，闻王郭当年，曾此驻锡⑤；二仙为谒浮丘伯⑥。从骖鸾去后⑦，云深难觅。丹炉灰冷杵声寂⑧，依然旧泉石。

泉石，最幽阒⑨。更禽静花闲，松茂竹密。清都绛阙无消息⑩。共羽衣挥尘⑪，感今怀昔。堪嗟人世，似梦里，驹过隙⑫！

注 释

①三峰：指笔架山。山有多处，此指闽侯或江西之笔架山，形如笔架，中有三峰。②紫观：道观。汉刘向《列仙传》："老子西游，关令尹喜望见有紫气浮关，而老子果乘青牛而过也。"故一般以紫气示神仙祥瑞之气。③星坛：道士作法之坛。唐年融《寄羽士》诗："乐道无时忘鹤伴，谈玄何日到星坛。"④铁笛：隐者、高士所吹之笛。宋朱熹《武夷精舍杂咏·铁笛亭序》："（武夷

山中之隐者刘君）善吹铁笛，有穿云裂石之声。"⑤王郭：或指王子乔与郭璞。王子乔：汉刘向《列仙传·王子乔》："王子乔者，周灵王太子晋也。好吹笙作凤凰鸣。游伊洛间，道士浮丘公接上嵩高山。三十余年后，求之於山上，见柏良曰：'告我家：七月七日待我于缑氏山巅。'至时，果乘鹤驻山头，望之不可到。举手谢时人，数日而去。"又谓，王子乔曾至钟山，获《九化十变经》，以隐遁日月，游行星辰，后以疾终。其墓在景陵，战国时有发其墓者，见一剑，正要取视，其剑忽然上飞去。郭璞（276～324），字景纯，河东闻喜县人（今山西省闻喜县），东晋著名学者，文学家、训诂学家，道学术数家，游仙诗鼻祖。西晋末战乱将起，郭璞避地江南，历任宣城、丹阳参军。晋元帝时期，升至著作佐郎，迁尚书郎，又任将军王敦的记室参军。324年，力阻荆州王敦谋逆，被杀，时年49岁。曾注《周易》《尔雅》《山海经》《穆天子传》《方言》和《楚辞》等。驻锡：僧人出行，锡杖自随，其止，则称驻锡。指僧道止宿之地。宋孙光宪《北梦琐言》卷七："诗僧齐己驻锡巴陵，欲吟一诗，竟未得意。"⑥浮丘伯：古仙人，即浮丘公，《文选·谢灵运〈登临海峤与从弟惠连〉诗》："傥遇浮丘公，长绝子徽音。"李善注引《列仙传》："王子晋好吹笙，道人浮丘公接以上嵩山。"⑦骖鸾：仙人骑鸾飞升。⑧杵：捣药用具。人去炉冷，杵声故寂。⑨幽阒（qù）：寂静。⑩清都：天帝居处。《列子·周穆王》："清都、紫微、钧天、广乐，帝之所居。"绛阙：朱色门阙，借指道观、寺庙、宫廷等。⑪羽衣：鸟羽为衣，此指神仙或道士所著之衣。曹植《平陵东行》："阊阖开，天衢通，被我羽衣乘飞龙。"⑫驹过隙：如小白马驰过缝隙，《庄子·知北游》："人生天地之间，若白驹之过郤，忽然而已。"

解 说

作者白玉蟾（1194～?），俗名葛长庚，字白叟，号白玉蟾，宋代闽清（今属福建）人。曾经在武夷山修道，嘉定年间诏征赴阙，受封"紫清明道真人"。善篆隶草书，尤善填词，杨慎称其作品"亦有思致，不愧词人"。陈廷焯《白雨斋词话》评说："葛长庚词，一片热肠，不作闲散语，转见其高。"又说："葛长庚词，脱尽方外气。"

这首词的词牌《兰陵王》，属于长调，3段，130字，用入声仄韵，音节顿挫高亢，雄壮激越。《隋唐嘉话》称："齐文襄之子长恭，封兰陵王。与周师战，尝着假面对敌，击周师金墉城下，勇冠三军。武士共歌谣之，曰《兰陵王入阵曲》。"后来演变为词，写作难度颇大。此词首段纯为写景，猿猴在高寒的山峰上啼叫，突出了当地的自然生态。

中片回首前尘，追寻史迹，昔有王、郭二仙曾在此驻锡，所谓山不在高，有仙则名。然自二仙为拜谒浮丘公，乘鸾去后，只剩得灰冷杵寂，禽闲松茂，泉石阒寂，一派索漠。

末段兴今昔之感，千年岁月，不过白驹过隙，稍纵即逝。虽游于方外者，亦不免人生如梦之叹。

（何焱林注）

水龙吟·采药径 宋·白玉蟾

云屏漫锁空山，寒猿啼断松枝翠。芝英安在①？朮苗已老②，徒劳屐齿③。应记洞中，凤箫锦瑟④，镇常歌吹⑤。怅苍苔路杳，石门信断⑥，无人问、溪头事⑦。　　回首暝烟无际，但纷纷、落花如泪。多情易老，青鸾何处⑧？书成难寄。欲问双娥⑨，翠蝉金凤⑩，向谁娇媚？想分香旧恨⑪，刘郎去后⑫，一溪流水。

注释

①芝英：灵芝。司马相如《大人赋》："呼吸沆瀣兮餐朝霞，咀噍芝英兮叽（jī）琼华。"叽，意为吃一点。②朮（zhú）：有白朮、赤朮二种，白朮为多年生草本植物，喜凉爽气候，以根茎入药，健脾益气，燥湿利水，止汗，安胎。赤朮一名苍朮，亦入药。③屐（jī）齿：木屐底下之刻齿，用以防滑，此指足力。④凤箫：排箫，参差如凤翼，故名。唐沈佺期《凤箫曲》："昔时嬴女厌世纷，学吹凤箫乘彩云。"暗用秦王女弄玉升仙事。锦瑟：漆织锦纹之瑟，杜甫《曲江对雨》："何时诏此金钱会，暂醉佳人锦瑟傍。"仇兆鳌注引《周礼乐器图》："饰以宝玉者曰宝瑟，绘文如锦者曰锦瑟。"⑤镇常：时常。歌吹（chuī）：歌唱吹打，此处指吹奏笙箫等管乐。⑥石门：借指隐者、贤者。语出《论语·宪问》。汉焦赣《易林·革之旅》："石门晨开，荷蒉疾贫，遁世隐居，竟不逢时。"⑦溪头事：指陵阳子明事。《列仙传》："陵阳子明者，乡人也，好钓鱼于旋溪。钓得白龙，子明惧，解钩拜而放之。后得白鱼，腹中有

书，教子明服食之法。子明遂上黄山，采五石脂，沸水而服之。三年，龙来迎去。"⑧青鸾：即青鸟，为仙人信使。⑨双娥：两个女子，或指董双成与小玉。双成为西王母侍女，事见《汉武帝内传》；小玉为吴王夫差女儿。白居易《霓裳羽衣歌》："吴妖小玉飞作烟，越艳西施化为土。"自注："夫差女小玉死后，形见於王。其母抱之，霏微若烟雾散空。"⑩翠蝉金凤：指女子的发型与发饰。⑪分香：曹操临终时吩咐诸妾事："馀香可分与诸夫人。诸舍中无为，学作履组卖也。"⑫刘郎：指东汉刘晨。传刘晨和阮肇入天台山采药，为仙女所邀，留半年，求归，抵家子孙已七世。唐司空图《游仙》诗之二："刘郎相约事难谐，雨散云飞自此乖。"

解说

这首词词牌《水龙吟》，名称出自李白诗句"笛奏水龙吟"，又名《龙吟曲》《庄椿岁》《小楼连苑》。全词102字，前后片各有四仄韵。词调气势雄浑，多用以抒写激奋情思。此词描写道士上山采药的所见。词中的猿猴，仍然是空山里的寒猿。

上片写入山采药，访道求仙，然灵芝不在，术苗已老，仙药难得；凤箫音绝，石门信断，溪头无人，仙与药两不可得，只有空劳屐齿。

下片面对苍茫，徒增感慨，多情易老，美人已渺，书成难寄，翠蝉金凤，只剩下分香遗恨。刘郎去后，再无仙女相邀，只剩下一溪淙淙流水，仿佛在叙说仙家往事。即方外人如葛长庚者，也挣不开一把情锁。

(何焱林注)

菩萨蛮·送刘贵伯　宋·白玉蟾

阁山云冷风萧瑟①，野猿啼罢蟾光白②。听彻太清弦③，断肠云水天④。　金陵君此去，秋入蒹葭浦。兴满即回辕⑤，明年二月春。

注释

①阁(gé)山：阁同阁，阁山一名阁皂山，在今江西中部，赣江中游之樟树市东南隅，亦称葛岭。是武夷山西延的支脉，海拔802.7米，雄峙赣江东岸，蟠衍200公里，山多樟树。山名始见于东汉。宋代以来，即有"天下名

山，道教福地，神仙之馆"的誉称。东汉建安七年（202）著名道家葛玄在此建"卧云庵"修真，筑坛立灶，修炼"九转金丹"，尊称樟树药业之祖。唐仪凤年间（676~678）朝廷赐阁皂山为天下第三十三福地。宋代进入鼎盛时期，与金陵（今南京）茅山、广信（今贵溪）龙虎山并称为道教三大名山。②蟾光：月光。昔人称月中有蟾蜍，故称月光为蟾光。南朝梁萧统《锦带书十二月启·太簇正月》："飘飘馀雪，入箫管以成歌；皎洁轻冰，对蟾光而写镜。"③太清：为三清之一，道家谓元始天尊所化法身道德天尊所居之地，其境在玉清、上清之上。此泛指道家乐曲。④云水：此指僧、道，僧人道人，云游天下，如行云流水，踪迹不定。唐项斯《日东病僧》诗："云水绝归路，来时风送船。"⑤回辕：回车、回家。

解说

《菩萨蛮》词牌，名称来源是唐时外国进贡者，梳有高髻，挂珠玉项圈，形似菩萨，故有此称。据考证，原词牌为今缅甸境内古代罗摩国的乐曲，由之引进而来。词的情调由紧促而转低沉，是其特色。

这是一首送别的词语，上片写景，下片嘱人，层次分明。第二句的野猿，在月出之前啼叫数声后归巢。下文"蟾光"，即指月光。

词题中提到之刘贵伯为阁山与葛长庚同时代之道士。这是一首同门送别之词。虽游于方外之士，亦有离情别绪，所谓"听彻太清弦，肠断水云天"。更兼月夜猿啼，冷风萧瑟，挚友相别能不断肠。下阕说明刘贵伯所去之地，其再会阁山之时，已是明年二月，这或许暗示，葛与刘，明年二月有再聚之约吧。

（何焱林注）

水调歌头·自述 宋·白玉蟾

一个江湖客，万里水云身①。鸟啼春去，烟光树色正黄昏。洞口寒泉漱石②，岭外孤猿啸月，四顾寂无人。梦魂归碧落③，泪眼看红尘。　烟蒙蒙，风惨惨，暗消魂④。南中诸友，而今何处问浮萍⑤？青鸟不来松老⑥，黄鹤何之石烂⑦，叹世一伤神。回首南柯梦⑧，静对北山云⑨。

注释

①水云：江湖之意。②漱石：冲刷石头，北魏郦道元《水经注·沁水》："其水沿波漱石，湍涧八丈，环涛毂转，西南流入於沁水。"③碧落：道家指天。唐杨炯《和辅先入昊天观星瞻》："碧落三乾外，黄图四海中。"④消魂：喻极端失意与无奈。"消"一作销。⑤浮萍：漂泊不定之身。杜甫《又呈窦使君》："相看万里外，同是一浮萍。"⑥青鸟：此处指信使。《汉武故事》："七月七日，上（汉武帝）於承华殿斋，正中，忽有一青鸟从西方来，集殿前。上问东方朔，朔曰：'此西王母欲来也。'有顷，王母至，有两青鸟如乌，侠侍王母旁。"后遂以"青鸟"为信使的代称。⑦黄鹤：用崔颢《黄鹤楼》诗意，黄鹤一去不返。石烂：宁戚《饭牛歌》有："南山矸，白石烂"之词，喻时间过了很久。⑧南柯梦：用唐李公佐《南柯太守传》故事，喻世事无常，人生若梦。⑨北山：与南柯对偶，不必确指何山。或用孔稚珪《北山移文》意。北山即今南京市东之钟山，一名紫金山。

解说

词牌《水调歌头》，又名《元会曲》《凯歌》《台城游》等。全词95字，平韵。所谓"水调"，源于唐朝大曲"水调歌"，据《隋唐嘉话》称，歌为隋炀帝凿汴河时所作。宋乐入中吕调。凡大曲都有"歌头"，此词裁截其首段，因名。

此词是作者的自叙，描述道人隐居山林的逍遥境况。"孤猿啸月"虽是写景，亦有自喻之意。

作者虽身入道箓，游于方外，但正如陈廷焯《白雨斋词话》评其词说："葛长庚词，脱尽方外气。"此词称己为"万里水云身"，虽梦魂归碧落，却泪眼看红尘。哪里能心如止水，放得下一片红尘。下片怀想南中诸友，松老石烂，青鸟不来，黄鹤不返，音问都无，不知诸友是生是死，萍漂何处，令其"叹世一伤神"，怎一个情字了得！结句"回首南柯梦，静对北山云。"是否对往昔应诏赴阙，有所遗憾？

（何焱林注）

鲁大夫秋胡戏妻　元·石君宝

【耍孩儿①】可不道书中有女颜如玉②。（秋胡云）呀！倒吃了他一个酱瓜儿③！（正旦唱）你将着金，要买人犹云䙡雨④，却不道黄金散尽为收书⑤。哎，你个富家郎，惯使珍珠，倚仗着囊中有钞多声势，岂不闻财上分明大丈夫，不由咱生嗔怒。我骂你个沐猴冠冕⑥，牛马襟裾⑦！

注　释

①耍孩儿：曲牌名。②颜如玉：出自北宋真宗赵恒之《劝学文》，原文为："书中自有黄金屋，书中自有颜如玉。"③酱瓜儿：元人俗语，挖苦，讥笑。④犹云䙡(tì)雨：喻男女欢爱，宋柳永《浪淘沙》词："䙡云尤雨有万般千种，相怜相惜。"⑤黄金散尽：句出吕洞宾题沈东老诗："西邻已富忧不足，东老虽贫乐有馀，白酒酿来因好客，黄金散尽为收书。"⑥沐猴：即猕猴。沐猴冠冕：有人面兽心意。⑦牛马襟裾：谓禽兽而着人装。唐韩愈诗《符读书城南》："人不通古今，马牛而襟裾。"

解　说

作者石君宝，元代戏曲作家。平阳（今山西临汾）人。以写家庭、爱情剧见长。著有杂剧10种，现仅存3种：《鲁大夫秋胡戏妻》《李亚仙花酒曲江池》《诸宫调风月紫云亭》。今人孙楷第《元曲家考略》认为石君宝为女真族。元世祖至元十三年（1276）去世，享年85岁。

题中秋胡为春秋鲁人，婚后五日，游宦于陈，五年乃归，见路旁美妇采桑，赠金戏之，妇不纳。及还家，母呼其妇出，即采桑者。妇斥其悦路旁妇人，忘母不孝，好色淫佚，愤而投河死。事见汉刘向《列女传·鲁秋洁妇》。秋胡遂成对爱情不专一男子之别称。南朝陈徐陵《谏仁山深法师罢道书》："同衾分枕，犹有长信之悲；坐卧忘时，不免秋胡之怨。"

这是元代杂剧之一，表现民间流传的"秋胡戏妻"故事。元杂剧是在金朝院本的基础上发展形成，其剧本注重舞台性，角色分工类型化，漠视生活外部形态真实，以象征化的手法，表现剧作的内在情绪，完全具备了戏曲的本质特征。特别是广泛反映当时的社会现实,最值得称道。

剧中唱的曲子,各有曲牌。这里的"耍孩儿"就是曲牌之一。每个曲牌都有一定的曲调、唱法,同时规定字数、句法、平仄等。曲牌大都来自民间,有一部分由词发展而来,和词牌名称相同,但内容并不完全一致。这里猴的出场,也来自"沐猴而冠"的成语。

(何焱林注)

西游记（摘录） 元·杨景贤

（木叉唱①）【斗虾蟆】金甲白袍灿,银装宝剑横,显恶姹的仪容②。冲天入地势雄,撼岭拔山威重,离岩出洞雾濛,搅海翻江风送。变大塞③,破太空;变小藏④,入山缝。云气笼,雨气从,溪源潭洞,江河淮孟⑤,显耀神通。常言道,最恶者无过于龙。哎！吾兄从今后,不必把眉头纵。骑着龙马,引着部从,摩㕯⑥。松枝向东,来此相逢。

上告师兄：小心去。俺师父预先与你寻着一个徒弟,在花果山等哩。

【尾】你西行似入游仙梦,我南往重归沧海中。到前途,莫惊恐。有山精,有大虫,有猿猴,有马熊⑦。见放着龙君将老师奉,到花果山乱峰,相遇着悟空,取经卷回来受恩宠。

注释

①木叉：一作木咤,木叱,通俗小说中人物,观音弟子之一,兵器为吴钩双剑。又称惠岸行者。②恶姹：一作恶诧、恶妊,意为凶猛、威严。③大塞：大的塞子,此作大物解。④小藏：本指少府钱库,此借指小物。汉应劭《汉官仪》卷上："少府掌山泽陂池之税,名曰禁钱,以给私养,自别为藏。少者,小也,故称少府。秩中二千石。大用由司农,小用由少府,故曰小藏。"⑤江河淮孟：江,长江；河,黄河；淮,淮河；孟：孟诸,一作孟潴。古泽薮名。在今河南商丘东北、虞城西北。《书·禹贡》："导菏泽,被孟猪。"《左传·僖公二十八年》："余赐女孟诸之麋。"杜预注："孟诸,宋泽薮。"《史记

·司马相如列传》："浮渤澥，游孟诸。"张守节正义："《周礼·职方氏》：'青州薮曰望诸。'郑玄云：'望诸，孟潴也。'"唐高适《封丘县》诗："我本渔樵孟诸野，一生自是悠悠者。"孟诸泽今已湮灭。⑥摩砻：磨光，历练。《隐居通议·古赋》引宋傅幼安《丽谯赋》："斲削摩砻，黝垩棨赤，举以法故，非侈其饰。"⑦马熊：或称棕熊或黑，也称人熊。身体大，肩部隆起，毛色一般为棕褐色。能爬树，会游泳，食果菜虫鱼鸟兽等，有时也伤害人畜。掌和肉可食，皮可做褥，胆可入药。

解说

作者杨景贤，名暹，后改名讷，一字景言。生卒年不详。明初贾仲明《录鬼簿续编》云："与余交五十年"，永乐初尚得宠于朱明，知杨氏乃元末明初戏曲家。杨本为蒙古人，上辈已移居浙江钱塘，故朱有炖《烟花梦引》言及京都乐妓蒋兰英时云："钱塘杨讷为作传奇而深许之。"《录鬼簿续编》言杨氏"善琵琶，好戏谑，乐府出人头地。锦阵花营，悠悠乐志。与余交五十年。永乐初，与舜民一般遇宠。后卒于金陵。"作者所著杂剧《西游记》为戏曲巨著，一般杂剧仅四折，此剧则有二十四折。此段为第二本第七出片段。

这一元杂剧，是小说《西游记》的祖本，此段表现唐僧收孙悟空以前的情境。元曲的套数，是由首牌（也叫正曲）、次牌、中间过曲、煞尾等构成。煞尾是结束的意思，在元曲中是指套数中最后的一支曲子。这里的猿猴，与众多山野动物一起点出。

（何焱林注）

龙济山野猿听经 元·无名氏

（禅师上，云）贫僧方才在后山中禅堂入定①，猛听得佛殿内不知是何人在此游玩。我试向佛殿门前，看是甚的。呵、呵、呵，原来是个玄猿，在此作戏。我且不觑破他②，只在此看他怎生作戏。

（正末云）我下的禅床来呵。那壁供桌上放着物件，我自看去。

（禅师云）他元来在此这般作戏也，我是再看咱。（正末唱）

【牧羊关】我将这经文从头念，袈裟身上穿，把幡幡伞盖拿着③。饮了些胆瓶中净水馨香，嗅了些瓦鼎内沉檀缥缈④。我这里上侧畔蒲团倒，近经案吹笙箫，我这里转身跳跃观觑了。

……

（禅师云）此猿虽有善缘，未居人类，难以超升。此猿，恐怕他扯碎了经文，毁伤了佛像，我着他见个景头⑤，必然大悟也。疾！山神安在？

（外扮山神上，诗云）中和正直列英才，玉笋亲临圣敕差⑥。休道空中无神道，霹雳雷声那里来。小圣本处山神是也。祖师有唤，不知有何法旨。

（禅师云）山神听吾法旨：你看禅堂内玄猿窥我经典，着我袈裟，汝可惊吓他一回；此猿以后必成正果，慎勿伤害。贫僧且回山中去也。（下）

（山神云）兀那业畜，休得无礼！怎敢来俺法堂作戏，佛殿嬉游也！……

（山神云）此猕猿去了也。他虽是个猿精，却有如来觉性⑦，久以后必然成真悟道也。吾神回禅师话，走一遭去也。俺师父广有神通，为玄猿山内纵横，差吾神亲身显化，那其间必悟玄宗⑧。（下）

（禅师领行者上⑨，诗云）佛法帷心不可量，无边妙意广含藏。有朝得悟真如相，便是灵山大法王。贫僧修公禅师是也⑩。自从昨日，不想那道妙玄猿，来俺这龙济山作戏。我恐此猿初悟三宝，贫僧已差山神赶散去了。昨日伽蓝来报，道今日此猿复脱真形，来此听讲。我在法堂中等候，若来时，贫僧自有个主意。这早晚敢待来也。行者，你门首觑着，若有人来，报复我知道。

（行者云）理会的。

（正末扮秀士上，云）小生姓袁名逊，字舜夫，本贯峡中人也⑪。小生幼遂功名，官居辇下，因唐朝明宗胡人⑫，暮年昏惑，小生远其利害，全其生命，江湖散荡，山野游遨。小生想俺为官的经了多少崎险也呵！（唱）

【中吕】【粉蝶儿】见了些尘世荣华，羡功名一场风化。看他每闹垓垓斗逞奢华⑬，每日家插宫花，斟御酒，常只是胸襟宽大。名利交加，到如今都做了渔樵闲话。

【醉春风】经了些翻滚滚恶尘途，受了些急穰穰世事杂⑭。想着那人生否泰在须臾，敢不是假，假。利锁名缰，居官受禄，到如今都一笔勾罢。

（云）小生来到这座山中，看了这座山，比与他山甚是不同也呵！（唱）

【红绣鞋】一缕游云直下，半泓秋水交加，有他那苍松丛内鸟音杂。一壁厢烟笼树，一壁厢雾侵霞，恰便似小蓬莱移在这榻。

……

（禅师云）此人非是峡山中袁逊，他乃是野猿所化。他先化做一个樵夫，托名侯玄。来访贫僧，贫僧未曾说破他。前日此猿又来经堂作戏，贫僧与他一个景头。今日化临此处。我观此猿善根将熟⑮，我来日升堂以罢，此人必悟宗风，证果朝元而去⑯。行者便说与众僧，道我来日在佛殿内升堂说法，就请袁秀才前至法座听讲。

（行者云）理会的。

（禅师云）贫僧无甚事，且回法堂，打坐参禅去也。（下）

……

（正末上，云）多谢禅师偈言点化。小生实非人类，乃此山中得道老猿，未经圣僧罗汉点化，不得超升。初则变化儒樵，蒙师教诲。已识禅真半面。次则真形入师禅堂，授我经典，衣我袈裟，蒙师待以不死。今日座下，又蒙真诠数语，点化兽心，其实的参透得净也！（唱）

【双调·新水令】今日一心参透祖师禅，我将这大圆明片时间发见⑰。灵台无污染⑱，丹府绝尘缠⑲。本性大然，真如相悟当面⑳。

……

（圣僧罗汉上）释迦拈花悟本心㉑，加舍惟笑遇知音㉒。灯灯相照传千古㉓，朗朗光明直到今。贫僧乃西天阿罗汉是也㉔。今日卢陵郡龙济山中㉕，一个千载玄猿，常与修公禅师听经闻法。了然大悟，就干野塘秋水漫，花坞夕阳迟，寺中坐化，正果归空。贫僧在此待候他，这早晚敢待来也。

（正末上，云）小生千载玄猿，托名袁逊，自于寺中修公祖师座下问罢禅，一言大悟，坐化身亡。你看金童引接，玉女相随，果是好境界也！

注 释

①入定：僧人修行法，多取闭目趺坐式，不起杂念，使心定于一处。②觑破：此处谓说破，道出真相。③幡幡：翻摇貌。《诗·小雅·瓠叶》："幡幡瓠叶，采之亨之。"④胆瓶：长颈大腹瓶，其形如悬胆，故名。宋陈傅良《水仙花》诗："掇花寘胆瓶，吾今得吾师。"一般指花瓶，此借用称饮水瓶。瓦鼎：陶制鼎，有耳有足，古为炊具，此指香炉。沉檀：沉香、檀香之省称。沉香为一种香木，是瑞香科植物白木香或沉香等树木的干燥木质部分，沉香木树心部受到外伤或真菌感染后，会大量分泌带有浓郁香味的树脂。这些部分因为密度很大，又被称为"水沉香"。沉香木是珍贵香料，亦可入药。作燃烧熏香、提取香料、加入酒中，或直接雕刻成装饰品。檀香为香木名。木材极香，可制器物，亦可入药。寺庙中用以燃烧祀佛。南朝梁沈约《瑞石像铭》："莫若图砂（妙）像於檀香，写遗影於祇树。"⑤景头：幻觉中之形象、境界。⑥玉笋：此处喻人才，《新唐书·李宗闵传》："俄复为中书舍人，典贡举，所取多知名士，若唐冲、薛庠、袁都等，世谓之玉笋。"⑦如来：梵语意译：如即如实，如来即从如实之道而来，为释迦牟尼十种法号之一。⑧玄宗：佛之深奥意旨。晋释肇《注〈维摩诘经〉序》："而恨支竺所出，理滞於文，常惧玄宗，坠於译人。"何按：支即支遁，字道林，东晋高僧；竺：竺法兰（Dharmaratna），印度中部僧人，东汉明帝永平10年（67）与迦叶摩腾二人随同蔡愔到洛阳传教。竺通汉语，翻译出了现存的第一部中文佛经《四十二章经》。⑨行者：此指方丈侍者或在庙中做杂役而未剃度者。《释氏要览》卷上："《善见律》云：'有善男子欲求出家，未得衣钵，欲依寺中住者，名畔头波罗沙。'今详，若此方行者也。"⑩修公：即绍修禅师，罗汉桂琛禅师之法嗣，姓氏未详。五代

后唐时法眼宗高僧。⑪袁：猿之谐音。逊：狲之谐音。舜与逊古音近。舜夫即狲夫。本贯：原籍。前蜀韦庄《秦妇吟》："乡园本贯东畿县，岁岁耕桑临近甸。"峡中：三峡中。⑫唐朝明宗：指后唐明宗李嗣源（867～933），沙陀人，本名名邈佶烈，唐河东节度使李克用的养子。⑬他每：即他们。闹垓垓：闹喳喳，嘈杂。⑭急穰穰：同急攘攘，忙迫慌乱。⑮善根：梵语意译，人能为善之根。指身、口、意三业之善法而言，善能生妙果，故谓之根。《维摩诘经·菩萨行品》："护持正法，不惜躯命；种诸善根，无有疲厌。"⑯证果：佛教徒谓经长期苦修而悟妙道。朝元：原指道教徒朝拜老子。唐初追号老子为太上玄元皇帝，故称朝拜老子为朝元。唐白居易《寻郭道士不遇》诗："郡中乞假来相访，洞里朝元去不逢。"前蜀韦庄《玉真观寻赵尊师不遇》诗："羽客朝元昼掩扉，林中一迳雪中微。"此处借用道家语，意为袁逊朝拜佛陀，得避轮回。⑰大圆明片：即大圆镜智，佛"四智"之一，洞照一切清净真智。唐慧能《坛经·机缘品》："大圆镜智性清净，平等性智性无病。"明李贽《与马历山书》："盖人人各具有是大圆镜智，所谓我之明德是也。"⑱灵台：此指人心。《庄子·庚桑楚》："不可内於灵台。"郭象注："灵台者，心也。"⑲丹府：指赤心，一指丹田。陆机《辨亡论》："接士尽盛德之容，亲仁馨丹府之爱。"刘良注："丹府谓赤心也。"⑳真如：梵语宇宙万有真实本体之意译。与实相、法界等语同义，《成唯识论》卷九："真谓真实，显非虚妄；如谓如常，表无变易。谓此真实，於一切位，常如其性，故曰真如。"㉑拈花：佛教故事。《五灯会元·七佛·释迦牟尼佛》："世尊在灵山会上，拈花示众，是时众皆默然，唯迦叶尊者破颜微笑。世尊云：'吾有正法眼藏，涅槃妙心，实相无相，微妙法门，不立文字，教外别传，付嘱摩诃迦叶。'"㉒加舍：迦叶之另译，此指摩诃迦叶波，他年高德劭，称为大迦叶。释迦殁后佛教结集三藏时，他是召集人兼首座。中国禅宗又说他是传承佛法的第一代祖师，西土二十八祖之始祖。王巾（chè）《头陀寺碑文》："以法师景行大迦叶，故以头陀为称首。"李善注："大迦叶比丘，是释迦牟尼佛大弟子。"唐玄奘《大唐西域记·摩揭陀国下》："是时迦叶告诸众曰：'如来寂灭，世界空虚，当集法藏，用报佛恩。'"㉓灯灯相传：佛家谓传法为传灯。佛法如明灯，能破除迷暗，故称。唐崔颢《赠怀一上人》诗："传灯遍都邑，杖锡游王公。"㉔阿罗汉：梵语Arhat音译。小乘佛教理想之最高果位。亦用称断绝嗜欲，解脱烦恼，修得小乘果之人。《百喻经·入海取沉水喻》："不如发心求声闻果，速断生死，作阿罗汉。"㉕卢陵：当是庐陵，即今江西吉安市。龙济山为龙济宗祖庭。

解 说

龙济山在江西抚州，为禅宗重镇之一。

这一元杂剧比较有趣，描述一个野猿进入禅院，由调皮捣蛋转变为参悟禅机的过程。

此段故事亦阐述、宣扬释家众生平等之理念，无论人身畜身，只要一心向善，坚持正果，终可修得大道，升入法界。

此曲也是《西游记》孙行者访道修真的蓝本之一，由此亦可见小说《西游记》在元代已逐渐成形。不过《西游记》里的猢狲成道之后，不安本分，成了一个反叛天庭的齐天大圣，闹得玉皇大帝几乎坐不稳天宫。而孙行者也只有经过八十一难方成正果。龙济山的猴行者则容易得多，经绍修禅师一番度化，一言大悟，即有金童玉女接引，涅槃往西方极乐世界而去。

（何焱林注）

古代涉猴赋

王孙赋 东汉·王延寿

原天地之造化,实神伟之屈奇①;道玄微以密妙,信无物而不为②。

有王孙之狡兽,形陋观而丑仪③。颜状类乎老公④,躯体似乎小儿。眼瞲睢以䀦䀦,视䁾睫以䀹䀹⑤。突高匡而曲頞,䁾䁯历而䁾离⑥。鼻䶉齁以䶈䶈,耳耸役以䏿知⑦。口嗛呻以䶈䶈,唇敝嚼以皴皱⑧。齿崖崖以齾齾,嚼呿哆而啜呭⑨。储粮食于两颊,稍委输于胃脾⑩;蜷菟蹲而狗踞,声历鹿而喔咿⑪。或嗝嗝而噭噭,又啼嗅其若啼⑫。姿僭僸而抵戆,豁肝䏿以琐䶈⑬。眙䀦䁯䁯而睨睇,䀦䀦睇䀹而趿䎑⑭。

注 释

①原:究其本源。《汉书·薛宣传》:"原心定罪。"注:"谓寻其本也。"屈奇:怪异神奇。《淮南子·诠言训》:"圣人无屈奇之服,无瑰异之行。"②句意有无奇不有,无物不作义。③王孙:猴子别名。唐柳宗元《憎王孙文》:"猨、王孙居异山,德异性,不能相容。"蒋之翘辑注:"王孙,猴也,状似愁胡。"狡兽:一作狭兽,即狖兽,狡黠敏捷调皮之兽。丑仪:仪容丑陋。④颜状:容貌形状。老公:老翁。⑤瞲睢(yá jǔ):形容猴的眸子不正。䀦䀦(xuè miǎn):惊疑斜视。䀦一本作恤。䁾睫(jí jié):有动义,䁾睫即顾

盼不定貌。眳睽（jué xī）：目昏目病貌。⑥突：眉突。猴之眉骨较高，眼眶较深。颚（è）：鼻梁。曲颚：猴之鼻梁较低曲。矎（xuān）：眼部。一作偄。眗（xù）历：惊视貌。瞨（huī）离：大眼有翳。⑦鮭鮈（kuī hōu）：鼻息声。鮈一本作鮰。齂齂（xī shà）：原注：皆鼻息也。聿（yù）役：动貌。啇知：如低声说话而倾耳听状，此处作耳动貌。啇一作睈（chèng）。⑧嗛呻（qiàn rán）：嘴动，咀嚼貌。龂齺（zhān zōu）：无齿无牙咀嚼状。被噷（má xī）：闭口貌，或忍寒声。皮覝（pī xiàn）：张口貌。⑨崖崖：露齿貌。齴齴（yǎn）：露齿貌。唯㗆（rěn rǎn）：口动貌。嗫呢（niè ér）：口动貌。呢一作唲（xiàn）。⑩委输：汇聚；输送。⑪蜷（quán）：弯曲。菟（tù）蹲：兔子那样蹲着。历鹿：车轮声。此形容叫声。喔咿：状禽兽之鸣叫声。⑫噷噷（gé）：鸟兽鸣声。嗀嗀（hù）：呕吐貌或呕吐声。啇嗅（dí xù）：象声词，此状猴叫声。啇一本作嘀，疑为形近假借；一本作嗅，疑误。⑬偖傔（tiě jiān）：奸诈狡猾的样子。抵赣（gòng）：蠢笨。豁（huō）：敞开。盱阋（xū xì）：皱眉戚目的样子。瑣醯（suǒ xī）：皱眉戚目喝醋状。醯一本作醘，义同。⑭眙（chì）：直视。睕瞛（wān zǒng）：偷视貌。眽眎（mì shì）：邪视貌。眈（yuǎn）：看来形状乖戾。瞍瞤（ruǎn shùn）：眼皮跳动或眨眼貌。踧頞（cù è）：皱眉头；惊惧不安貌。

生深山之茂林，处巉岩之嵌崎①。性獿猿之猲疾，态峰出而横施②。缘百仞之高木，攀窈袤之长枝③。背牢落之峻壑，临不测之幽谿④。寻柯条以宛转，或捉腐而登危⑤。若将颓而复著，纷嬴绁以陆离⑥。或犀跳而电透，或瓜悬而瓠垂⑦。上触手而拏攫，下值足而跖登⑧。互攀揽以狂接，复儵呻而奄赴⑨。时寥落以萧索，乍睥睨而容与⑩。或踶跌以跳进，又咨陬而攒聚⑪。扶嵚岌以槟槲。蹑危臬而腾舞⑫。忽涌逸而轻迅，羌难得而觎缕⑬。同甘苦于人类，好铺糟而歠醨⑭。乃置酒于其侧，竞争饮而蹄驰⑮。颐陋酗以迷醉，曚眠睡而无知。暋挚鬈以缧缚，遂缨络而羁縻⑯。归锁系于庭厩，观者吸呷而忘疲⑰。

注　释

①崭（zhǎn）岩：高峻的山崖。嶔崎（qīn qí）：险峻不平。②獟獟（piào zé）：敏捷。獝（fán）疾：迅捷。峰出：锋芒毕露、窜出。横施：肆意施行。③窈袅（yǎo niǎo）：柔软细长貌。④背：背后。牢落：稀疏零落貌。峻壑：深险之大壑。幽豁：幽深之谿谷。⑤捉腐：抓住枯枝。⑥赢绌（chù）：有余或不足，引申为进退。陆离：分散，句有进退失据意。⑦犀跳：强劲腾跳；犀一本作群。电透：如闪电穿透。一晃即逝，喻其疾捷。⑧拏攫（ná jué）：抓取。跻（tiào）登：升高迅捷。⑨夐（xuàn）：求得。儵眒（shū shēn）：疾速。奄（yǎn）赴：忽然而去。⑩寥落：空旷冷落。萧索：荒凉冷落。睥睨（pì nì）：傲视。容与：安闲自得。⑪蹢躩（dí jué）：动物奔跑。咨陬（zōu）：成群结队，如议事集会。攒（zǎn）聚：聚合一处。⑫椴橼（chén chuán）：经营驰逐，采集果实。橼一作橡。躡（niè）：轻步行走。危皋（niè）：高竿的枯木。⑬羌：语词；一本作嗟，义近。觌（luó）缕：仔细观察、捉摸，亦有委曲其情，依序而行义。⑭铺糟（bū zāo）：吃酒糟。歠醨（chuò lí）：歠同饮，醨为薄酒，喝薄酒；指追求一醉。⑮踹（yuān）驰：跌跌颠颠，急速奔跑。驰一本作地，疑误。⑯颙（hǒng）：醉态。酗酗（xù）：原注："著酒颠顿状。"矇眠：昏睡状。蹩：同蹔。一本作踅（xué）。蹩有辗转回折貌。挐（rú）鬓：鬓毛，此指头毛。挐作挈。缧（niè）缚：以绳系缚也。⑰锁系：锁住拴牢。庭厩：庭廊兽厩。吸呷（xiā）：嘈杂貌。《说文·口部》："呷，吸呷也。"段玉裁注："司马相如赋曰：'翕呷萃蔡。'"即骚然杂沓貌。

解　说

作者王延寿，字文考，一字子山，南郡宜城人（今湖北襄阳宜城人）。楚辞学家王逸之子，曾周游鲁国。东汉桓帝时（146～167）在世。

此赋录自《古文苑》，《艺文类聚》《太平御览》亦有摘录；主题是描写猿猴的一切。汉代人作赋常堆砌僻字以炫其博，实际上许多怪字，意思都大同小异。赋文可分四段：第一段四句是引言，概述天地间异物的出现，本是造化之自然。第二段是全文重点所在，极力描写称为"王孙"的猿猴形态，用了许多生僻的形容词，绘声绘色地刻画出猴子的躯体、眼睛、脸庞、鼻、耳、口、唇、齿，各个部分的外观；然后说它吃东西先包在嘴里，慢慢吞进脾胃，它们还像兔和狗那样蹲着,但叫声不一样;接着又用好几句刻画猴子的叫声。段末归结到它的动作上,既狡猾又拘谨,令人难以捉摸。第三段则补充描写猴子的生存环境,基本上是高山密林,所以攀援跳跃是其所长,猴子能够通过十分危险的壑谷,动作像闪电那么快,还能像瓠瓜那样悬吊在树枝上。由于动作迅捷,忽聚忽散,灵活异常,简直无法追逐,捕捉的困难很大。第四段几句文义一转,叙述猴子也像人一样,喜欢喝酒,是个最大的弱点;只要用点酒糟之类的东西,放在它们栖息的地方,猴子们就会一起跑过来抢着吃,结果弄得昏头昏脑,或者熟睡无知,于是被人捉住,用绳索捆绑,关在笼里供人欣赏。那时观众也是非常踊跃,毕竟是一种逗人喜爱的动物。全文描写细致,语言生动,气势回荡,音韵铿锵,确实不愧为千古名篇。

(冯广宏补充)

猕猴赋 三国魏·阮籍

昔禹平水土,而使益驱禽,涤荡川谷兮栉梳山林①。是以神奸形于九鼎,而异物来臻②。故丰狐、文豹释其表,间尾、驺虞献其珍③;夸父、独鹿被其豪,青马、三雎弃其群④。此以其壮而残其生者也。

注释

①益:即伯益,舜时东夷部落首领,为嬴姓各族祖先。为夏禹之名臣,因助禹治水有功,禹欲让位于他,益避居箕山之北,禹遂传子启,为家天下之始。栉(zhì)梳:即梳理山林,驱赶禽兽。②神奸:能害人之神怪。《左传·宣公三年》:"远方图物,贡金九牧,铸鼎象物,百物而为之备,使民知神奸。"杜预注:"图鬼神百物之形,使民逆备之。"九鼎:禹铸九鼎以象九州,夏、商、周三代奉为传国重器。异物:稀罕珍贵之物。来臻:来到。③丰狐:即大狐。文豹:因豹身有花斑,故名。《庄子·山木》:"夫丰狐文豹,栖於山林,伏於岩穴,静也。"释其表:脱其皮。间尾:指禽类。尾羽可以分开,故称间尾。驺虞:古人传说中的义兽。《诗·毛传》:"驺虞,义兽也。白虎,黑文,不食生物,有至信之德则应。"④夸父:传说之兽名。《山海经·东山

经》："（犴山）有兽焉，其状如夸父而彘（zhì）毛。"《西山经》云："（崇吾之山）有兽焉，其状如禺而文臂，豹虎而善投，名曰举父。"郭璞注："或作夸父。"独鹿：古代兽名。《周书·王会》："独鹿邛邛，善走也。"孔晁注："独鹿，西方之戎也；邛邛，兽，似距虚。"孔注以为西方少数民族。故戎或当作狨。祓（fú）：义同拔，拔除。豪：指其中之健硕者。青马、三骓：传说中兽名。《山海经·大荒东经》："东北海外，又有三青马、三骓"。《大荒南经》："有赤马，名曰三骓。"郭璞注："马苍白杂毛为骓。"此亦有隐言青壮之马，三龄之骓等壮年得力之兽，以其壮而残其生者。隐喻能人。

若夫熊狙之游临江兮，见厥巧以乘危①。夔负渊以肆志兮，扬震声而衣皮②。处闲旷而或昭兮，何幽隐之罔随③。鼷畏逼以潜身兮，穴神丘之重深④。终或饵以求食兮，乌凿之而能禁⑤？诚有利而可欲兮，虽希觌而为禽⑥。故近者不弥岁，远者不历年⑦；大则有称于万年，细者则为笑于目前⑧。

注释

①狙（dàn）：兽名。《山海经·东山经》："有兽焉，其状如狼，赤首鼠目，其音如豚，名曰獦（gé）狙。"郝懿行注疏："经文獦狙当为獦狚，《玉篇》《广韵》并作獦狚，云：'狚，丁旦切，兽名。'可证今本之讹。"厥巧：其巧。乘危：冒险。②夔：神话中兽名。《庄子·秋水》："夔怜蚿（xián），蚿怜风。"《释文》云："一足兽也，李（颐）云：'黄帝在位，诸侯于东海流山得奇兽，出入水即风雨，目光如日月，其音如雷，名曰夔。黄帝杀之，皮以冒鼓，声闻五百里。'"负渊：依仗其生活在水中。肆志：放纵其行，任意而为。震声：《易》震为雷，即雷声。衣（yì）皮：以其皮蒙鼓。③处闲旷：处于空旷地带。昭：显眼。罔（wǎng）随：不随。④鼷（xī）：鼠类中最小的一种。畏逼：畏惧逼迫。潜身：潜藏隐身。穴：打洞。神丘：祭社神之坛。《庄子·应帝王》："鼷鼠深穴乎神丘之下，以避熏凿之患。"成玄英疏："神丘，社坛。"重深：更深。⑤饵：食物总称，今多作诱饵用。凿：挖掘。⑥有利可欲：有利可图。希觌（dí）：仰慕拜见。禽：借作擒，被逮。⑦近不称岁，远不历年：皆指时间短促。⑧大者：成大器者。细者：细小者，失败者。

夫猕猴直其微者也，犹系累于下陈①。体多似而匪类，形乖殊而不纯②。外察慧而内无度兮，故人面而兽心③。性褊浅而干进兮，似韩非之囚秦④。扬眉额而骤申兮，似巧言而伪真⑤。藩从后之繁众兮，犹伐树而丧邻⑥。整衣冠而伟服兮，怀项王之思归⑦。耽嗜欲而盼视兮，有长卿之妍姿⑧。举头吻而作态兮，动可憎而自新⑨。沐兰汤而滋秽兮，匪宋朝之媚人⑩。终蚩弄而处绁兮，虽近习而不亲⑪。

注释

①猕猴：猴的一种。上身皮毛灰褐色；腰部以下橙黄色，有光泽；胸腹部和腿部深灰色；面部微红，两颊有颊囊；臀部有红色臀疣。群居山林中，喧哗好闹。以野果、野菜等为食物。直：简直。累：绳索。下陈：此指皇家后苑，亦隐喻居于下位，地位卑下者。《管子·轻重己》："苟不树艺者，谓之贼人，下作之地，上作之天，谓之不服之民；处里为下陈，处师为下通，谓之役夫。"②乖殊：怪异、不同。③察慧：聪明狡慧。无度：无法度，无气度。④褊（biǎn）浅：偏狭短浅。干进：谋取官职。韩非（约前280～前233年）：活动于战国末年的哲学家和思想家。韩国贵族出身，师事荀况，著有《说难》《孤愤》《五蠹》等，深受秦王政重视，出使秦国时留秦，为其同学李斯陷害，死狱中。文中囚秦指此。⑤扬眉额：扬眉舒颊，得意忘形。骤申：偶一得意，则滔滔不绝。巧言：好听而虚伪的话。《诗·小雅·雨无正》："哿矣能言，巧言如流，俾躬处休。"伪真：表面真而实假。⑥藩：本指篱笆，此处用为圈栅。从：顺从、依从。繁众：因得厚养而繁衍其族群。伐树丧邻：摧残树木，伤害邻里。⑦伟服：盛装，或奇装异服。怀：心里惦记着。项王：西楚霸王项羽。项羽曾有言：富贵不归故里，如衣绣夜行。⑧耽：沉溺。嗜欲：指身体感官之享乐。盼视：左顾右盼。长卿：西汉词赋家司马相如，字长卿。妍姿：美好之姿态及容貌。⑨头吻：头与嘴，嘴脸。作态：搔首弄姿。动：动辄。增：通憎，《墨子·非命下》："帝式是增。"毕沅云："增、憎字通。"⑩兰汤：泛指加有香料之洗浴用水。滋秽：滋生污秽。匪：不是。宋朝：此指春秋时的宋国朝堂。媚人：或指宋襄公之夫人王姬，《史记·宋微子世家》："昭公无道，国人不附。昭公弟鲍革贤而下士。先，襄公夫人欲通于公子鲍，不可，乃助之施于国，因大夫华元为右师。昭公出猎，夫人王姬使卫伯攻杀昭公杵臼。弟鲍

革立，是为文公。"⑪萤弄：愚蠢卖弄。处绁（xiè）：指系绳于颈或囚于牢笼之中。虽：即使，哪怕之意。近习：身边狎习之人。

多才其何为兮？固受垢而貌侵①。姿便捷而好技兮，超超腾跃乎岩岑②。既投林以东避兮，遂中冈而被寻③。婴徽縲以拘制兮，顾西山而长吟④。缘榱桷以容与兮，志岂忘乎邓林⑤？庶君子之嘉惠，设奇视以尽心⑥。且须臾以永日，焉逸豫而自矜⑦？斯伏死于堂下，长灭没乎形神⑧。

注 释

①貌侵：面貌丑陋。②姿：指身形，体态。便捷：灵敏，迅捷。好技：好的技巧。超超：有离世出尘意。晋陶潜《扇上画赞》："超超丈人，日夕在耘。"岑（cén）岩：高而险峻之山岩。③投林：进入山林；喻归隐。东避：向东方躲避。中冈：中间的山冈。被寻：被捉住。④婴：系在颈上，缠绕。徽縲（mò）：绳索。西山：有日暮途穷之意。⑤榱桷（cuī jué）：屋椽，借指屋檐。容与：徘徊。邓林：古代传说中之大树林。《山海经·海外北经》："夸父与日逐走，入日。渴欲得饮，饮于河渭，河渭不足，北饮大泽。未至，道渴而死。弃其杖，化为邓林。"⑥庶（shù）：幸得。嘉惠：美好之惠赐。奇视：奇巧之视观。⑦永日：一天、长昼。逸豫：安乐。自矜：自负。⑧斯：有否则意。伏死堂下：伏法死于公堂之下。灭没：湮灭消亡。形神：形体与精神。

解 说

作者阮籍（210～263），字嗣宗，三国魏兖州陈留尉氏（今河南尉氏）人，官至步兵校尉，故人亦称其阮步兵。竹林七贤之一，是"正始之音"之代表。其生活年代，正处于魏、晋政权更迭的过渡期，司马氏父子为巩固权力，大肆残杀异己。其《八十二首咏怀》诗中，有些诗反映了诗人在险恶政治环境中，在种种醉态、狂态掩盖下内心的无限孤独寂寞、痛苦忧愤。《猕猴赋》充满惧祸心情，亦讽刺了"礼法之士"。《晋书·阮籍传》："籍本有济世志。"面对同辈被诛，希望破灭，自然会趋向于消极避世。阮籍这些充满老庄思想的文章，对当时的玄学运动，产生了一定规模的影响。《文心雕龙》："正始明道，诗杂仙心。何晏之徒，率多浮浅。惟嵇志清峻，阮旨遥深，故能标焉。"

此文第一段，禹初登位，即命益栟梳山林，暗喻司马氏主政之初，即清除异己，其中丰狐、文豹、青马、三雏等皆因其负力有才而丧其生。所谓枪打出头鸟。何晏及竹林七贤之嵇康等即罹其祸。

第二段写熊、狙、夔等虽负渊肆志，鼹鼠深潜洞底，但逃无所逃，藏无所藏，近不称岁，远不历年，终不免于祸。

第三段人多以其为讽喻小人得志。此正作者写作之技巧，使司马氏盲不知其全篇之所指。另一方面，也道出那些追名逐利者，虽偶然平步青云，志得意满于一时，亦难逃司马氏滥施刑戮之劫。

第四段则写猕猴逃无所逃的处境，虽投林于东，终于中冈被擒，何必东躲西藏，不如听天由命，与时沉浮，合光同尘，庶几得君子之嘉惠，苟全性命于乱世之意。

全篇虽有老庄清静无为之思想，但也反映了当时政争之残酷激烈。

（何焱林注）

常山王九命文 南朝·宋·袁淑

及至图身失所，羁靮人间。驯缨服制①，惟意所牵。登楹而遨，抱梁而眠。拾摭遗馀，恣口所便②。

注释

①图身：贪图自身利益。羁靮（jī dí）：受约束。驯缨：驯服于绳索。②拾摭（zhí）：搜罗；收集。恣（zì）：不拘。便（pián）：顺意；舒服。

解说

作者袁淑（408～453），字阳源，陈郡阳夏（今河南太康县）人。元嘉二十六年（449）为尚书吏部郎，累迁太子左卫率。刘劭将叛逆时，袁淑没有顺从，因而被害。

这一篇韵文出自作者的《俳谐集》，本是游戏文章，戏说加封猴子为"常山王"，受"九锡"的待遇，使用帝王才有的"车马、衣服、乐、朱户、纳陛、虎贲、斧钺、弓矢、鬯"等类，本文就是给君主代拟的诏书。这篇原文今已不传，此处所录，为《太平御览》所摘录的一些残句。这几句话，实际上显示出对猴子遭遇的一种同情，本来是很自由的林间高士，因为贪图猎人设下的诱饵，被人擒住，任由让人套上绳索，牵来牵去，在梁柱之间遨游，吃些人们的残羹剩饭，由于饥不择食，收拾收拾，拿来就狼吞虎咽了。这里虽然只有寥寥数语，但却能体味作者所表达的深刻内涵。

(冯广宏注)

玄猿赋（并序） 唐·吴筠

前志称：周穆王南征，君子变为猿鹤，小人变为虫沙①。

夫神用无方，未必不尔②。筠自入庐岳，则睹斯玄猿③。嘉其雨昏则无声，景霁则长啸④。不践土石，超遥于万木之间⑤。春咀其英，秋食其实⑥，不犯稼穑，恋栖远处⑦。犹有君子之性，异乎狙猱之伦⑧。且多难以来，庶品凋败⑨，麋鹿殚于网罟，遗甿困于诛求⑩。此独萧然，物莫能患，岂不以托迹夐绝，不才远祸⑪？昔夫子叹山梁雌雉，曰："时哉，时哉！"予因感之，聊以作赋云耳⑫。

注释

①前志：以前之史志。周穆王：姓姬名满，西周第六王。南征：穆王南征，晋葛洪《抱朴子》载其事："周穆王南征，一军尽化。君子为猿为鹤，小人为虫为沙。"②神用：神明之作用，命运之变化。《文选·任昉〈王文宪集序〉》："斯固通人之所包，非虚明之绝境，不可穷者，其唯神用者乎！"刘良注："其不可穷究者，其唯神明之用者乎！"无方：无一定之规，无定法，无定式。《礼记·檀弓上》："事亲有隐而无犯，左右就养无方。"郑玄注："方，犹常也。"使用不当。不尔：不如此。③庐岳：江西庐山。睹：同睹，看见。玄猿：黑猿。④雨昏：骤雨前之天昏地暗。景霁(jì)：日光出而雨停。⑤不践土石：不行走在土与石上。万木：指丛林之中。⑥咀(jǔ)：咀嚼。实：果实。⑦不犯：不损害。⑧狙(jū)：猕猴。猱(náo)：猿之一种，善攀援。⑨多难以来：指安史之乱以来。庶品：万物，众类。《孔子家语·五仪解》："所谓圣者，德合於天地，变通无方。穷万事之终始，协庶品之自然。"凋败：凋残败坏，凋谢零落。⑩麋(mí)：哺乳动物，比牛大，毛淡褐色，雄的有角，角像鹿，尾像驴，蹄像牛，颈像骆驼，俗称"四不像"。殚(dān)：尽。罟(gǔ)：网。遗甿(méng)：同遗氓，战乱中遗存下来的民众。《宋书·武帝纪

中》:"永嘉不竞,四夷擅华,五都幅裂,山陵幽辱,祖宗怀没世之愤,遗氓有匪风之思。"诛求:强迫征收捐赋。《左传·襄三十一年》:"以敝邑褊小,介於大国,诛求无时,是以不敢宁居,悉索敝赋,以来会时事。"杜预注:"诛,责也。"⑪萧然:悠然自得,无所顾忌。晋葛洪《抱朴子·刺骄》:"高蹈独往,夐然自得。"患:祸害。夐(xiòng)绝:非常远。⑫夫子:指孔子。山梁:山涧间桥梁。雌雉:雌的野鸡。《论语·乡党》:"子曰:'山梁雌雉,时哉时哉!'子路共(供)之,三嗅而作。"注曰:"言山梁雌雉得其时,而人不得其时,故叹之。子路以其时物,故共具之。非本意,不苟食,故三嗅而作。作,起也。"

伊玄猿之所育,于南国之层岑①。动不践地,居常在林。虽泛泛而无据,亦熙熙而有心②。云岚昏而共默,风雨霁而争吟③。使幽人之思清畅,羁客之涕沾襟④。何必聆嶰谷之管,对雍门之琴哉⑤!

注释

①伊:彼。育:生活。南国:南方。层岑(cén):重叠陡峻之群山。②熙熙:欢乐和谐热闹貌。③云岚(lán):山林中云雾之气。共默:皆不出声。风雨霁:风雨停息,天气放晴。争吟:争着啼叫。④幽人:幽栖隐居之人。清畅:清新畅达。羁客:羁旅之客,漂泊之人。南朝宋鲍照《代棹歌行》:"羁客离婴时,飘摇无定所。"沾襟:涕与泪把衣襟濡湿。⑤嶰(xiè)谷:传说之昆仑山北谷。应劭《风俗通·声音序》:"昔黄帝使伶伦自大夏之西,昆仑之阴,取竹於嶰谷,生其窍厚均者,断两节而吹之,以为黄钟之管。"雍门之琴:雍门为复姓,即古齐琴家雍门子周。汉刘向《说苑·善说》载雍门曾对齐孟尝君说:"夫声敌帝而困秦者君也,连五国之约南面而伐楚者又君也。天下未尝无事,不从则横。从成则楚王,横成则秦帝,楚王秦帝,必报仇於薛矣。夫以秦楚之强而报仇於弱薛,譬之犹摩萧斧而伐朝菌也,必不留行矣。天下有识之士无不为足下寒心酸鼻者,千秋万岁之后,庙堂必不血食矣!"孟尝君闻之悲泪盈眶。子周于是引琴而鼓,孟尝君增悲流涕:"先生之鼓琴,令文立若破国亡邑之人也。"

尔其历千寻之乔木,俯万仞之危峤①。弄游云之乱飞,嬉落日之横照②。连肱涧饮,命侣烟啸③。或聚而闲栖,或分而回趡⑤。

注释

①寻：古长度单位，一寻八尺。仞（rèn）：周代以8尺或7尺为一仞。危峤（qiáo）：险峻之高山。②横照：斜照。③连肱（gōng）：手臂挽着手臂。涧饮：在山涧饮水。命侣：呼唤伙伴。烟啸：在烟霭中啼叫。⑤回趠（chuō）：跳跃着返回其栖息处。

寿同灵鹤，性合君子①，阻重岩之险，非虎豹所履②；荫交柯之密，岂雕鹞能视③？故逢蒙操弓，惮高深而止；邓公折箭，含恻隐而已④。何患累之罕臻，不干物以利己⑤。讵若狒狒凌人以就戮，猩猩甘酒而遄死⑥？夫时珍貂裘，世宝狐白；彼徒工于隐伏，终见陷于机辟⑦。麝怀香以贾害，狙代巧而遭射⑧。小则翡翠殒于羽毛，大则犀象残于齿革⑨。孰能去有用之损，取无用之益⑩？因弃置于常情，永逍遥以自适⑪。无威刑相临，有族类相亲⑫。食资诸物，衣取诸身⑬。不赋不役，靡劳靡勤⑭。如政教之未绝，保巢居之淳淳⑮。匪虞氏之所及，何狙公之能驯⑯？吾固知人为万物之贵，又焉测元化之所大均乎⑰？

注释

①灵鹤：一作灵鹄，即仙鹤。《拾遗记·吴》附南朝梁萧绮录："数百年后，灵鹄翔於林壑，灵虎啸於山丘。"②重岩：重山叠嶂。履（lǚ）：行走、践踏。③荫（yìn）：屏蔽。交柯：树之枝干交叉重叠。雕：大型猛禽（鹰科），视力敏锐，飞行力强。鹞（yào）：雀鹰，一名鹞鹰。猛禽类，比鹰略小。④逢蒙：古之善射者。《孟子·离娄下》："逢蒙学射于羿（yì），尽羿之道，思天下惟羿为愈己，于是杀羿。"惮（dàn）：畏难。邓公：蜀将邓芝。《玉堂闲话》："昔邓芝射猿，其子（猿之子）拔其矢，以木叶塞疮。芝曰：'吾违物性，必将死焉。'于是掷弓矢于水中。"《华阳国志》亦曰："芝征涪陵，见玄猿缘山。芝性好弩，手自射猿，中之。猿拔其箭，卷木叶塞其创。芝曰：'嘻，吾违物之性，其将死矣！'"折箭：将箭折断。恻隐：怜悯，慈悲。⑤患累：祸患、忧患。罕臻：少有。干（gān）：侵犯。⑥讵（jù）：岂。狒狒：猴科的一属，是世界上体型仅次于山魈的猴。共分为五种，都分布于非洲地区。

群居，杂食。雄性凶猛，敢于和狮子对持。《尔雅·释兽》："狒狒如人，被发迅走，食人。"凌人：侵犯人。就戮：被杀。猩猩：哺乳动物。体高可达1.4米。臂长，头尖，吻突，鼻平，口大。全身有赤褐色长毛，没有臀疣。树栖，主食果实。能在前肢帮助下直立行走。古亦指猿猴类动物。遄（chuán）死：快速死亡。《诗·鄘风·相鼠》："人而无礼，胡不遄死？"毛传："遄，速也。"⑦貂裘：貂皮裘衣。狐白：狐腋下之皮，其色纯白，集以为裘，轻柔难得。机辟：一作机臂，捕捉鸟兽器物。一说为弩。《墨子·非儒下》："盗贼将作，若机辟将发也。"孙诒让闲诂："机辟盖掩取鸟兽之物。"⑧贾害：招祸害。《左传·桓公十年》："匹夫无罪，怀璧其罪，吾焉用此，其以贾害也。"杜预注："贾，买也。"狙（jū）：猕猴，古人以为它狡猾。代巧：自诩机巧。⑨翡翠：鸟名。嘴长而直，生活在水边，以鱼虾为食。羽毛有蓝、绿、赤、棕等色，可做饰品。犀象：犀牛与象，犀皮可作甲胄，犀角昔人用作酒杯、药物。象牙可为饰品。⑩孰：谁。⑪自适：无忧地生活。⑫威刑：苛酷之刑法。⑬资：取。诸："之于"合音。⑭靡：没有。⑮巢居：远古先民筑巢而居，玄猿也如此。淳淳：纯朴和乐貌。《老子》："其政闷闷，其民淳淳。"⑯虞氏：古代掌管山泽鸟兽之官吏。所及：所能管到。狙公：古养猿猴者。《列子·黄帝》："宋有狙公者，爱狙，养之成群。"⑰固知：原本知道，当然知道。焉测：怎么测度？元化：造化、天地。大均：平均、均衡。

解说

作者吴筠（yún），字贞节，华州华阴（今属陕西）人，生卒年未详。少时即通经史，尤善文辞，心性高洁，不从流俗。考进士不第，入嵩山学道，从体玄先生潘师正受道箓。玄宗开元间（713～741），吴筠南游金陵（今南京），后东游天台山，与越中名士常作诗酒之会，其诗名噪东南，传于京师。玄宗遣使往召。吴筠到长安后，得玄宗赏识，令其待诏翰林。安史之乱前夕，吴预感大难将作，坚请还山，得玄宗允准，遂南游，安史之乱不久即爆发。此为其南游经庐山时有感而作。

文章以周穆王南征，一军尽化为猿鹤虫沙起兴，揭发自安史之乱以来，动乱、战争对社会与自然造成之破坏。所谓"多难以来，庶品凋敝，麋鹿殚于网罟，遗甿困于诛求"。唯绝远丛林，有一片玄猿生息净土。

全文以玄猿不践土石，深处密林，不以力胁人，不干物利己，不具靓丽之皮毛，不生贵重之齿角，不招人恨，不招物嫉。和群相处，乐享自然为主线，诠释道家清静无为之思想。但这也是一种理想主义，以没有强力者介入、干预为前提，事实上，有时不是想要清静就能清静，想要无为就能无为，"任是深山更深处，也应无计避征徭"。有时世事并不以人的愿望为转移。

文中提倡谦冲恬淡，不炫耀，不招摇，不为已甚，不侵众利之行，不无鉴戒意义。

末了，以元化大均之思想为依据，阐扬人与动物共有一个自然，一个世界，理应和谐相处。对于今日提倡保护环境，低碳经济，爱护野生动物，促进世界科学发展，可资借鉴。

全文语言流畅，音韵和谐。不用僻典，不用僻字，一气呵成，实赋中精品。

（何焱林注）

白猿赋（并序） 唐·李德裕

此郡多白猿①，其性驯而仁爱，所止榛林不瘁②，果熟乃取，不敢与玃相狎③，猴亦畏而避之。昔傅休奕有《猿猴赋》，但悦其变态似优④，以为戏玩，且不言二物殊性⑤。余今作赋以辨之尔。赋曰：

注 释

①白猿：白毛猿。想像中的猿类，或个体变易。一作白猱、白蝯。《山海经·南山经》："堂庭之山，多棪（yǎn）木，多白猿。"《淮南子·说山训》："楚王有白蝯，王自射之，则搏矢而熙。"《晋书·张载传》："白猱玄豹，藏于灵槛。"②榛（zhēn）：桦木科榛属植物。分布于西伯利亚、日本、朝鲜、远东地区以及中国内地的吉林、河北、山西、辽宁、陕西、黑龙江等地，生长于海拔200米至1000米的地区，见于山地阴坡灌丛中，为落叶灌木或小乔木，花黄褐色。果实名榛子，果皮坚硬，果仁可食。花期为3-4月，11月结果。榛林：榛木林。亦泛指丛林。战国楚宋玉《高唐赋》："榛林郁盛，葩华覆盖。"瘁：此处作毁坏解，晋陆机《叹逝赋》："悼堂构之颓瘁。"《注》："瘁，犹毁也。"句意为白猿所栖止的丛林不被其损毁。③玃（jué）：古人想象中的一种大猴。《吕氏春秋》："狗似玃，玃似母猴，母猴似人。"狎（xiá）：轻佻

相戏弄。亦作亲近、接近解。《韩非子·南面》："狎习于乱而容于治,故郑人不能归。"④傅休奕:即晋傅玄(217~278),字休奕。北地郡泥阳(今陕西铜川耀州区东南)人,西晋初年的文学家、思想家。出身于官宦家庭,祖父傅燮,东汉汉阳太守。父亲傅干,魏扶风太守。其《猿猴赋》曰:"余酒酣耳热,欢颜未伸,遂戏猴而纵猿,何瑰瑰之惊人,戴以赤帻,袜以末巾……"完全是游戏文字。似优:似俳优,类似皮黄之净末,百戏之优伶。⑤二物:指优伶与猿,亦指猴与猿,因傅玄题为《猿猴赋》。殊性:殊,不同;殊性,性格、性情、习性有本质之不同。即猴、玃与猿之不同。

昔周穆之南迈①,将奋旅於湘沅②。既只轮而无返,化君子以为猿③。嗟物变而何常,故族类而始蕃④。或哀吟於永夜,或清啸於朝暾⑤。峰合沓以连响,水潺湲而共喧⑥。矧三声之未绝,感行客之销魂⑦。

注释

①周穆:西周第五代君主,姓姬名满,为中国历史上有名的大游历家。南迈:即南征。晋葛洪《抱朴子》:"周穆王南征,一军尽化。君子为猿为鹤,小人为虫为沙。"详前《玄猿赋》注。②奋旅:振旅,发兵,即奋其师旅,耀兵南国。《汉书·叙传下》:"爰兹发迹,断蛇奋旅。"湘沅:湘江、沅江。二水皆在湖南省。汉东方朔《七谏·沉江》:"赴湘沅之流澌兮,恐逐波而复东。"亦泛指南楚之地。③只轮无返:轮代车,没有一辆车回到北方,即片甲不留。君子化为猿:见前郭语。④物变:事物之变化。《淮南子·泰族训》:"人之所知者浅,而物变无穷。"此亦有承君子化鹤。一军之士卒物化之意。蕃(fán):繁衍,增多。句言白猿皆周穆王南征时君子所化,而繁衍至于当时。⑤永夜:长夜。《列子·杨朱》:"肆情於倾宫,纵欲於永夜。"朝暾(tūn):清晨的阳光,亦泛指清晨。《隋书·音乐志下》:"扶木上朝暾,嵫山沉暮景。"⑥合沓(tà):重叠,回应。汉贾谊《旱云赋》:"遂积聚而合沓兮,相纷薄而慷慨。"这里指猿声吟啸,四围山谷产生的交混回响。潺湲:此指流水声。唐岑参《过缑山王处士黑石谷隐居》诗:"独有南涧水,潺湲如昔闻。"指猿啸与流水声相共鸣。⑦矧(shěn):又。三声:用郦道元《水经注》:"巴东三峡巫峡长,猿鸣三声泪沾裳"意。销魂:极度愁苦,失魂落魄。南朝

梁江淹《别赋》："黯然销魂者，唯别而已矣。"

观其虽为异物①，而犹善处。动不为暴，止皆择所。柽松郁而不残，楂梨熟而后取②。顾狖鼯与猱狿，信莫得而俦侣③。若乃灵变难测④，神通有知（原注：《淮南子》称有神曰猨）。女试剑而方接，举修笁而止驰⑤。养矫矢而未发，眄乔柯而已悲⑥。凌峻壑而电耀，挂长萝而鲍垂⑦。避侧足而不履，尚有畏於阽危⑧。

施於射，则李控弦而盈贯⑨；用於道，则华养形而不衰（原注：华佗五禽戏，中有戏猿也）⑩。彼沐猴之佻巧⑪，虽貌同而心异。既贪婪而鲜让⑫，亦躁动而不忌⑬。嗟斯物之既驯，有仁爱而可畏。故邓生以违性兴感⑭，齐后以望思掩泪⑮。

注 释

①异物：人类以外的生物。《文选·贾谊〈鵩鸟赋〉》："异物来萃兮，私怪其故。"张铣注："异物，则鵩也。"此亦暗指白猿乃周穆王南征后士君子之魂灵所化。人化为异物也！②柽（chēng）：即柽柳，落叶灌木，老枝红色，叶像鳞片，花淡红色，有时一年开花三次，结蒴果。柽柳耐碱抗旱，适于造防沙林。亦称"三春柳""红柳"。楂梨：楂，山楂；梨，野山梨。③狖（yòu）：古书所说的一种长尾猴，黄黑色。鼯（wú）：形似松鼠，能飞降而下。猱（náo）：猴之一种，善攀援。又名"狨（róng）"或"猕猴"。狿（yán）：古书所说形似狸而长之动物。《集韵》："（狿）似狸而长，或作蜒。"俦侣：朋友。④灵变：神奇莫测之变化。三国魏阮籍《答伏义书》："灵变神化者，非局器所能察矣！"⑤试剑：用白猿公故事。汉赵晔《吴越春秋·勾践阴谋外传》："处女将北见於王，道逢一翁自称曰袁公，问於处女：'吾闻子善剑，愿一见之。'女曰：'妾不敢有所隐，惟公试之。'於是袁公即杖箖箊（lín yū）竹，竹枝上颉桥未堕地，女即捷末，袁公则飞上树变为白猿。"唐李白《结客少年场行》："少年学剑术，凌轹（lì）白猿公。"亦作"白猿翁"。箖箊：竹名，叶薄而宽。晋戴凯之《竹谱》："箖箊，叶薄而广，越女试剑竹是也。"赵晔之文较难理解，所谓颉桥即桔槔，井上汲水用之杠杆。此处谓竹枝头上翘如杠杆部分，未被斩落，而女子之技已穷。有释作女子胜而袁公逃者，恐非。笁

(zhuā)：马鞭。《马融·长笛赋》："栽以当箠，便易持。"《注》："箠，策也。粗者曰箠，细者曰枚。"修箠：长马策。见前注。止驰：止剑之驰亦止人之驰。⑥养矫矢：养指养由基。养由基（生卒年不详），姬姓，养氏，名由基，一作繇基，战国楚国平舆邑（今安徽临泉）人，《战国策·西周策》载："楚有养由基者，善射，去柳叶百步而射之，百发百中。"成语"百发百中""百步穿杨"典出于此。矫矢：指矫正箭位以瞄准。眄（miǎn）：一目开一目闭，瞄准之姿。《说文》："眄，目偏合也。"乔柯：即乔木，大树。此句亦言养由基事。史称楚王猎于荆山，山上有通臂猿，善能接矢。楚兵围之数重，王命左右发矢，俱为猿所接。乃召养由基。猿闻由基之名，即啼号。及由基到，一发而中猿心。⑦匏（páo）垂：瓠瓜般悬垂。⑧阽（diàn）危：临危。《汉书·食货志上》："既闻耳矣，安有为天下阽危者若是而上不惊者！"颜师古注："阽危，欲坠之意也。"⑨李：李广。《史记·李将军列传》："广为人长，猿臂，其善射亦天性也。"裴骃集解引如淳曰："臂如猨，通肩。"唐罗邺《老将》诗："弓欹猿臂秋无力，剑泣虬髯晓有霜。"即李广因其臂如猿而善射。猨为猿之异体字。贯：穿进石头。见寅虎卷李广注。⑩华：华陀（约145？~208），东汉末医学家，字元化，一名旉，沛国谯（今安徽省亳州市谯城区）人。华佗与董奉、张仲景（张机）并称为"建安三神医"。曾创"五禽戏"以健身。见原注。养形：保养形体，即保养身体，抗衰老。⑪沐猴：即猕猴。《汉书·西域传》："（罽宾）出封牛、水牛、象、大狗、沐猴、孔雀。"颜师古注引郭义恭《广志》："沐猴，即弥猴也。"佻巧：轻浮习巧，《楚辞·离骚》："雄鸠之鸣逝兮，余犹恶其佻巧。"王逸注："言又使雄鸠衔命而往，其性轻佻巧利，多语而无要实，复不可信也。"⑫鲜让：鲜，少，鲜让即少有谦让。⑬躁动：浮躁好动。《南史·梁新兴王大庄传》："新兴王大庄字仁礼，简文第十三子也，性躁动。"不忌：不畏忌，不戒惧。《左传·昭十四年》："贪以败官为墨，杀人不忌为贼。"⑭邓生：三国蜀将邓芝，射猿而生悔，曰："吾违物之性，其将死矣！"见前篇《玄猿赋》注。⑮齐后：指齐武帝萧赜（zé）。萧赜第四子萧子响，字云音，时豫章王萧嶷无子，以响为养子，其后萧嶷有儿子，上表留子响为嫡子。萧赜嗣位，子响为辅国将军、南彭城、临淮二郡太守。子响尚武，勇力绝人，既出继，车服异诸王。每入朝，辄忿怒，拳打车壁。其生父萧赜知之，令车服与皇子同。永明七年，子响都督荆湘雍梁宁南北秦七州军事、镇军将军、荆州刺史。后谋反，赐死。时年二十二岁。《南齐书》云："上（南齐武帝萧赜）怜子响死，后游华林园，见猿对跳子鸣啸，上留目久之，因呜咽流涕。"此即望猿思子而掩泪之故实。

嗟乎！人之化也，实可悲辛。或少贵而老贱，或始富而终贫。中行之后，困於畎亩①；叔敖之子，疲於负薪②。何止鲧化熊而为厉③，哀成虎而不仁④。变钦䲹於瑶席⑤，鸣杜魄於巴岷⑥。乃知人世之可厌，不足控抟而自珍⑦。

注 释

①中行（háng）：复姓。此或指春秋晋之中行氏。中行氏为晋六卿之一，兴于前632年，灭于前490年。晋文公称霸，置三军三行，中行即中军。荀林父为中行统帅，后以官名为氏。春秋后期，晋之范氏、中行氏、知氏、韩氏、赵氏、魏氏六卿秉持国政，相互兼并。中行氏传至中行寅，知氏联合韩、魏攻灭范氏、中行氏。韩、赵、魏三家复联合攻灭知伯瑶，并致晋室瓦解。是为三家分晋。中行氏之后人不得不以力农为生。畎（quǎn）亩：田地。《国语·周语下》："天所崇之子孙，或在畎亩，由欲乱民也。"韦昭注："下曰畎，高曰亩。亩，垄也。"②叔敖：即孙叔敖，（约前630～前593），芈氏，名敖，字孙叔，春秋时期楚国期思（今河南固始）人，公元前601年，出任楚国令尹（国相），政绩斐然。司马迁《史记·循吏列传》列其为第一人。孙叔敖在任令尹期间，三上三下，升迁与复职位时皆不喜不忧。为官时轻车简从，生活简朴，妻儿不衣帛，楚庄王二十年前后（约前594），孙叔敖去世，家徒四壁，连棺木也未准备。他死后，儿子穷得穿粗布破衣，靠打柴度日。③鲧化熊：出屈原《天问》："阻穷西征，岩何越焉？化为黄熊……而鲧疾修盈。"厉：灾难，危害。《诗·大雅·瞻卬》："降此大厉。"按：李德裕对鲧化熊之故事理解有偏，此不辨。④哀成虎：哀，为公牛哀之省称，公牛哀为春秋时鲁国人，一说韩国人，传其病七日而变虎，把来看他的哥哥吃掉。事见《淮南子·俶（chù）真训》："昔公牛哀转病也，七日化为虎。其兄掩户而入觇之，则虎搏而杀之。"⑤钦䲹：传说中鸟名，《山海经·西山经》："钟山之神有子曰鼓（gǔ），与钦䲹（pí）杀葆江（或作祖江）于昆仑之阳，遂被天帝戮于钟山之东。钦䲹化为大鹗，出现时则有兵灾。"瑶席：形容华美的席面，设于神座前

供放祭品。一说指用瑶草编成的席子。唐魏徵《五郊乐章·肃和》："瑶席降神，朱弦飨帝。"句意为钦䲹本来为神，因杀葆江而被上帝变而为鸟。⑥杜魄：即杜鹃，传古蜀王杜宇死后，其魂魄化为杜鹃，故称。唐武元衡《送柳郎中裴起居》诗："望乡台上秦人在，学射山中杜魄哀。"巴岷：巴山，岷山。此指巴蜀。⑦控抟：把持，控驭。《史记·屈原贾生列传》："忽然为人兮，何足控抟！"司马贞索隐："控抟，谓引持而自玩弄，贵生之意也。"

解 说

作者李德裕（787~849），字文饶，唐真定赞皇（今属河北）人，幼有壮志，苦心力学，尤精《汉书》《左氏春秋》。穆宗即位之初，禁中书、诏、典、册，多出其手。历任翰林学士、浙西观察使、西川节度使、兵部尚书、左仆射，并在唐文宗大和七年（833）和武宗开成五年（840）两度为相。主政期间，重视边防，力主削弱藩镇，巩固中央集权。尤其唐武宗即位后，李德裕执政期间外平回鹘、内定昭义、裁汰冗官、协助武宗灭佛，功绩显赫。会昌四年八月，进封太尉、赵国公。使中晚唐内忧外患的局面得到暂时缓解。李德裕亦是唐朝中期著名诗人、文学家。然而牛（僧儒）李党争达四十年之久，积怨很深，将无穷精力消耗于内斗之中，使唐室中兴之望终成泡影。

此赋为中篇赋。第一段为序，说明作赋之缘起，是因傅玄作《猿猴赋》，纯系文字游戏，而未说明猿与猴之差异及猿之通灵处，故此篇为辨傅玄赋之不足而作。这只是作者借口，或者作者目的之一，李德裕写此赋未必没有借题发挥之意。

第二段叙说白猿之来，是周穆王南征之遗孽。周穆王妄动干戈，发兵南征，致使一军片甲不归，尽作他乡之鬼，君子化作猿鹤，小人化为虫沙。则今山中之白猿，尽皆周军中君子之冤魂所化。与时繁衍，遂成今日之群落，因其冤，故白猿注定要扮演悲剧之角色，其哀吟于长夜，清啸于朝暾，鸣三声之未绝，动征人之愁肠，此皆悲鸣之所触动人情者。而非傅玄赋中之俳优。有傅玄之赋，实对猿之侮辱之意。

第三段则述白猿，实则一切猿之通灵处。白猿前身既为军中之君子，则此身亦为山中之良禽。其动不以暴，止皆择所，不是君子是什么？其灵变难测，神通有知，此处"知"读去声，即有智。非猿通灵是什么？女试剑而方接，举修笴而止驰，白猿为军中君子所化，其剑术之精亦臻化境。读赋至此，能不兴李贺"见买若耶溪水剑，明朝归去事袁公"之想？

然而尽管白猿不履僻险之地，不入红尘之中，趋利远害，谨防身临不测，仍不免为善射者所伤。但猿于人并非毫不相干，猿于人亦有利而无害，如李广因其臂长通肩，故善射；华佗五禽戏可延缓衰老等。沐猴虽与猿形貌相似，用心则不同，猴贪婪而无谦让之习，险躁好动而无忌惮之心。虽为同类，而习性行为则大相径庭。

最后两句则说猿有仁爱之心，亲亲之性，使邓芝生恻隐之心、萧颖动思子之情。

最末一段则抒作者感慨，有人生变化无常之叹，其间未必没有对自己政治上遭遇之不平之鸣。牛、李党争，李德裕是胜利者也是失败者，更大的失败者则是李唐王室，由于牛李党争内耗，使得唐朝一度出现的中兴气象不过昙花一现。"乃知世人之可厌，不足控抟而自珍"真为其痛心疾首之言。

（何焱林注）

中国生肖诗歌大典

第五辑（卷十）

酉鸡卷

马 春 罗洪深 主编

鸡鸣天下话生肖

生肖文化中的鸡

鸡在十二生肖中排行第十,是家禽中唯一入选的角色。有趣的是,尽管历史渊源和生活习俗造成的文化背景有着显著不同,但在我国许多民族的生肖文化里,鸡都荣幸地名列其中。例如新疆维吾尔族、柯尔克孜族、凉山、哀牢山、桂西的彝族,云南的傣族,海南的黎族,虽然与汉族的十二生肖系列不尽相同,但都保留着鸡的位置。可能有人要发问了——这普普通通、司空见惯的家鸡何德何能,居然获得几千年来历代中国人在文化层面上的尊重?对此,下面将详尽地阐述一番。

生肖鸡究竟是和十二生肖中的其他动物一起诞生的,还是有个先来后到?由于先秦文献缺失严重,目前已不可考。关于十二生肖到底源于何时?从文字记载上已很难找到线索。不过,至少在东汉著《论衡》的思想家王充那个时代,鸡和其他11位生肖动物,已经步伐一致地进入了生肖队列。因为《论衡·物势》即载有"酉,鸡也"等类的话。

至于鸡为何能够入选生肖,又为何配属为酉?尽管雅俗说法各异,但都来源于百姓对日常生活的观察。

清代刘献《广阳杂记》引李长卿《松霞馆赘言》:"申时,日落而猿啼,且伸臂也;譬之气数,将乱则狂作横行,故申属猴。酉者,月出之时;月本坎体,而中含水量;太阳,金鸡之精;故酉属鸡。"

别看这段话斯文绉绉,实际上和老百姓的说法差不多——十二生肖的选用与排列，是根据动物每天的活动时间来确定的。从上古开始，人们便采用十二地支记时，一天24小时分为十二个时辰，每个时辰相当于两个小时。17时到19时，称为酉时，那时夜幕降临，月亮慢慢出现，不管公鸡母鸡，都要自动归窝了。这个时辰与鸡结合得如此紧密，不分配给鸡，又该给谁？古代黄昏时分，又称"鸡时"，可见鸡是牢牢把握着这日落月升的"酉"了。

民间文学关于生肖鸡入选的传说，虽然有戏说的成分，但却生动有趣。例如，有个故事讲到，鸡王是个争强好胜的家伙，成天惹是生非，打架斗殴。玉帝册封生肖时，考虑到动物对人类功劳的大小，鸡王当然是排不上队。

有一天，鸡王看到已列生肖的马，金鞍银蹬，心中好生羡慕。于是上前垂问："马大哥，你有此荣耀，所为何来？"马回答道："我平时拉车负重，战时冲锋陷阵，为人类立下大功，当然会受此殊荣。"鸡王道："我要能为人立功，那就好了！"马开导鸡说："这倒不难，只要实实在在为人类办事就行。你天生金嗓子，说不定对人有助呢！"

鸡王回到家中，苦思冥想，终于想到：何不用自己的大嗓门唤醒沉睡的人？于是每天拂晓便早早起床，放开歌喉，把人们从睡意蒙眬中唤醒。从此，人们对鸡王的功劳十分感激，共同推举到玉帝那里，请赐鸡王为生肖之神。

可是，玉帝起初封生肖的标准只要走兽，不要飞禽。六畜中马、牛、羊、狗、猪都在生肖之列，唯独无鸡；因而鸡王更加急红了脸，喊粗了脖子，但却毫无结果。

那天晚上，鸡王为此事想不通，翻来覆去睡不着。一缕幽魂直飞天宫，在玉帝殿前哭诉：说自己每天司晨，唤起众生，功高劳大，却未入选属相，实在是想不通！说完，哽咽不止。玉帝闭目自思，鸡王功劳确实不虚，自己规定的原则确实有点死板。于是，摘下殿前一朵红花，戴在鸡王头上，以示安慰。鸡王醒来后，发现头上真有了红冠，于是去见"风调雨顺"四大天王。四大天王一见御前红花，料想玉帝看重鸡王，就破格打开南天门，让鸡王去参与竞争。

到了争排生肖次序的那一天，鸡与狗同时起床，相并而行。快到天宫时，鸡怕狗占先，就连飞带跑赶到前面去了。狗奋起直追，却仍然迟了一步，结果排在鸡的后边。从此，狗对鸡再无好感，见鸡就追，直至如今气也未消——"狗撵鸡飞""鸡飞狗跳"的现象随时可见。

以文化审视的鸡

鸡作为家禽,功能特色是人们极为熟悉的。如公鸡每天清晨按时打鸣报晓,母鸡下蛋供人食用;而公鸡对母鸡的护卫,母鸡对小鸡的呵护,又使人类大为感动;此外,鸡毛可以做掸子、毽子;鸡肉可做出无数种佳肴,供人食用滋补;因此蜀人早就对它进行了驯化,成为家庭里的成员。

这在古文献中有根有据。上古辞书《尔雅·释畜》讲说:"鸡大者,蜀。"晋代郭璞注:"蜀,今蜀鸡也。"因此四川驯化的鸡,名字就叫"蜀",大概因为这种鸡叫起来,声音有点像"蜀、蜀"吧。这样看来,最初四川称蜀,大有可能源于家鸡的驯化,外地人见到肉味鲜美的家鸡是蜀中特产,于是由物及地,把这块地方也称之为"蜀"。《广雅》这部古代知识性读物,记录了鸡的种种雅号,其中有一个便是"季蜀",意思是蜀人的小兄弟。《广志》一书还补充了重要材料:大鸡的名字才叫"蜀",小一点的就叫"荆"。荆作为地名是现在的湖北,与称蜀的四川相毗邻。既然鸡的古名与这两处地名都有联系,想必此类家禽的培育技术,在上古时代渐渐由蜀地传播到荆地;不过荆地培育出的品种,毕竟不是原创,所以对比之下,体形有所逊色。从大的叫"蜀"而次的叫"荆"之现象便不难想见,古蜀人的培育成绩优良,被普天下的民众印入了脑海。

《庄子·庚桑楚》有"越鸡不能伏鹄卵,鲁鸡固能矣"的话,唐代道士成玄英疏称:"鲁鸡,今之蜀鸡也。"郭庆藩《庄子集释》引向秀之说:"鲁鸡,大鸡也,今蜀鸡也。"将鲁鸡与蜀鸡画上等号,似乎鲁就是蜀,蜀就是鲁。唐代大文豪韩愈《守戒》一文也有"鲁鸡之不朝,蜀鸡之不支"的话,仍然把它们相提并论。鲁是现在的山东,显然,远古蜀人培育家鸡的技术,又传播到山东半岛去了。

1986年在四川广汉三星堆文化遗址二号坑里,出土一件铜鸡,是3000年前的蜀人所铸,于是以实物证据证实了古文献所言不虚。这件铜鸡体长11.7厘米,通高14.2厘米,形态很像人们常见的公鸡,只是头和颈部的比例稍大一些,腿脚粗了一些,这大概便是蜀鸡最早的造型了。它站立在2.5厘米见方的铜座上,下边残断,推测原来应有其他构件加以支撑,使之高高在上。目前云南一带栖息着一种叫"茶花鸡"的鸟,动物学上称之为"原鸡",属鸡形目雉科鸟类，是现代家鸡的远祖。其雄性体长60厘米左右，冠子不大，尾巴更长，全身以黑色为基调，但头颈部分是深红色，后转金黄；样子和家鸡无多区别，只是显得秀气一点。它的叫声好像"茶花两朵"，故有此名；经常栖息在山区密林中，营巢于地面低洼处。此鸟现在分布在北回归线附近省份，但上古时代四川应当很多，因为那时气候比现在更暖，蜀人驯化的品种，以这种"原鸡"为最可能。

不过，鸡在生肖文化领域，已不是单纯的动物，而有其独特的象征意义了。古代没有钟表，鸡是唯一方便的报时工具，因而特别受到重视，称它为"五德之禽"。《韩诗外传》说，它头上有冠，是文德；足后有距能斗，是武德；敌前敢拼，是勇德；有食物招呼同类，是仁德；守夜不失时，天明报晓，是信德。那么，"文、武、勇、仁、信"都已占全。

如果从文化角度进行审视，鸡这五德还可以加以延伸。

鸡最显著的文化特色，就是诚信，守时。公鸡报晓，象征着由黑暗到光明的解放，比如说"一唱雄鸡天下白"，就代表着黑暗统治的结束。对于古人来说，鸡的守夜报晓，实用价值意义实在太大。由于古代睡梦中的人们，无法知道到了什么时间，全靠金鸡报晓，提醒人们早早起床，准备劳作。虽然人们常说"日出而作，日落而息"，但太阳并非天天都出来，阴雨天气便失去了观察太阳定时的依据；可是"风雨如晦，鸡鸣不已"，鸡却不管酷暑严寒，还是降雨下雪，报晓也决不偷懒。可以说，鸡的报晓不仅是庄户人家的时钟，也是公共生活的呼唤。比如战国时代的函谷关，开关时间就以鸡鸣为准。落魄而逃的孟尝君，面对着大门紧闭的关口，担心后面追兵到来，心急如焚；食客中有个擅长口技的人，立刻便学鸡的鸣声，人一鸣而群鸡尽啼，于是提前骗开了关门，使他转危为安。这个故事已被司马迁写进《史记》，传为熟典。

在民间文化范围内，更将鸡视为一种吉祥物，认为它可以避邪，可以吞噬各种毒虫，为人类除害；而鸡的又一文化特征，就延伸为平凡、无害这一方面去了。在日常生活中，家鸡几乎随处可见，它们秉性温和，不像狗那么可畏，连孩子也不会伤害；而且它们繁殖能力强，成活率高，对环境没有什么特别的要求，无论何地都可以饲养。俗话说，物以稀为贵，动物亦是如此，比如熊猫因为过于稀少，所以显得非常珍贵，又因只有中国才有，就被奉为国宝；家鸡无论如何不可能享受这种待遇，因为过去农村里它们处处成群，往往被人轻贱。同时，鸡虽然可以列入飞禽，但其飞行能力早已大大退化，比不上其他飞鸟能够自由自在地翱翔蓝天，因此鸡显得十分平庸，整天忙忙碌碌，到处东啄西吃，尽管相当勤奋，却谈不上生活闲适。鸡的这种平凡的特性，常常被用来比喻人的命运。例如某人一生奔波忙碌，到头来聊得温饱而已，于是被称为"鸡扒命"，意思说此人如同鸡在东扒西啄一样，难以享受富贵荣华。

可是，鸡在人类的心目中，毕竟是一种有益无害的动物，提起它们，人们就会由衷地产生亲切之感，并不因其平凡而有丝毫藐视。按照道家的思想，最平凡也最伟大，砖瓦木石是极其平凡的东西，而高楼大厦就靠这些平凡材料所筑成。最无害的东西也最亲近，反之，老鼠过街，人人喊打，蚊子苍蝇，人人痛恨。

鸡的另一个极端表现，就是勇敢善斗。公鸡喜欢搏斗打架，母鸡之间偶尔也有细小的厮杀，历史上便由此产生了一种斗鸡游戏。古人为了观赏精彩的斗鸡表演，还专门饲养了"斗鸡"。平时看似平凡柔弱的鸡，一旦进入搏斗场，突然好似脱胎换骨一般，颈毛直竖，双翅怒张，那种勇猛顽强之状，厮杀激烈之情，简直难以想象。相传古希腊人就有一个关于由斗鸡激励士气的故事。公元前某一年，希腊有位将军率兵开赴前线，奉命去同波斯军作战。行军途中，看到两只公鸡在相斗，心里不由一动，他想，如果士兵的斗志都像公鸡一样顽强，必定能赢得战斗的胜利。于是，他命令队伍停下来，让士兵们观看这两只公鸡的搏斗。果然，士兵们深受鼓舞，结果大败波斯，立下赫赫战功。为了纪念这次辉煌的胜利，希腊国王决定每年在雅典举行一次斗鸡大会。从此，斗鸡活动很快传遍全希腊，不久又传遍地中海各国。

鸡还有另一层象征意义，那就是辟邪的灵异。鸡经常用来驱邪和祭祀。早在先秦时期，就有用鸡和鸡血驱邪的活动。《山海经》里叙述每一山系的祭神活动，大都离不开作为祭品的鸡。在古代有些地区，鸡甚至还能用于判案。如景颇族就有用鸡鸣作为神判的方式：争讼双方各携一只活公鸡，前往约定地点。先由巫师念经，念毕双方纵鸡自走，视鸡的鸣叫先后来决定是非。如果有一方的鸡先叫，便被判为败诉，后叫或不叫的一方则得到了胜诉。

还有一种"鸡卜"的民俗，相传是古越人的占卜法。《史记·武帝本纪》说：越巫"祠天神、上帝、百鬼，而以鸡卜。"唐张守节《正义》注：鸡卜的方法是用一鸡一狗，先作祝愿，祝愿毕即杀鸡杀狗，煮熟又祭，独取鸡骨来察看上面的裂隙，如似人形者即吉，否则即凶。唐宋以来，在黎族中即流行此法。四川凉山及云南、贵州、广西等彝族地区又称鸡卦，多用于占问疾病。卜卦时，取鸡的股骨和左右两肋，用细麻绳束紧，吊在墙上，视其窍孔对着什么方向，来占断吉凶。另外还有用鸡头来占卜天气好坏的习俗，顶骨明爽则预示天晴，阴暗无光就象征阴雨。如果占病，发现顶骨多有黑斑，就认为是不吉之兆；如果有红点，那就意味着凶死流血。类似的鸡骨卜，可说几乎遍及边远地区。

我国少数民族中，还有大同小异的蛋卜方式。例如云南南部民族的蛋卜问病，是用一只鸡蛋在病人身上滚擦，再将这个蛋下锅煮熟，给巫师验看，以断吉凶。瑶族人在择地造屋的动土以前，也要先选鸡蛋一只，穿一个小洞，在蛋壳上写上"人、财、畜、鬼"四字，点火来烧，使其爆裂，视蛋白流出的情形以定凶吉，如果蛋白沾在"人"字上，则认为地基犯人，房屋建成后家人会发生病痛；沾在"财"字上，则以为是犯财之兆；沾在"畜"字上，那就是犯畜了；只有啥也不沾，才是吉兆。

生物学领域中的鸡

在生物学领域里，鸡属于脊椎动物门的鸟纲。远古的鸡，是像飞鸟一样的禽类，有两个能够扑腾的翅膀，可是自从它们成为家禽之后，就再也飞不起来了。鸡身体内部的构造，喝过鸡汤的人都很熟悉，所以不必费话饶舌，还是传达一点科学信息为宜。

鸡没有牙齿，但有嗉囊。它们视觉和听觉特别发达，嗅觉和触觉却很迟钝。鸡的消化道短，新陈代谢旺盛，生长发育较快。小鸡长成大鸡，大概就一年时间。

鸡尾根部有个尾脂腺，带有特殊的气味，鸡常常用嘴从腺体内吸吮油脂，梳润羽毛，使羽毛具有弹性及防水性，以保护身体，维持体温，并且还有散热作用。正常情况下，鸡的羽毛每年要更换一次。

成年鸡的体温是41~42摄氏度，每分钟呼吸36次，心跳282次。雏鸡的体温调节机能差，体温要低一些，大约39.6摄氏度，但7~10天后体温调节机能便逐渐完善，体温渐渐达到成年鸡的水平。

鸡没有汗腺，主要靠呼吸散热，所以，鸡的耐热能力比较差，不喜欢炎热潮湿的环境，而喜欢温暖干燥，喜欢登高栖息。外部光线能直接影响鸡的活动力。当光线由弱到强时，鸡的活动能力逐渐增强；反之，光线渐弱，它们的活动也会减少；一旦黑暗，鸡就完全停止了活动。

鸡喜欢成群结队，不愿单独行动。刚刚孵化出来的雏鸡，也会找寻伙伴，若是脱离了群体，就要尖叫不止。鸡的胆子很小，害怕惊吓，陌生的声音，突然的动作，都会引起鸡的应激反应，惊叫着逃跑，东躲西藏，胡窜乱撞。安安稳稳的一个鸡群，忽然有狗猫闯入，便顿时天下大乱，到处鸡飞狗跳，羽毛飞舞。

鸡的理论寿命是20年，但实际上只有7到8年可活。最近互联网报道，美国阿拉巴马州一只名为玛蒂尔达的灰色母鸡，已经一口气活了14年，以"最长寿鸡"荣登吉尼斯世界纪录，它属于古英格兰红派尔鸡。

鸡的生殖力颇强。一只性欲旺盛的公鸡，每天交配10次左右，是很平常的事，最高可达40次以上，四川人称之为"骚鸡公"。一只公鸡配8～15只母鸡，仍可以获得高受精率。鸡不像其他哺乳动物那样，精子容易衰老死亡，在母鸡的输卵管中可以存活5～10天，个别的可存活30天以上。

鸡蛋的形成过程是——卵子排出后，在输卵管内下行，由输卵管分泌多种营养物质，最后在子宫内包上蛋壳。产出体外的蛋，在适宜温度下贮存2周左右，仍可孵出小鸡。

有个古老而有趣的问题，就是"先有鸡还是先有蛋"？这个问题确实不好回答。如果你说：先有鸡——人家会反驳你，这只鸡从哪里来？难道是天上掉下来的吗？它绝对是鸡蛋孵化出来的，那么答案就应该是"先有蛋"啦。如果你肯定了先有蛋——人家又会反驳你，这只蛋从哪里来？难道是天上掉下来的吗？它绝对是鸡生出来的，那么答案又应该是"先有鸡"啦。如此循环，始终找不到个头。

最近，生物研究人员试图用科学理论回答这个问题，但也是到处碰壁。

一位科学家说：先有鸡！因为鸡属于鸟类，是从爬行类动物进化而来，而爬行类又是从鱼类进化而来，鱼类则源自无脊椎动物。我们知道，低等生物是靠自身分裂来繁衍后代，而鱼类、爬行类则以产卵来传宗接代。进化到第一只鸡时，这位第一代的鸡是从卵而来，它下了蛋之后便成为蛋之祖。故先有鸡，后有蛋。

另一位科学家说：先有蛋！在漫长的生物进化过程中，有个家伙下了一个蛋，结果孵出一只鸡。可是下蛋的那个家伙，还不能说发育得完全健全，确实还不能称之为鸡。后来这个蛋孵化出的鸡，那才是标准的真鸡——当然是先有蛋，后有鸡！

两位先生相持不下，从春商榷到秋，问题仍然没有得到解决。

民间文化中的鸡

民间重鸡，是以辟邪和纳吉为目的。汉代人将虎视为辟邪神兽，《风俗通义·祀典》说，老百姓在除夕都要画虎于门。可是虎的这种神威，后来被鸡分享了。大约在魏晋之时，鸡开始成为守门辟邪的神物。晋代《拾遗记》讲鸡能辟邪，能使妖灾群恶不能为害，魑魅丑类自然伏退。当时的风俗："每岁元旦，或刻木铸金，或图画为鸡"，置于门窗上。南朝《荆楚岁时记》载有正月初一的习俗："贴画鸡户上，悬苇索于其上，插桃符其傍，百鬼畏之。"并将正月初一称为"鸡日"，与迎新年贴酉的古俗，相互融合，形成容量颇大的文化单元。这种风俗一直传承至今，山西大同一带的乡村，仍保留着春节门上贴剪纸大公鸡的古俗。大江南北，都有《鸡王镇宅》的传统年画，张贴于室内。画面上大公鸡金距花冠，一身正气，昂首衔虫，威风凛凛。

普普通通的鸡，为何能有辟邪功能？民间认为，鸡是逐阴导阳的祥瑞之物。太阳出，雄鸡啼，于是鸡就被古人称为"阳精"，亦即太阳之精；而邪恶魑魅都是见不得阳光的阴暗丑类，对于鸡的一身正气，自然避之唯恐不及了。

在民间传说中，鬼最怕听到鸡声，因为鬼只能在黑夜里活动，而鸡的啼叫，代表着天快亮了，天一大亮，一切鬼魅便无法可施。所以门上张贴鸡画，百鬼不敢上门，纯是鬼怕听到鸡叫声的寓意。老人们经常告诉孩子：晚上如果遇见了鬼，只要学鸡叫就可以把他吓跑。当然，这些不过是一种笑料而已。

因为"鸡"又与"吉"谐音，在众多民俗事项中，鸡给人们带来了一个好字眼。这就在用鸡辟邪的基础上，加上了吉祥的意思。清代周亮工《书影》说："正月初一贴画鸡。今都门剪以插首，中州画以悬堂，尤好画大鸡于石，元旦张之。盖北地类呼吉为鸡，俗云室上大吉也。"

辞旧迎新之际，民俗年画除了要画《鸡王镇宅》，还可以画《石上大鸡》，"石上"谐音"室上"，"大鸡"谐音"大吉"。陕西神木传统年画《大吉有余》，画一对驮着摇钱树的大公鸡。传统吉祥纹样公鸡，还是"功名"的符号；牡丹则是富贵花，所以牡丹和雄鸡同处一图，就叫做《功名富贵》。大鸡的图画里，也不排除雏鸡。有一幅《功名富贵带子上朝》的年画，画的内容有牡丹，又有一只公鸡带着三只雏鸡，即所谓带子上朝。

在民间的俗语中，缺失了鸡也开不成席。例如"鸡儿不吃无工之食"，比喻人们不能无缘无故接受优待或赠与。"家鸡打的团团转，野鸡打的贴天飞"，比喻至亲好友，虽受委屈、责难，仍然会向着你，不会像外人一样。"三更灯火五更鸡"，比喻勤奋刻苦，晚睡早起。"未晚先投宿，鸡鸣早看天"，意思是任何事都得早做准备。"偷鸡不成反蚀一把米"，显示弄巧成拙的尴尬情况。"杀鸡焉用牛刀"，则是告诫人们不要小题大做。"嫁鸡随鸡，嫁狗随狗"，表露的是一种无可奈何。像"手无缚鸡之力""鸡蛋碰石头""鸡蛋里找骨头""落汤鸡"那些话，多多少少带一点贬义。

在人们熟知的成语中，关于鸡的成语更有不少。当然，这些成语的内容有褒有贬，可随事而用，颇为生动有趣。比如"淮南鸡犬"，就具有讽刺。"鸡犬不宁"，显然是坏事；"鸡鸣起舞"，则令人振奋。

自古至今，以鸡为对象而创作的艺术作品浩如烟海，没有哪个中国人在一生中，没有看到过美术作品、工艺品中所表现的鸡的形象。尤其要指出的是，因为生肖鸡在文化层面上的雅俗共赏，也就成为传统文化中的精华——古典诗词不断着力描述的重要内容。

诗吟赋述里的鸡

自春秋以下，历代诗人们运用诗词歌赋各种文体，对生肖鸡的描述与吟咏连绵不绝，涌现出很多经典名作。

早在我国第一部诗歌总集《诗经》中，便有"鸡栖于埘""鸡栖于桀"（《王风·君子于役》），"风雨如晦，鸡鸣不已"（《郑风·风雨》）的诗句，爱国诗人屈原在楚辞《卜居》中也吟出"宁与黄鹄比翼乎？将与鸡鹜争食乎？"虽然这些还不能说是专门咏鸡，只是一些烘托而已，但却已开咏鸡诗篇之先河。

南朝乐府民歌《华山畿》可说是最早的专门咏鸡诗篇："长鸣鸡，谁知侬念汝，独向空中啼！"

唐诗是中国诗歌发展史上的一座高峰，咏鸡诗句与诗篇为数众多。作家王美春利用北京大学《全唐诗》电子检索系统专业版检索，发现诗题中含"鸡"字的，共有50项与查询匹配；诗行内含"鸡"字的，共有1073项与查询匹配。其中，具有代表性的诗篇有杜甫的五言律诗《鸡》，崔道融的七言绝句《鸡》和韩偓的七言绝句《观斗鸡偶作》等。再以《全宋诗》电子检索系统专业版检索，发现宋代咏鸡的诗句与诗篇远超唐诗。宋诗题中含"鸡"字的，共有275项与查询匹配；诗行内含"鸡"字的，共有5059项与查询匹配。其中，颇具特色的诗篇有刘兼的《晨鸡》、宋庠的《斗鸡》、李觏的《惜鸡诗》、周紫芝的《责鸡》、高斯得的《鸡祸诗》等。古诗咏鸡，有不少是鸡犬二字连用，这在唐诗与宋诗中表现得尤为突出。唐诗题中鸡犬连用的，没有检索到；诗行内鸡犬连用者，共有108项与查询匹配。宋诗题中鸡犬连用的，仅有陆游的《鸡犬二首》；诗行内鸡犬连用，则共有548项与查询匹配。

宋代之后，也有不少咏鸡诗篇。其中写得较好的有元代陈廷言的《金鸡洞》、明代唐寅的《咏鸡诗三首》、清代袁枚的《鸡》等。

古诗咏鸡，有些是以鸡的意象，作为自然景物的一个组成部分。如东晋陶渊明《归园田居》"狗吠深巷中，鸡鸣桑树颠"；唐代温庭筠《商山早行》"鸡声茅店月，人迹板桥霜"。

古诗咏鸡，有些是表达诗人对鸡不幸命运的同情。如清代袁枚的《鸡》："养鸡纵鸡食，鸡肥乃烹之。主人计固佳，不可使鸡知。"

古诗咏鸡，有些是以鸡作衬托，抒发诗人的情感。如曹操的《蒿里行》"白骨露于野，千里无鸡鸣"。相传明太祖朱元璋有一首《咏鸡诗》："鸡叫一声撅一撅，鸡叫两声撅两撅。三声唤出扶桑日，扫退残星与晓月。"借咏鸡抒发其登基的喜悦之情与雄视天下的豪迈气概。

古诗咏鸡，有些明为咏鸡，实是言在此而意在彼。南朝乐府民歌《读曲歌》："打杀长鸣鸡，弹去乌白鸟。愿得连瞑不复曙，一年都一晓。"与其说是咏鸡，还不如说是写诗人的心境。宋代陆游的《老鸡》："老鸡拥肿不良行，将旦犹能效一鸣。碓下糠秕幸不乏，何妨相倚过余生。"看似在写老鸡的行动不便，实际上是在写人。

除了古代诗作，在辞赋方面以鸡为对象者，也有不少，主要以唐代浩虚舟的《木鸡赋》、元代胡炳文的《鸡鸣赋》为代表。在赋文中，几乎囊括了古代

酉鸡卷

关于鸡的所有佳话。

综上所述，生肖鸡在诗词歌赋的殿堂中早已登堂入室，成为传统文化精华的一部分，这是鸡的幸运，也是文化田园中的收获。本书选编了历代有关生肖鸡的优秀诗文作品，可让读者基本了解这份先贤留给我们的文化遗产，如诸君能从中有所收益，吾等同仁则甚感欣慰矣。

古代涉鸡诗

国风·郑风·女曰鸡鸣

女曰鸡鸣,士曰昧旦①。子兴视夜,明星有烂②。将翱将翔,弋凫与雁③。

弋言加之,与子宜之④。宜言饮酒,与子偕老⑤。琴瑟在御,莫不静好⑥。

知子之来之,杂佩以赠之⑦。知子之顺之,杂佩以问之⑧。知子之好之,杂佩以报之⑨。

注释

①士:男子通称。昧旦:天将明而仍暗。或昧借作未,昧旦即未旦,未明。②兴:起来。子兴视夜:女对男说:你起来看看夜色。烂:灿烂。明星有烂:小星已隐,明星还在天上闪烁。一幅黎明之景。男对女说。③翱、翔:活动。将翱将翔:将要起身活动。弋(yì):以带丝绳之箭射飞禽。凫:野鸭。雁:野鹅,一称雁鹅。④言:此处借作焉。意为已成。加:放在,增加。如以手加额,即将手放在额上。弋言加之:将猎物放在厨案上。宜:此处作动词,即烹饪。与子宜之:交你烹饪。⑤偕老:一起到老。⑥御:用,弹奏。静:安恬和乐。⑦杂佩:各种饰物。《毛传》:"杂佩者,珩、璜、琚、瑀、冲牙之

类。"⑧顺：和顺，和悦。问：馈赠。⑨好：共同爱好。报：答谢。

解 说

此诗为郑国民歌，由黎明时的鸡鸣声引入主题。全诗分为三章。

诗中第一章，生活情趣非常浓郁，开头4句是夫妻对话：妻子说鸡叫了，丈夫答天该亮了；妻子又说你起来看看天吧，丈夫看了回答星星正在发亮，还早着呢。下面两句说明他们为什么这样关心公鸡报时，原来两人准备去射猎野鸭和雁鹅。

第二章则说夫妻俩射猎有了收获，准备加工成菜肴了。他们认为应该饮酒来庆幸射猎的收获，还讲了"与子偕老"的话，说明两口子相当恩爱。再衬托放在身边的琴瑟，更体现出一个和谐家庭的幸福。

今人高亨解第三章，仍从夫妻立说，妻子先慰劳丈夫，应该用杂佩来赠你；丈夫说你很柔顺，应该用杂佩来报答；真有"相敬如宾"的意蕴。

(何焱林注，冯广宏解)

国风·郑风·风雨

风雨凄凄，鸡鸣喈喈①，既见君子。云胡不夷②？

风雨潇潇，鸡鸣胶胶③。既见君子，云胡不瘳④？

风雨如晦，鸡鸣不已⑤。既见君子，云胡不喜？

注 释

①喈（jiē）：鸡鸣声。②君子：思念的对象。云胡：为何。夷：通怡，喜悦。③胶胶：鸡鸣声。一作交交。④瘳（chōu）：《毛传》："瘳，愈也。"思念之疾愈也。⑤晦：黑暗，天黑。不已：不停。

解 说

这一篇吟咏风雨中仍在鸡鸣的诗，《毛传》认为其内涵是"乱世思君子"，大方向是正确的。在这风雨凄凄的情况下，见到了心中牵挂的君子，怎能不喜？此诗一咏三叹，大有"最难风雨故人来"之意。无论是故人来，丈夫归，情人会，都是一件令人激动不已之事，没有必要去弄个"水落石出"。至于诗外之意,见仁见智,各人心会可也。

(何焱林注)

国风·齐风·鸡鸣

鸡既鸣矣,朝既盈矣①。匪鸡则鸣,苍蝇之声②。

东方明矣,朝既昌矣③。匪东方则明,月出之光④。

虫飞薨薨,甘与子同梦⑤。会且归矣,无庶予子憎⑥。

注释

①朝:朝会,古人黎明上朝,所谓朝臣待漏五更寒,雄鸡三唱,则当上朝。朝既盈矣:朝堂之上,人都满了。这是君夫人对国君说的。②匪:通非。匪鸡则鸣:不是鸡叫。③昌:众多。④此二句当是国君所说。⑤薨薨:同嗡嗡,虫飞之声。天已大明之状。甘:甘心。同梦:同赴好梦。⑥会:朝会。无庶予子憎:高亨以为,此句当是"庶无予子憎"。并以《大雅·生民》"庶无罪悔"、《大雅·抑》"庶无大悔"为证。意思是你庶几不要把我如何。

解说

《毛诗正义》:"作《鸡鸣》诗者,思贤妃也。所以思之者,以哀公荒淫女色,怠慢朝政。"

高亨《诗经今注》:"这首诗写国君的妻子在早晨劝促国君早去上朝,而国君却恋床不肯起来。"

《正义》与高亨之说皆指君与君夫人,朝当指朝会,古人日中而市,不可能天不亮就赴市场,即使近代,除了批发,也没有天不亮就上市场的。会也非一般集会,常人一般集会,不可能在天不亮时举行。且一般集会去早去晚,当无大碍,不必催得如此之急。

这首诗活脱脱写出一个荒政贪欢的君王,和一个以国事为重的君夫人。第一章"鸡既鸣矣",君则说那是苍蝇之声。可见君之赖皮。第二章"东方明矣",君睁眼说瞎话,说那是明月之光。晓鸡三唱,犹有月光,那一定是残月,绝不会令人有天明之感。可见君之涎脸。第三章,君夫人坚决拒君之求,言语却非常婉转。用朝会散，众臣归，说明君若还不上朝之严重后果。并说明自己是非常愿与君共寻好梦的，但如果那样做了，你将来会因我之不淑而恨我的，以此来催促君主上朝。

（何焱林注）

九章·怀沙（摘录） 战国·楚·屈原

玄文处幽兮，矇瞍谓之不章①；离娄微睇兮，瞽以为无明②。变白以为黑兮，倒上以为下。凤皇在笯兮③，鸡鹜翔舞④。同糅玉石兮，一概而相量⑤。夫惟党人之鄙固兮，羌不知余之所臧⑥。任重载盛兮，陷滞而不济⑦。怀瑾握瑜兮，穷不知所示⑧。邑犬之群吠兮，吠所怪也⑨。非俊疑杰兮，固庸态也⑩。文质疏内兮，众不知余之异采⑪。材朴委积兮，莫知余之所有⑫。

注 释

①玄文：黑色的花纹。矇瞍：瞎子。章：同彰，明朗。②离娄：传说中古代视力特好之人。《孟子·离娄》："离娄之明，公输子之巧，不以规矩，不能成方圆。"焦循正义："离娄，古之明目者，黄帝时人也。黄帝亡其玄珠，使离朱索之。离朱，即离娄也，能视于百步之外，见秋毫之末。"睇：目微睁而视。瞽：盲人。无明：眼睛看不见。③皇：同凰。笯（nú）：鸟笼。④鹜（wù）：野鸭。⑤糅（róu）：混合，糅合。相量：衡量。⑥党人：小集团。作者指靳尚、子兰、南后等。鄙固：狭陋，不豁达。羌：语词，可作乃。臧：同藏，所臧：所藏。内心所具之才之能之德之善。⑦任重：负重。载盛：装载盛多。陷滞：道路坑陷阻滞。不济：不达，不至。⑧怀瑾握瑜：喻自己有美质长才。《说文》："瑾、瑜美玉也。"《类篇》："瑾，赤玉也。"穷：穷尽；到底。不知所示：不知向谁展示。⑨所怪：所不同所怪异者。喻屈原遭群小诽谤，因其行不从俗，不与彼等同流合污。⑩非：非难，责备。疑：猜防。庸态：鄙俗之态。⑪疏：通达。⑫材朴：资质厚重。委积：委弃，任其堆集。

解 说

作者屈原（约前340~约前278），名平，字原。芈（mǐ）姓，屈氏。战国末期楚国丹阳（今湖北秭归）人，楚武王熊通之子屈瑕后代。屈原虽忠事楚怀王，却屡遭排挤，怀王死后又因顷襄王听信谗言而被流放，最终投汨罗江而死。屈原是我国最早的著名诗人，世界文化名人。他创立了"楚辞"这种文体，开创了以"香草美人"隐喻圣君贤臣的传统。代表作品有《离骚》《天问》《九歌》等。

此章节选自《九章·怀沙》。怀沙的意义是抱石投水，怀沙而死；一说是怀念长沙。诗中多用比兴，言辞激切，情调哀惨，写出屈原对君昏臣佞之愤懑，自己怀才不用，为君放逐之冤屈。楚廷是非颠倒，黑以为白，上以为下，鸡鸭翔舞，凤凰却被关在笼子里。自己怀瑾握瑜，志存社稷，反遭到一群小人无端诽谤，恶毒攻击。其愤激与悲哀之情，达到极致，表述了临死前深深的绝望。

（何焱林注）

卜居（摘录） 战国·楚·屈原

"宁与骐骥亢轭乎？将随驽马之迹乎①？宁与黄鹄比翼乎？将与鸡鹜争食乎②？此孰吉孰凶？何去何从？世溷浊而不清，蝉翼为重，千钧为轻③；黄钟毁弃，瓦釜雷鸣④；谗人高张⑤，贤士无名，吁嗟默默兮，谁知吾之廉贞⑥！"

詹尹乃释策而谢⑦，曰："夫尺有所短，寸有所长，物有所不足，智有所不明，数有所不逮，神有所不通⑧。用君之心，行君之意，龟策诚不能知此事。"

注 释

①骐骥（qí jì）：良马，千里马。亢轭：并驾。轭为辕端驾马木。驽马：劣马。②黄鹄（hú）：天鹅，一名鸿鹄。候鸟，每年春秋，由南至北，由北至南，常飞数千里。鸡鹜：鸡与鸭，喻小人。③溷：同混；污浊不洁。钧：衡量单位，三十斤为钧。千钧即三万斤，喻极重。④黄钟：古庙堂所用之大钟。瓦釜：陶制炊具。⑤高张：嚣张，标榜。⑥吁嗟：叹词。默默：寂没无闻。廉贞：廉洁忠贞。⑦释：放下。策：此指占卜用的蓍草。谢：歉答。⑧数：古占

卜之术语，古占卜有象有数。《左传·僖公十五年》："龟，象也；筮，数也。物生而后有象，象而后有滋，滋而后有数。"不逮：不及，不能说明事理。

解 说

古人常以占卜决疑，所谓《卜居》，就是通过占卜，来解决自己"何去何从"的疑惑，即应该采取怎样的态度来对待面临的社会现实。

屈原问：与骐骥同驾还是随鸡鹜之迹？与黄鹄比翼还是与鸡鹜争食？这关系到个人前途吉凶，更关系到为人处世的风骨，所谓术数占卜，本是欺人之谈，这些问题，更不是占卜所能决定。所以詹尹说："数有所不逮，神有所不通，用君之心，行君之意，龟策诚不能知此事。"这表示屈原不顾荣辱安危，高尚其事，以兴国爱民为己任。

（何焱林注）

九辩（摘录） 战国·楚·宋玉

燕翩翩其辞归兮，蝉寂漠而无声①。雁雍雍而南游兮，鹍鸡啁哳而悲鸣②。

注 释

①寂漠：同寂寞。②雍雍（yōng）：成群结队意。鹍鸡：传说中的神鸡。啁哳（zhāo zhā）：声音细碎。

解 说

作者宋玉，名子渊，传为屈原门生。战国时鄢（今湖北襄樊宜城）人。曾事楚顷襄王。好辞赋，为屈原后辞赋家，与唐勒、景差齐名。《汉书·卷三十·艺文志第十》录有赋16篇，今多亡佚。流传作品有《九辩》《风赋》《高唐赋》《登徒子好色赋》等，所谓下里巴人、阳春白雪、曲高和寡等典故皆从其作品而出。今人以为，仅《九辩》为其所作，余皆别人附会。

《九辩》是继《离骚》之后又一首自叙性长篇抒情诗。诗人清醒地认识到楚国君臣的腐败无能，他不愿顺从世俗，丢弃自己的人格与尊严，为不受世俗污染，欲远走高飞，然而现实生活中，秋天仍然草木凋落，贫士依旧难为世用。

宋玉写深秋景象，用燕归蝉寂，鸿雁南翔，鹍鸡悲鸣，来说明秋气已深，万类萧瑟。诗中通过现实与想象的强烈对比，把悲秋主题渲染得淋漓尽致，给读者带来悲怆的情感冲击。

（何焱林注）

歌　西汉·枚乘

麦秀蕲兮雉朝飞①，向虚壑兮背枯槐②。依绝区兮临回溪③。

注释

①麦秀：麦出穗开花。蕲（jiān）：常蕲蕲连用，麦秀蕲蕲，即麦芒渐长。《尚书大传》载：微子去朝周天子，过殷墟歌曰："麦秀蕲蕲兮禾黍油油，彼狡童兮不我好仇。"《雉朝飞》为古琴曲，传为战国时齐国处士牧犊子作。牧犊子年老而无妻，见雉鸟双飞，触景生情，自叹命途多舛，遂寄情于丝桐。此歌用其意。②虚壑：空谷。③绝区：危险之绝地。李周翰注："绝区，谓危绝之地。"回溪：回环曲折之溪流。一作廻溪、廻蹊。

解说

枚乘（？~前140），字叔。西汉辞赋家。淮阴（今江苏淮安市西南）人。曾做过吴王刘濞、梁王刘武的文学侍从。七国之乱前，曾上书谏阻吴王起兵；七国叛乱中，又上书劝谏吴王罢兵。吴王均不听。七国之乱平定后，枚乘因此而显名。景帝时，拜为弘农都尉，因非其所好，以病去官。武帝即位后，以"安车蒲轮"征之，因年老，死于途中。枚乘文学上的主要成就是辞赋。《汉书·艺文志》著录"枚乘赋九篇"。今仅存《七发》《柳赋》《菟园赋》三篇。后两篇疑为伪托之作。

从"雉朝飞"三字看，可能这是一首琴歌。歌以雉，即野鸡为喻。写麦芒渐长时雉之朝飞，其飞向之处则是虚壑与枯槐。虚壑则无处可隐，枯槐则无枝可栖。其停留之地则背靠危绝之区，则无可凭恃，而临曲折回环之溪，则前无去路。是否有隐喻吴王刘濞之处境，或谏其不要走上绝路之意已不可确知。

（何焱林补充）

"归妹"之"无妄"　汉·焦赣

鸡方啄粟，为狐所逐，走不得息，惶惧喘息。

解　说

作者焦赣，字延寿，梁人或蒙人。西汉易学家，曾从孟喜学《易》。昭帝时（前86～前74）任小黄县令，其治路不拾遗，监狱空虚。升调时百姓挥涕求留。昭帝听从民意，增其秩千石。

本诗取自焦赣《焦氏易林》，本书在六十四卦基础上复变六十四卦，即一卦变六十四卦，六十四卦变四千零九十六卦，这样由六十四卦中的一卦所变的另六十四卦之一称为：某之某，例如本诗题"归妹（䷵）"之"无妄（䷘）"。每个卦名后皆配以相应文辞，一般为四言诗卜辞。这里所录韵文，是作者所撰《焦氏易林》一书中的卦辞，主要描写一只吃食的鸡，突然遇见了黄鼠狼。连忙放弃了食物，奔跑逃命，又是害怕，又是喘气，弄得狼狈不堪。虽然作者写这些内容，目的是告诉卜问者一个不顺利的预测，但其中语言相当生动，特别是那只跑鸡刻画得活灵活现，比说上许多吉凶祸福的话形象得多。

（冯广宏补充）

"巽"之"遁"　汉·焦赣

三鸡啄粟，十雏从食。饥鸢卒击，亡其两寂①。

注　释

①鸢（yuān）：老鹰。卒（cù）：同"猝"；急速。亡：散场。两寂：双方都静下来。

解　说

这里所录韵文，是作者所撰《焦氏易林》一书中的卦辞，描写的内容是三只大鸡在吃食，十只小鸡跟着一起在吃，这本是相当和谐的场景，可是一只饥饿的老鹰来个突然袭击，肯定有些小鸡遭遇了毒手，于是这时大鸡带着剩余的小鸡，急急忙忙拼命奔跑躲藏，最后鹰也飞了，鸡也跑了，只留下白茫茫的一片空地。虽然作者写这些内容，主要是告诉卜问者预测的结果不大吉利，但这几句卦辞却写得十分生动形象，给人的印象是从平静到扰动，又从扰动恢复了平静，这在客观上告诉人们，人生中会有很多这样的突然事件存在，应该及时应对。

（冯广宏补充）

鸡鸣歌　汉·无名氏

东方欲明星烂烂，汝南晨鸡登坛唤。曲终漏尽严具陈①，月没星稀天下旦。千门万户递鱼钥②，宫中城上飞乌鹊。

注释

①严具：即更鼓。严是古时计算时间的方法，敲一通鼓为一严，犹如后来的"更"。②鱼钥：鱼形的锁钥。

解说

《晋太康地记》称此歌为汉时民歌。颇具喜庆色调，天欲明而星犹灿，鸡既鸣而人亦报晓，万家启户，喜鹊竞飞，一派升平景象乃由鸡鸣而起。

斗鸡诗　三国·魏·应玚

戚戚怀不乐①，无以释劳勤。兄弟游戏场，命驾迎众宾。二部分曹伍②，群鸡焕以陈。双距解长绁③，飞踊超敌伦。芥羽张金距④，连战何缤纷。从朝至日夕，胜负尚未分。专场驱众敌，刚捷逸等群⑤。四坐同休赞⑥，宾主怀悦欣。博奕非不乐，此戏世所珍。

注释

①戚戚：忧愁不乐貌。《论语·述而》："君子坦荡荡，小人长戚戚。"何晏集解引郑玄曰："长戚戚，多忧惧。"②曹伍：伙伴。《后汉书·马融传》："曹伍相保，各有分局。"③绁（xiè）：绳索。④芥羽：指用以角斗的鸡。《左传·昭公二十五年》："季郈之鸡斗，季氏介其鸡，郈氏为之金距。"孔颖达疏

引郑司农说:"介,甲也,为鸡著甲。"《史记·周公世家》作"季氏芥鸡羽",介与芥通。一说在鸡羽上洒上芥粉,以迷醉对方。金距:距,雄鸡爪子后面突出像脚趾的部分;金距:装在斗鸡距上的金属假距,用于搏斗时刺伤对手。⑤刚捷:刚勇敏捷。逸:胜过。等群:寻常之辈。⑥休赞:赞美。

解 说

作者应玚(177~217),字德琏,东汉汝南南顿(今河南项城)人。东汉末文学家,建安七子之一。擅长作赋,有文赋数十篇。玚初被魏王曹操任命为丞相掾属,后转为平原侯庶子。曹丕任五官中郎将时,玚为将军府文学,诗歌亦见长。

此诗写曹魏贵介公子、豪门清客斗鸡戏乐的场景,玩别的已经腻了,无以"释劳勤",故尔命驾迎宾,"共襄"斗鸡大业。从朝至夕,犹未分出胜负,不过最终还是"专场驱众敌,刚捷异等群"。鸡大王脱颖而出,四座休赞,宾主欣悦,一天日子终于打发掉。结语是博弈非不乐,此戏世所珍,大有在全魏推广之势。当年阿瞒提倡俭略之风荡然无存,曹家天下最终政归司马,此见其征。

(何焱林注)

斗鸡 三国·魏·刘桢

丹鸡被华采,双距如锋芒。愿一扬炎威,会战此中唐①。利爪探玉除②,瞋目含火光。长翘惊风起,劲翮正敷张③。轻举奋勾喙,电击复还翔。

注 释

①唐:古时朝堂前或宗庙门内的道路。②玉除:石阶之美称。曹植《赠丁仪》诗:"凝霜依玉除,清风飘飞阁。"③翘:鸟类尾巴上的长羽毛。翮(hé):羽毛中的硬管,泛指翅膀。

解 说

作者刘桢(186~217),字公干,东平宁阳(今属山东)人,著名文学家,建安七子之一。曹丕在《典论·论文》中称刘桢等"于学无所遗,于辞无所假。咸以自骋骥于千里,以此相报。"他以诗歌见长,五言诗颇负盛名,后人将他与曹植并称"曹刘",少年时,因其记忆超群,应答敏捷,被称为神童。有《毛诗义词》十卷,文集四卷。后人集有《刘公干集》等传世。

此篇极写斗鸡之强悍、英武与利落。尾联勾画出突击与回防之灵动。

斗鸡篇　三国·魏·曹植

游目极妙伎,清听厌宫商。主人寂无为,众宾进乐方。长筵坐戏客,斗鸡观闲房①。群雄正翕赫②;双翘自飞扬。挥羽激清风,悍目发朱光。嘴落轻毛散,严距往往伤。长鸣入青云,扇翼独翱翔。愿蒙狸膏助③,常得擅此场④。

注释

①闲房:斗鸡时中间休息之所。据载:"斗鸡之法,约为三闲",各主人可抱鸡休整三次,称为三闲,三闲之后,进入双方主人不得再干预之决斗。②群雄:此戏指参斗之群雄鸡。翕赫(xī hè):隆盛,此处指作势相斗时之威武状,西晋傅玄诗:"于是纷纷翕赫,雷合电击,争奋身而相戟分,竞隼鹫而雕睨。"③狸膏:狐狸的油脂,涂于鸡头,使对方的鸡闻到狐狸的气味而生恐惧。④擅(shàn)此场:即压倒全场之意。

解说

作者曹植(192~232),字子建,沛国谯(今安徽省亳州市)人。曹操次子,曹丕之弟,曾为陈王,后谥为"思",因此人称"陈思王"。为三国时曹魏诗人、文学家,建安文学代表人物。后人因他在文学上的造诣,将他与曹操、曹丕合称"三曹"。南朝宋文学家谢灵运有"天下才有一石,曹子建独占八斗"之说。

斗鸡是我国一种古老的游戏,下起民间,上至宫廷,代有发展。《庄子·达生》篇载有纪渻子为周宣王训练斗鸡的故事。《左传》载昭公二十五年季平子与郈昭伯斗鸡,为"芥羽金距"的故事。此诗描写由于听惯而厌倦陈旧乐曲,相邀观赏了一场别致的斗鸡。群雄翕赫,双翅飞扬,羽激清风,目发朱光,场面极为精彩,以才高八斗曹子建之际遇,产生了我国第一首反映斗鸡的诗歌名篇。

　　这首五言古诗，前段叙述由于主客厌倦了其他娱乐方式，于是想到了斗鸡表演；后段描写争斗开始，斗鸡雄姿英发，斗志昂扬，使胜利在望。全诗内容完整，语言精练，情调诙谐，引人入胜。

长鸣鸡赞　晋·湛方生

　　精心妙觉，独晓冥冥①；风雨如晦，不愆其鸣②。

注　释

　　①晓：让人明白。冥冥：幽暗不明亮的环境。②晦：昏暗不明的时候。不愆（qiān）：不会耽误。

解　说

　　作者湛方生，东晋孝武帝时（约386）人，曾任西道县令、卫军谘议。

　　赞是一种咏物的韵文，多为四言。这篇赞的主题是歌颂啼声长的公鸡。文中称赞公鸡禀赋着某种灵性，能在黑暗中提醒人们，尽管在风雨之夜，漆黑一片，也绝不会耽误啼鸣的时间，十分难能可贵。

（冯广宏补充）

鸡鸣篇　南朝·梁·刘孝威

　　埘鸡识将曙①，长鸣高树颠。啄叶疑障羽，排花强欲前。意气多惊举，飘扬独无侣。陈思助斗协狸膏②，郈昭妒敌安金距③。丹山可爱有凤凰，金门飞舞有鸳鸯。何如五德美④，岂胜千里翔。

注　释

　　①埘（shí）：在墙上凿出的鸡窝。②狸膏：狐狸油脂，斗鸡时涂于鸡头，以震慑对方的鸡。③郈（hòu）昭：即郈昭伯，春秋末期鲁国贵族，好斗鸡，是第一个在鸡爪上安装金属薄刃的人。④五德：古时重养鸡，称之为"五德之禽"。《韩诗外传》说它头上有冠是文德，足后有距能斗是武德，敌前敢拼

是勇德，有食物招呼同类是仁德，守夜不失时，天明报晓是信德。

解说

作者刘孝威（？~548），彭城人（今江苏徐州），生年不详，卒于梁武帝太清二年。初为安北晋安王萧子懋法曹，累迁中舍人。大同九年（543）白雀集东宫，孝威上颂，其辞甚美。

此诗反对以狸膏金距等狠毒手段用于斗鸡，有损鸡之武德，认为这样的斗鸡"何如五德美，岂胜千里翔"？应该让鸡像凤凰与鸳鸯那样可爱地飞舞。在崇尚逸乐游闲的世风中有此认识，难能可贵。

正旦春鸡赞 南朝·梁·刘孝威

宝鸡陈苍，祠光表神①；雄飞帝汉，雌鸣霸秦。排膺激怒，礴翅张瞋②；电鞭失焰，雷车折轮。助摽魏教，擅场齐珍，名流晋戟，歌传汉臣③。窃脂善盗，搏榖难驯④；绿鹦智浅，苍鹰害深；兼姿五德，归于翰音⑤。

注释

①陈苍：即陈仓，宝鸡市的古名。秦孝公时（前361）设陈仓县，唐至德二年（757）据陈仓宝鸡的祥瑞传说，改称宝鸡县。《列异传》："秦穆公时，陈仓人掘地得物，若羊非羊，若猪非猪，牵以献穆公。""名为鸡宝，得雄者王，得雌者伯。""穆公发徒大猎，果得其雌，又化为石，置之汧渭之间。至文公立祠，名陈宝。"《太平御览》引《三秦记》："陈仓城上有神鸡，人取不得。雄者王，雌者霸。穆公得雌，故霸。"祠光：相传秦时建立的陈宝祠，到汉代仍然经常夜里发光，见《汉书·郊祀志》。②膺（yīng）：胸部。礴（bó）：冲击。瞋（chēn）：睁大眼睛瞪人。③摽（biāo）：挥手。魏教：指曹操以"鸡肋"为口号事。《太平御览》引《九州春秋》："魏王入汉中，讨刘备，不得进，意欲弃之。乃发令曰'鸡肋'。疏属不知何谓。主簿杨修曰：夫鸡肋，弃之则可惜，啖之而无所得，以比汉中，王欲去也。"齐珍：指孟尝君出逃学鸡叫事。孟尝君至关，关门未开，门客学鸡鸣声，众鸡皆叫，于是关门提前打开，乃能顺利通过。晋戟：晋傅玄《斗鸡赋》有"争奋身而相戟"句。

歌：指汉代民歌《鸡鸣歌》。皇宫大门，当时就听鸡鸣，定时打开。④窃脂：《山海经》中记载的一种鸟类。《山海经·中山经》：崌山"有鸟焉，状如鸮而赤身白首，其名曰窃脂，可以御火"。郭璞注："俗谓之青雀，觜曲食肉，好盗脂膏，因名云。"《尔雅·释鸟》称为桑扈。搏谷：即布谷鸟，亦即杜鹃。《礼记·月令》注："鸠，搏谷也。"⑤五德：见前注。翰音：鸡的雅称。语出《周易·中孚》（䷼）上九爻辞"翰音登于天，何可长也"。中孚卦上巽下兑，巽为鸡，兑为口，为鸡鸣之象。

解说

这篇赞，是作者元旦时赞美春鸡而作。古人认为鸡是辟邪之物，春节时要在门上挂真正的鸡或鸡的图画，是为春鸡。此文可分四段：开头四句，引陈仓宝鸡的传说，提升鸡的地位。下面四句，转到斗鸡的威猛，有惊雷掣电的气势。再下四句，引用汉晋的典故，叙述鸡的非凡来历。末六句，先说许多鸟类都有缺点，青雀爱偷盗，杜鹃难饲养，鹦鹉很浅薄，老鹰危害大；归结到鸡，却有五德，优点太多了。全文一层一层展开，条理清楚，语言有度，堪称名作。

（冯广宏补充）

咏老败斗鸡诗　南朝·梁·周弘正

少壮摧雄敌，眄视生猜忌①；一随年月衰，摧颓落毛驶。闲观春光满，东郊草色异；无复先鸣力，空余擅场意②。

注释

①眄（miǎn）视：轻蔑地斜视。②擅场：独占鳌头之意。

解说

作者周弘正（496～574），字思行，汝南安城（今安徽寿县）人。年十岁，通《老子》《周易》。南齐萧子懋为丹阳尹时，引为主簿。出为邺令，因丁母忧去职。服阕，历任曲阿、安吉令。梁普通中（520～526），初置司文义郎，直寿光省，任司义侍郎。著有《周易讲疏》十六卷、《论语疏》十一卷、《庄子疏》八卷、《老子疏》五卷、《孝经疏》二卷、及文集二十卷。

这首五言古诗主题独特，吟咏失败的老斗鸡，显然寄托着作者处于乱世、难以得志的郁闷。开头两句，说斗鸡以前是如何英武雄壮，眼睛老是斜视，一副目中无人的姿态；接下两句，随着岁月的流逝，青春不再，一上阵就被打得铩羽而归，羽毛到处乱飞。再下两句，转说春光已老，草色也不再青翠，象征雄鸡的老败；末两句，叹息那年老的斗鸡，仅仅留下当年得胜擅场的美好回忆，但现在连啼鸣的气力都没有了。全诗语带诙谐，实际沉痛。

（冯广宏补充）

斗鸡　南朝·梁·萧纲

　　欢乐良无已，东郊春可游。百花非一色，新田多异流。龙尾横津汉①，车箱起戍楼。玉冠初警敌，芥羽忽猜俦②。十日骄既满，九胜势恒逎。脱使田饶见③，堪能说鲁侯。

注　释

　　①龙尾：指拉车的骏马。津汉：汉水的渡口。②芥羽：有护身甲或芥粉的斗鸡。猜：推测。俦：同类。③十日：语出《庄子·达生》（《列子·黄帝》亦有此语）："纪渻子为周宣王养斗鸡，十日而问之，鸡可斗乎？曰：未也，方虚骄而恃气。十日又问之，曰：未也，犹疾视而盛气。十日又问之，曰：几矣，望之如木鸡，其德全矣。"逎（qiú）：雄健有力。脱使：假使，倘若。田饶：春秋时鲁哀公幕僚。鲁哀公久未重用，田饶辞去，以不参加角斗的雄鸡为喻，后来他到燕国，成为相国。见《韩诗外传》。

解　说

　　作者萧纲（503～551）：即梁简文帝，字世缵，南兰陵（今江苏武进）人。梁武帝第三子。由于长兄萧统早死，他在中大通三年（531）被立为太子。太清三年（549），侯景之乱，梁武帝被囚饿死，萧纲即位，大宝二年（551）为侯景所害。为齐梁宫体诗开创者之一。

　　田饶在鲁哀公身边多年不被重用，他只好向哀公辞行，并说，雄鸡在你身边，并有五德之美（五德：见前注），但因你习以为常，便感觉不出它的优点了。这首诗说，如果田饶见到这里"九胜势恒逎"的斗鸡，便可用来说动鲁哀公重用他了。作者通过"斗鸡"的游戏，告诫为政者要善于识别、不要埋没人才。

斗鸡 南朝·陈·徐陵

季子聊为戏①，陈王欲骋才②。花冠已冲力，金爪复惊媒③。斗凤羞衣锦，双鸾耻镜台。陈仓若有信④，为觅宝鸡来。

注释

①季子：鲁季孙氏的季平子好作斗鸡游戏。②陈王：曹植于太和六年（232）被封为陈王，曾作过《斗鸡篇》，是反映斗鸡游戏的诗歌。骋才：发挥才气。③金爪：指斗鸡。媒：斗鸡时，在旁刺激鸡发怒的人。④陈仓：传秦文公时于陈仓山获得"若石"，是野鸡之精，引起四周野鸡鸣叫，乃建"陈宝祠"祭祀。西汉史学家刘向称：汉兴以来，野鸡常集"陈宝祠"栖息，为福祥之兆。唐肃宗至德二年（757）因闻陈仓山有"石鸡啼鸣"之祥瑞，改县名为宝鸡。

解说

作者徐陵（507～583），字孝穆，东海郯（今山东郯城）人。南朝梁、陈间诗人，文学家。早年即以诗文闻名。八岁能文，十二岁通《庄子》《老子》。博涉史籍，有辩才。梁武帝萧衍时，任东宫学士，常出入禁中。与庾信齐名，时称"徐庾"。入陈后历任尚书左仆射，中书监等职，诗文以轻靡绮艳见称。

此诗以满怀热情看斗鸡，倒是非常勇武，却发现斗鸡的毛羽不美，欲荐陈仓山之宝鸡来斗，那就十全十美了。诗中似借此以言他事，说明仅恃武力，只能是一介武夫而已。因此，一个人还需全面发展。

看斗鸡 北朝·周·王褒

蹀躞始横行①，意气欲相倾。妒敌金芒起②，猜群芥粉生③。入场疑挑战，逐退似追兵。谁知函谷下，人去独开城④。

注释

①䠟躞（dié xiè）：小步走路，往来徘徊。②金芒：即金距，在鸡爪上安装金属薄片。③芥粉：洒在鸡羽上的芥子粉。④函谷：建置最早的关名，在今河南灵宝市境。开城：典出《史记·孟尝君列传》，孟尝君逃走，夜至函谷关，开关必待鸡鸣，恐秦兵追至，其门下客有能学鸡鸣的人，一鸣而众鸡齐鸣，关门遂开，孟尝君乃得顺利通过。

解说

作者王褒（约513~576），字子渊，琅琊临沂（今属山东）人，出身名族。梁元帝登位，他被委以重任，拜吏部尚书、右仆射。江陵城破，元帝出降，诸臣被带到北方。王褒以门第与文才，受到重视。仕西魏、北周，官至太子少保、少司空，与庾信同为北方文坛巨匠。

此诗先是观斗鸡的一般描写，"逐退"句引出一历史故事，即孟尝君由秦国逃出，夜至函谷关，须待鸡鸣时方得开关出客，而追兵在后，适孟尝君门下有客能为鸡鸣之技者。于是一鸣而鸡齐鸣。关门遂开，君一行乃得脱。此用其典而出新意。

斗鸡　北朝·周·庾信

开轩望平子①，骤马看陈王②。狸膏熏斗敌③，芥粉壒春场④。解翅莲花动，猜群锦臆张⑤。

注释

①平子：指季平子，鲁季孙氏子孙，名意如，是一个有名的斗鸡者。②陈王：曹植封为陈王，曾作《斗鸡篇》。③狸膏：狐狸的脂肪，斗鸡时拿来涂在鸡头上，使对方鸡闻到狐狸气味而产生恐惧。④芥粉：斗鸡羽上所洒芥子粉以刺对手之目。壒（ài）：同塕，扬起尘埃之意，使芥粉之气散布全场。⑤锦臆：指鸡胸。

解说

作者庾信（513~581），南北朝文学家，字子山。祖籍南阳新野（今属河南）。早年曾任梁湘东国常侍等职，与徐陵等出入宫禁，与太子萧纲等写一些艳诗，被称为"徐庾体"。梁武帝末，侯景叛乱，建康失陷，他被迫逃亡江陵，投奔梁元帝萧绎。元帝承圣三年（554）他奉命出使西魏，抵达长安不久，西魏攻克江陵，杀萧绎。他因此被留长安，历仕西魏、北周，官至骠骑大将军、开府仪同三司，故又称"庾开府"。

此诗写斗鸡之场面盛大，且芥粉狸膏皆备，至"猜群"句已剑拔弩张，看似欲斗，却戛然而止，不再描述，似句中有暗喻当时国事之意。

斗鸡东郊道 南朝·陈·褚玠

东郊斗鸡侣，捧敌两逢迎。妒群排袖出，带勇向场惊。锦毛侵距散，芥羽杂尘生①。还同战胜罢，耿介寄前鸣②。

注释

①芥羽：设有护甲或芥粉的斗鸡。②耿介：刚勇。

解说

作者褚玠（529～580），字温理，河南阳翟（今河南禹州）人。博学能文，词义典雅。陈文帝天嘉（560～566）中，任兼通直散骑常侍出使北齐，后任太子庶子、中书侍郎等职，陈宣帝太建（569～582）中，他出任山阴（今浙江绍兴）令。在任时，铲除豪强，惩治奸吏。太建十二年，他出任御史中丞，正想改定制度，澄清法纪，不幸病故。

此篇描写斗鸡时一般盛况，看来双方都没有受伤，都可像打了胜仗一样照旧长鸣。全诗看似平淡，但对仗工整，词语谨严，堪称斫轮老手。

鸡鸣篇 隋·岑德润

钟响应繁霜，晨鸡锦臆张①。帘迥犹侵露，枝高已映光。排空下朝揭②，奋翼上花场。雨晦思君子③，关开脱孟尝④。既得依云外，安用集陈仓⑤。

注 释

①锦臆：指鸡胸，雄鸡啼鸣时会伸长脖子，张开胸脯。②朝揭：公告。③思君子：典出《诗经·郑风·风雨》："风雨如晦，鸡鸣不已，既见君子，云胡不喜？"④孟尝：即孟尝君，典出《史记·孟尝君列传》。孟尝君自秦国逃走，夜至函谷关，未至鸡鸣时间，关门不开。时恐秦兵追至，其门下客有能为鸡鸣者，一鸣而群鸡齐鸣，关门遂开，孟尝君乃得出。⑤陈仓：指秦文公时在陈仓山获野鸡精之事。唐肃宗改陈仓县为宝鸡县。

解 说

作者岑德润：隋代诗人，南阳棘阳（今河南南阳）人，南朝陈末，官至中军吴兴王记事参军，有文才。有《鸡鸣篇》《赋得临街危石》《咏灰》《咏鱼》等诗存世。

此诗盛赞鸡鸣及飞动状，并连用二典，言既有如此美德与功用，安能只栖息于那高耸入云的陈仓山呢。

最后两句点题，言外之意，一个人不能总是满足于过去功绩，不思进取，诗思精妙诙谐。

咏寒食斗鸡应秦王教　唐·杜淹

寒食东郊道①，扬鞲竞出笼②。花冠初照日，芥羽正生风③。顾敌知心勇，先鸣觉气雄。长翘频扫阵，利爪屡通中。飞毛遍绿野，洒血渍芳丛。虽然百战胜，会自不论功。

注 释

①寒食：即寒食节，夏历冬至后一百零五日，清明前一二日，是史载最早的祭祀节日。唐代将寒食、清明合在一起。②鞲（gōu）：拴斗鸡的皮绳。③芥羽：斗鸡时，把芥末播撒在鸡的羽毛上，以迷蒙对方鸡眼而取胜。

解 说

作者杜淹（？～628），字执礼，京兆杜陵（今陕西长安）人，出生官宦之家。隋时隐太山，文帝恶之，谪戍江表。秦王李世民引为天策府曹参军，文学馆学士。坐事流巂州。太宗召拜御史大夫，检校吏部尚书，参预朝政。教：按古皇帝宣旨意则称制、称诏；王宣旨意则称教。

此诗为唐初诗人杜淹应秦王李世民之命而作。诗中详述了寒食节斗鸡的场景，展示了雄鸡的神态与精神，搏斗时的举动，与获胜后伤痕累累的样子。盛赞鸡的勇猛，实表人之忠心，卒章点题，遣词生动，形象鲜活，堪称佳作。

缚鸡行　唐·杜甫

小奴缚鸡向市卖，鸡被缚急相喧争。家中厌鸡食虫蚁，不知鸡卖还遭烹。虫鸡于人何厚薄？吾叱奴人解其缚①。鸡虫得失无了时，注目寒江倚山阁。

注释

①叱（chì）：呼唤。

解说

作者杜甫（712～770），字子美，自号少陵野老，盛唐诗人，号称"诗圣"。原籍湖北襄阳，生于河南巩县（今巩义市）。唐肃宗时，官左拾遗。后入蜀，友人严武推荐他做剑南节度府参谋，加检校工部员外郎。故后世又称他杜拾遗、杜工部。与李白齐名，人称李杜。存诗约1500首，有清人仇兆鳌所作之《杜诗详注》等传世。

这首七言古诗，叙述一件小事：家中的仆人准备把鸡捆起来拿到市场去卖，原因是鸡老在吃地上的虫蚁，没有体现上天好生之德。作者连忙让仆人解开绳索，告诉他鸡被人买去，也必然会被杀下锅，那也是一条生命，何用厚此薄彼？这种"鸡虫得失"，往往是扯不清的问题。全诗主旨在于劝说世人勿为一些微小的得失而斤斤计较，心劳日拙，甚至相斗相残，无尽无休。后人以"鸡虫得失"喻无关紧要之事，此诗遂为典故来源。

咏鸡　唐·杜甫

纪德名标五①，初鸣度必三②。

殊方听有异③，失次晓无惭。
问俗人情似，充庖尔辈堪④。
气交亭育际⑤，巫峡漏司南⑥。

注释

①标五：标榜鸡的五德。《韩诗外传》："夫鸡，头戴冠，文也；足傅距，武也；见敌而斗，勇也；得食相呼，义也；鸣不失时，信也。"②必三：准时鸣叫三遍。③殊方：边远之地，此指夔州。④充庖：充实厨房，即做菜。堪：愿意。⑤亭育际：昏晓之候。亭育的本意是养育，语出《老子》。⑥司南：司候（时间）之官。夔州在南，故漏司南州之晨。

解说

此为杜甫所作《夔州咏物八首》之一，诗中以夔州一带的鸡不司其职而失信失义，讽喻"人而无礼，胡不遄死"，生动而辛辣。

闻鸡赠主人 唐·李益

嘐嘐司晨鸣①，报尔东方旭。
无事恋君轩，今日重凫鹄②。

注释

①嘐嘐（jiāo）：鸡鸣声。《诗·风雨》："鸡鸣嘐嘐。"②凫：野鸭。鹄（hú）：天鹅。

解说

作者李益（746～829），唐代诗人，字君虞，陕西姑臧（今甘肃武威）人，后迁河南郑州。大历四年（769）进士，初任郑县尉，久不得升迁，建中四年（783）登书判拔萃科。因仕途失意，后弃官在燕赵一带漫游。大和元年（827）任礼部尚书，以礼部尚书致仕卒。为中唐边塞诗人代表。

此诗当是李益弃官漫游所作，"赠主人"实际上就是赠朝廷，当然未必把此诗送给当政者。前一、二句说，我在朝不过像一只司晨之鸡，天天打鸣，从未懈怠，尽到我的责任，并未尸位素餐。后面说重鸿鹄的海阔天空，任我翱翔去吧！短短 20 字，以闻鸡声而思退隐，形象自然地表明诗人的心迹。

斗鸡联句 唐·韩愈 孟郊

大鸡昂然来，小鸡竦而待（韩愈）。峥嵘颠盛气，洗刷凝鲜彩。（孟郊）

高行若矜豪，侧睨如伺殆（韩愈）。精光目相射，剑戟心独在。（孟郊）

既取冠为胄，复以距为镦①。天时得清寒，地利挟爽垲②。（韩愈）

磔毛各噤痒③，怒瘿争碨磊④。峨膺忽尔低，植立瞀而改⑤。（孟郊）

腷膊战声喧⑥，缤翻落羽皠⑦。中休事未决，小挫势益倍。（韩愈）

妒肠务生敌，贼性专相醢。裂血失鸣声，啄殷甚饥馁。（孟郊）

对起何急惊，随旋诚巧给⑧。毒手饱李阳⑨，神槌因朱亥⑩。（韩愈）

恻心我以仁，碎首尔何罪。独胜事有然，旁惊汗流浼⑪。（孟郊）

知雄欣动颜，怯负愁看贿。争观云填道，助叫波翻海。（韩愈）

事爪深难解，嗔睛时未息。一喷一醒然，再接再砺乃。（孟郊）

头垂碎丹砂，翼拓拖锦彩。连轩尚贾余，清厉比归凯⑫。（韩愈）

选俊感收毛，受恩惭始隗⑬。英心甘斗死，义肉耻庖宰。君看斗鸡篇，短韵有可采。（孟郊）

注 释

①镦（duì）：同𫓧，矛戟柄的平底金属套。②爽垲（kǎi）：言地势高燥。③磔（zhé）毛：展开羽毛。噤（jìn）痒：不作声而疲惫之状。④瘿（yǐng）：指生长在脖子上的一种囊状瘤子。碨（wěi）磊：不平状。⑤峨膺：鸡胸向前挺出。瞀（mào）：目眩。⑥腷膊（bì bó）：象声词，不断发出角斗声。⑦皠（cuǐ）：洁白。此句是说白羽遍地落纷纷。⑧给（dài）：欺哄。⑨李阳：晋人，是石勒的邻居，性猛好斗，早年为争麻池，曾与石勒迭相殴击。西晋末年，石

勒成为后赵国主,曾经对李阳说:"孤昔日厌卿老拳,卿亦饱孤毒手。"⑩朱亥:战国时壮士。《史记》载,信陵君窃符救赵,至邺,矫魏王之令以代晋鄙。晋鄙合符时怀疑有诈,朱亥用四十斤重铁椎,击杀晋鄙。⑪浼(měi):污染。⑫连轩:飞动貌。清厉:声音激切高昂。⑬始隗(kuí):从郭隗开始。《战国策·燕策》:"燕昭王欲招贤士,以报齐仇。往见郭隗。隗曰:今王诚欲致士,请先从隗始。'"后以"郭隗请始"为贤士自荐之典。

解说

作者韩愈(768~824),字退之,谥文公,世称韩文公,唐河内河阳(今河南孟州市)人。自谓郡望昌黎,亦称韩昌黎。晚年任吏部侍郎,又称韩吏部。唐代古文运动倡导者,宋代苏轼称他"文起八代之衰",明人推崇他为唐宋散文八大家之首,与柳宗元并称"韩柳",杜牧把韩文与杜诗并列,称为"杜诗韩笔"。有《韩昌黎集》四十卷,《外集》十卷等。

孟郊(751~814),字东野,湖州武康(今浙江省武康县)人。贞元十三年(797)四十六岁时中进士,曾任协律郎等职。一生穷愁潦倒,不苟同流俗。虽有韩愈、李观等人为之揄扬,始终未能免于饥寒。孟郊存诗四百余首,绝大多数为诉穷愁孤苦之作,苏轼称其"诗从肺腑出,出辄愁肺腑"。有《孟东野集》传世。

名诗人韩愈与孟郊以联句咏斗鸡,应是此类诗作中最早的篇章。此诗特点是写小鸡不畏强敌,首联点出"大鸡昂然来,小鸡竦而待",毫不退避,一斗中休未决,小挫势益倍增,再斗受重伤而瞋睛未息,再接再厉,三斗时头垂冠碎,尚贾余勇而发出"清厉比归凯"的鸣声,感主人选俊收毛之恩而"英心甘斗死,义肉耻庖宰"。誓死效忠之情,使主人也使闻者为之动容而歌咏之。

致酒行① 唐·李贺

零落栖迟一杯酒,主人奉觞客长寿②。主父西游困不归,家人折断门前柳③。吾闻马周昔作新丰客,天荒地老无人识④。空将笺上两行书,直犯龙颜请恩泽⑤。我有迷魂招不得,雄鸡一声天下白⑥。少年心事当拏云,谁念幽寒坐呜呃⑦。

注释

①致酒：敬酒。②零落：原指草木凋零衰落，这里指穷愁潦倒。栖迟：居住止息。这里是居留异乡的意思。奉觞：举杯敬酒。③主父：主父偃，西汉人，武帝元光元年（前134）他为求取功名来到长安，旅费用光了，终不见用。后来他直接上书汉武帝而授官郎中，一年之中连升四次。（事见《汉书·主父偃传》）困不归：穷得不能回家。家人折断门前柳，是说其家里的亲人盼望他归来心切，攀柳而望，年复一年，以致把门前的柳枝都折断了。④马周：唐太宗时人，家贫好学，到长安求官，路过新丰（今陕西省临潼县新丰镇），投宿客店，所以说他过去作过"新丰客"。店主人瞧不起这位穷书生，对他很不礼貌，所以下句又说"天荒地老（指时间长久）无人识（赏识他的才能）"。后来他到长安，住在中郎将常何家，替常何向唐太宗上书言事二十多条，切中时政，于是得到唐太宗的重用，任监察御史。⑤笺：指奏章。两行书：指奏章上简略的文字。犯：触动、打动。龙颜：指皇帝。《史记·高祖本纪》："高祖为人，隆准而龙颜。"是说刘邦眉骨突起似龙，后世遂称帝王颜貌为龙颜。以上六句是主人宽慰作者的话，以主父偃和马周为例，勉励作者不必因一时的潦倒而灰心。⑥迷魂：迷失了灵魂。招不得：招不回来的。这是对那些排挤他的人表示愤慨而说的反话。这两句是作者回答主人的话，意思是说，我的政治态度决不改变，所以只有穷愁潦倒；当雄鸡高唱天下大白的时候，才会有我的出路。⑦心事：指志向、理想。挈云：形容志向很高。幽寒：指处境寂寞贫困，政治上失意。呜呃：呜咽，抽泣。这两句是主人劝勉作者的话：年轻人要有很高的志向，一味坐在那里悲伤，是不会有人怜惜的。

解说

作者李贺（790~816），字长吉，河南昌谷（今河南宜阳县）人，宗室郑王李亮之后。因父名晋肃，避讳不举进士。曾官协律郎。少能文，为韩愈、皇甫湜所重。相传贺常骑驴出，从小奚奴，背古锦囊，途中得佳句，即书投囊中，及暮归，整理成篇。其诗想象丰富，炼词琢句，险峭幽诡，但因过于矜奇，有时流于晦涩。尤长于乐府，能合之弦管。卒年仅二十七岁。有诗二百三十三首，四编，杜牧为作序。新、旧《唐书》有传。

这是一首有名的七言乐府诗。大约写于唐宪宗元和初年，为李贺潦倒长安的咏怀之作。诗的前八句通过主人设酒相待，并用主父偃和马周的故事劝慰，抒发自己不得志的苦闷和愤激情怀。后四句直抒胸臆,表明自己的崇高志向。"雄鸡一声天下白",毛泽东在他的《浣溪沙》词中引用引句,且赋予了更多的政治和文化的内涵,已经家喻户晓。在李贺的众多诗篇中,这是一首较为通俗、具有鲜明生动艺术形象和独特风格的诗篇。

(陈述爵注)

南朝　唐·李商隐

玄武湖中玉漏催,鸡鸣埭口绣襦回①。
谁言琼树朝朝见,不及金莲步步来②。
敌国军营漂木柹,前朝神庙锁烟煤③。
满宫学士皆颜色,江令当年只费才④。

注释

①玄武湖:在南京东南城墙外,原称桑泊,为沼泽地,三国时吴王孙权引水入宫苑后湖,方初具湖泊形态。经历代整治,1911年始辟为公园,后又开玄武门,筑翠虹堤以通湖上,遂成南京著名的游览区。埭(dài)口:玄武湖之土堤口。鸡鸣埭:南朝时,玄武湖是帝王游乐之所。宋孝武帝大明三年曾在湖上设立上林苑,南岸设乐游苑、华林苑。南齐永明间,武帝常半夜出猎,或到钟山、幕府山,上万宫女严装陪同,回时刚好听到鸡叫。至今武庙闸附近仍有名"鸡鸣埭"者。绣襦:指成群宫女。②琼树:莫琼树,魏文帝曹丕宫女。崔豹《古今注》:"魏文帝宫人绝所爱者,有莫琼树,琼树始制为蝉鬓,望之缥缈如蝉翼,故曰蝉鬓。"金莲:金莲花。《南齐书》:"东昏侯凿金莲花帖地,令潘妃行其上,曰:'此步步莲花也。'涂地皆以麝香。"③木柹:木材碎片。事见《梁书》。梁高祖萧衍于南齐东昏侯元年(499)至襄阳,潜造器械,多伐竹木,沉于檀溪,密为舟装之备。伐木碎片随水漂流。烟煤:化为灰烬或积于建筑物之烟尘。此指梁武帝萧衍用侯景事,侯景谋反,衍困死台城,萧梁七庙尽为灰烬,前朝神庙亦蒙尘垢。④满宫学士:史称陈后主叔宝贪图享乐,于光昭殿前起临春、结绮、望仙三阁,张贵妃、孔贵人等八人侍坐,尚书令江总、孔范等十人侍宴,号曰狎客。皆颜色:指江总等及诸妇,皆有仪容,或皆好色之徒。江令:即江总;先后

仕南朝梁、陈、隋三朝，仕陈时官至尚书令，世称"江令"。

解 说

作者李商隐（约812～约858），字义山，号玉溪生、樊南生，晚唐著名诗人。祖籍怀州河内（今河南沁阳市），生于河南荥阳（今河南荥阳市），与杜牧合称"小李杜"，与温庭筠合称为"温李"，与同期的段成式、温庭筠风格相近，都在家族里排行16，故并称为"三十六体"。他是开成二年（837）进士，开成四年（839）任弘农县尉。会昌二年（842）任秘书省正字，在牛李党争的政治漩涡中，他付出了代价，一直郁郁不得志。其诗构思新奇，风格秾丽，为人传诵。

此诗写南朝兴亡，但不及刘宋事。南朝偏安江左，北朝金戈铁马，时有南侵之举，南朝诸帝，少有振作者。齐武帝萧赜便是一个荒唐皇帝，偏于夜间出猎，随从宫女上千人，鸡鸣方归，不仅扰民，且何时上朝理政？其后人东昏侯萧宝卷更是一个淫昏之暴君，其步步金莲遂成奢靡之典故。梁武帝虽然五十岁后即不近女色，但却贪图侯景献地，引狼入室，不仅于八十余高龄困死台城，七庙被毁，梁之国力也每下愈况。南朝最后灭亡于陈后主，陈后主比之东昏侯有过而无不及。

李商隐写此诗，虽为怀古，也是要后来者记住历史，所谓前事不忘，后事之师。

（何焱林注）

饮席戏赠同舍　唐·李商隐

洞中屐响省分携①，不是花迷客自迷。
珠树重行怜翡翠②，玉楼双舞羡鹍鸡③。
兰回旧蕊缘屏绿④，椒缀新香和壁泥⑤。
唱尽阳关无限叠⑥，半杯松叶冻颇黎⑦。

注 释

①洞中：戏指客从洞府中来。屐（jī）：木屐。分携：离别、分别。②珠树：神仙之树。《山海经·海内西经》："开明北有视肉、珠树、文玉树、玗琪

树。"《淮南子·地形训》："掘昆仑虚以下地，中有增城九重……珠树、玉树、琁树、不死树在其西。"亦指积雪之树。唐王初《望雪》诗："银花珠树晓来看，宿醉初醒一倍寒。"又《雪霁》诗："昆玉楼台珠树密，夜来谁向月中归。"重行：多行，数行。翡翠：既是珠树，固当有翡翠，也指未全被雪布满而仍见绿色之树。一语双关。③玉楼：仙人居所。《十洲记·昆仑》："天墉城，面方千里，城上安金台五所，玉楼十二所。"或指华丽楼房。鹓鸡：凤凰。《淮南子·览冥训》："过归雁于碣石，轶鹓鸡於姑余。"高诱注："鸡，凤皇之别名。"或指一种大鸡。明李时珍《本草纲目·禽》："蜀中一种鹍鸡，楚中一种伦鸡，并高三四尺。"鹍即鹓鸡，见郭璞《穆天子传》注。《楚辞·九辩》："雁雍雍而南游兮，鹓鸡啁哳而悲鸣。"洪兴祖《补注》："鹓鸡似鹤，黄白色。"唐杨炯《盂兰盆赋》："鸣鹓鶵与鸳鸯，舞鹓鸡与翡翠。"④屏：楼中之屏风。此兰当是画于屏风上之兰草。⑤壁泥：古人常以新椒合泥涂壁，取其香气。⑥阳关：古离歌《阳关三叠》之省。⑦松叶：松叶酒省称。明李时珍《本草纲目·木·松》："松叶六十斤，细剉，以水四石，煮取四斗九升；以米五斗，酿如常法，别煮松叶汁以渍米并馈饭，泥酿封头，七日发，澄饮之取醉。"颇黎：同"玻璃"，也作"玻瓈"，见《旧唐书·波斯传》。古代所说的玻璃，大抵指天然水晶石一类，有各种颜色，非后世人工所造的玻璃。此指酒如水晶之状。

解说

此诗为作者同舍相聚游戏之作，无大深意。"玉楼"亦有妓楼意，白居易《听崔七妓人筝》诗："花脸云鬟坐玉楼，十三弦里一时愁。"古人以女乐侑酒为常事。既是珠树，故尤怜翡翠，玉楼既是神仙居所，所舞者岂为凡鸟？故是凤凰。其实珠树也罢，翡翠也罢，玉楼也罢，鹓鸡也罢，不过诗人游戏文字，用以夸饰酒宴之豪华而已。而阳关唱过，盛宴已了，终须曲终人散，所谓千里搭船篷，没有不散的宴席。末联引典、赞酒，表聚、散无尽之意。

（何焱林注）

寄令狐学士 唐·李商隐

秘殿崔嵬拂彩霓，曹司今在殿东西①。

赓歌太液翻黄鹄,从猎陈仓获碧鸡②。
晓饮岂知金掌迥,夜吟应讶玉绳低③。
钧天虽许人间听,阊阖门多梦自迷④。

注释

①秘殿:指秘书省,东汉始置秘书监一官,典司图籍。南北朝以后始设秘书省。其主官称秘书监,监以下有少监、丞及秘书郎、校书郎、正字等官,领国史、著作二局。唐代改称兰台、麟台。曹司:即诸曹郎中司职所在的署衙。②赓歌:和歌,接着唱歌。太液:唐太液池,在大明宫中含凉殿后,中有太液亭。黄鹄:天鹅。陈仓:今宝鸡市。碧鸡:汉代民间所祀神灵。《汉书·郊祀志》:"或言益州有金马、碧鸡之神,可醮祭而致,於是遣谏大夫王褒使持节而求之。"③金掌:即仙掌,汉武帝在建章宫神明台造铜仙人,舒掌捧铜盘玉杯,以承接仙露,后称承露金人为仙掌。迥:光辉。玉绳:星名。《春秋元命苞》:"玉衡北两星为玉绳。"玉绳低则天将晓。④钧天:钧天广乐之省称。阊阖:天门。

解说

此诗或为作者致令狐楚之诗。从诗中看,诗人与令狐打猎吟诗饮酒,日以继夜,过从甚密。所可注意者为尾联:钧天之乐当指宫廷之乐,引申为宫廷秘辛,须许人间即民间听闻,但阊阖门多,天威难测,天恩难料,天颜难睹,是是非非,传闻各异,听者多做梦自迷,多为无谓之猜测所扰。这也是诗人与令狐相警相戒之语。

(何焱林注)

赋得鸡　唐·李商隐

稻粱犹足活诸雏①,妒敌专场好自娱②。
可要五更惊晓梦,不辞风雪为阳乌③。

注释

①稻粱:此为禽鸟之食物。②专:独自掌握和占有。③阳乌:太阳的代

称。《文选·张协七化命》:"阳乌为之顿羽,夸父为之投策。"李善注:《春秋元命苞》曰:"阳成于三,故日中有三足乌。乌者,阳精。"

解说

按:诗题"赋得"一词,古人做诗,凡摘取昔人成句为题之诗,题首多冠以"赋得"二字。如南朝梁元帝即有《赋得兰泽多芳草》一诗。科举时代之试帖诗,诗题多取成句,故题前均冠以"赋得"二字。也用于应制之作及诗人集会分题。后遂将"赋得"作为一种诗体,即景赋诗者亦往往以"赋得"为题。

一、二句写鸡之特征,慈祥的一面是爱护幼雏,勇武的一面是不怯争斗;三、四句突显鸡鸣守时,有着"不辞风雪为阳乌"的品德和信义。转折自然,结句精到,实乃大家手笔。

咏山鸡 唐·温庭筠

万壑动晴景,山禽凌翠微①。
绣翎翻草去,红嘴啄花归。
巢暖碧云色,影孤清镜辉②。
不知春树伴,何处又分飞。

注释

①翠微:山腰青翠掩映之幽深处。②清镜:典出南朝宋刘敬叔《异苑》卷三:"山鸡爱其羽毛,映水则舞。魏武时,南方献之,帝欲其鸣舞而无由。公子苍舒令置大镜其前,鸡鉴形而舞,不知止,遂乏死。"

解说

作者温庭筠(约812~870),唐代诗人、词人。本名岐,字飞卿,太原祁(今山西祁县)人,花间词派重要作家。《新唐书》与《旧唐书》均有传。年轻时苦心学文,才思敏捷。晚唐考试律赋,八韵一篇。据说他叉手一吟便成一韵,八叉八韵即告完稿,时人称"温八叉""温八吟"。屡试皆不中,至大中十一年(857),徐商镇襄阳,才任为巡官。咸通六年(865),出任国子助教。他诗词兼工,诗与李商隐齐名,并称"温李";词与韦庄齐名,并称"温韦"。

诗写山鸡这种野禽在山野中的情景,晴云翠微,绿草红花,相映成辉。巢暖碧云,天风野趣,何不爱此山居,自由自在,与伴和鸣,饥食而倦栖?一朝被人捉去,只有对镜而舞,累死当场。渭北春树,江东暮云,不知相伴,总为劳燕,人禽皆是如此。

(何焱林注)

商山早行 唐·温庭筠

晨起动征铎,客行悲故乡①。
鸡声茅店月,人迹板桥霜②。
槲叶落山路,枳花明驿墙③。
因思杜陵梦,凫雁满回塘④。

注 释

①征:远行。铎:大铃。这里指悬挂在马身上的铜铃。动征铎:指驾车马上路,铃子发出响声。②茅店:茅草盖的客店。③槲:落叶乔木名。枳:落叶灌木名,春天开白花。明:作动词,指残月把花影照在驿墙上。④杜陵:在长安城南,是汉宣帝的陵墓所在地。"因思杜陵梦",此指对长安的回忆。凫:水鸟,俗称野鸭。回塘:堤岸曲折的池塘。南朝梁简文帝《入溆浦诗》:"泛水入迥塘,空枝度日光。"这句是上句"因思杜陵梦"的内容。

解 说

诗题中的商山,在今陕西省商县东南。

这首诗大概是作者离开长安赴襄阳投靠友人徐商,在商山旅途中作的。首联点明旅途早行时的情绪。颔联写旅途中的艰辛。颈联写自然景物,一片寂静的气氛,仍然是早行中所见的景象。尾联所写乃是清晨在征途中,回忆昨晚的梦境所得的残留的印象,反映了作者对长安的留恋,同首联"悲故乡"相应,表露着作者在人生道路上的失意之感。整首诗从一个生活横断面,抒写旅途景物及个人的感慨,看是平常,但很有艺术技巧。不仅每联所写都扣住了"早行"这一主题,而且语言明净,结构紧密,对仗工整。尤其是颔联,商山中的荒村野店,传出了鸡的啼叫声,唤起行客赶路,而此时天空还挂着残月;板桥上满铺的白霜,却已留下了行人的足迹,诗中的全景由鸡声引起。这两句已成千古名句。每句联缀三项景物,鲜明地画出了一幅荒山野店的早行图,寓艰辛于字里行间之外。

(陈述爵补充)

鸡鸣曲　唐·陈陶

鸡声春晓上林中,一声惊落虾蟆宫①;二声唤破枕边梦;三声行人烟海红②。平旦慵恽百雉语,蓬松锦绣当阳处。愧君饮食长相呼,为君昼鸣下高树。

注　释

①上林:汉代宫苑。《三辅黄图·苑囿》:"汉上林苑,即秦之旧苑也。《汉书》云:'武帝建元三年,开上林苑,东南至蓝田宜春、鼎湖、御宿、昆吾,旁南山而西,至长杨、五柞,北绕黄山,濒渭水而东,周袤三百里。'离宫七十所,皆容千乘万骑。"亦泛指皇室宫苑。虾蟆宫:指月。古人谓月中有宫殿,有嫦娥、吴刚、及桂树、玉兔、虾蟆等。②烟海红:指太阳出来,照红如海的烟雾。

解　说

作者陈陶(约812~约885),字嵩伯,自号三教布衣。《全唐诗》卷七百四十五"陈陶"传作"岭南人"。从其《闽川梦归》等诗题,以及称建水(在今福建南平市东南,即闽江上游)一带山水为"家山"(《投赠福建路罗中丞》)来看,当是剑浦(今福建南平)人,而岭南或鄱阳只是他的祖籍。早年游学长安,善天文历象,尤工诗。举进士不第,遂恣游名山。唐宣宗大中(847~859),隐居洪州西山(在今江西新建县西),后不知所终。后人辑有《陈嵩伯诗集》一卷。其《陇西行》四首之二:"誓扫匈奴不顾身,五千貂锦丧胡尘。可怜无定河边骨,犹是春闺梦里人。"至今脍炙人口。

这篇鸡鸣曲叙写了鸡声三唱的过程,五、六句示鸣后休息状,七、八句感激喂养之恩惠而"为君昼鸣",按昼鸣时常在午间,乡人称"鸡口斗晌午",鸡为六畜之一,人鸡关系较近。

仙人词　唐·陈陶

赤城门开六丁直①，晓日已烧东海色②。
朝天半路闻玉鸡③，星斗离离碍龙翼④。

注释

①赤城：此为传说中的仙境。六丁：神名，《后汉书·梁节王畅传》："归国后，数有恶梦，从官卞忌自言能使六丁，善占梦，畅数使占蛊。"李贤注："六丁，谓六甲中丁神也。"直：通"值"，当值之意。②烧：照耀，照射。③玉鸡：传说中的神鸡。《神异经·东荒经》："盖扶桑山上有玉鸡，玉鸡鸣则金鸡鸣，金鸡鸣则石鸡鸣，石鸡鸣则天下鸡悉鸣，潮水应之矣。"④离离：盛多貌。《诗经·小雅》："其桐其椅，其实离离。"毛传："离离，垂也。"龙：指东方苍龙七宿；翼：代表南方朱雀七星。

解说

此诗又名"步虚引"，原作为八句七言诗，《四库全书》裁取其后四句录之。景象奇瑰，引人入胜。

鸡鸣　唐·汪遵

金距花冠傍舍栖，清晨相叫一声齐。
开关自有冯生计①，不必天明待汝啼。

注释

①开关：指孟尝君曾被秦王扣留，赖门客学鸡叫骗开函谷关城门，得以逃生。冯生：指冯谖，亦作冯欢，齐人，为孟尝君门客之一。曾为孟尝君收债于薛，矫孟尝君之命，将收债户之债券全部焚烧，大获民心。孟尝君被废后返薛，民众相拥迎接。后来赖冯谖之力，孟尝君得以复位。

解说

作者汪遵，约877年前后在世，《全唐诗》一作王遵，宣州泾县（今属安徽）人。初为小吏。家贫，借人书，昼夜苦读，工为绝诗。咸通七年（866）擢进士第。其作大部分为怀古诗。

此诗以鸡鸣为题，引函谷关鸡鸣之典讽庸碌附和之辈，用意颇深。

鸡　唐·徐夤

名参十二属①，花入羽毛深。
守信催朝日②，能鸣送晓阴③。
峨冠装瑞璧④，利爪削黄金⑤。
徒有稻粱感⑥，何由报德音⑦。

注释

①十二属：十二属相，鸡列第十位。②催朝日：谓鸡按时鸣叫唤出朝阳。③晓阴：拂晓时的黑暗。④峨冠：高大的鸡冠。瑞璧：象征祥瑞的玉璧。⑤削黄金：此谓鸡的脚爪如黄金削成般锐利。⑥稻粱感：作者因鸡觅食而生为衣食奔忙之感。唐杜甫《同诸公登慈恩寺塔》诗："君看随阳雁，各有稻粱谋。"宋王安石《送惠思上人》诗："因知网罗外，犹有稻粱谋。"⑦德音：指鸡日日报晓之音。

解说

作者徐夤，字昭梦，福建莆田人。唐诗人，登乾宁（894~898）进士第，授秘书省正字。后归隐延寿溪。著有《探龙》《钓矶》二集，诗二百六十五首。

此诗写雄鸡的形神与功能，褒扬之意，溢于言表，颔联、颈联工对华美，尾联因鸡及人，议论颇有深意，令人回味。

鸡　唐·崔道融

买得晨鸡共鸡语①，常时不用等闲鸣。
深山月黑风雨夜，欲近晓天啼一声。

注释

①共：跟，与。

解说

作者崔道融，唐末诗人，自号东瓯散人，荆州（今属湖北）人。乾宁二年（895）前后，任永嘉（今浙江省温州市）县令。后入朝为右补阙，避战乱入闽。工诗，与司空图、方干为诗友。

此诗用意颇奇，理趣盎然。起句便不同凡响，竟然要与雄鸡对话，不必天天报晓，只要在没有日月星辰可供时间参照物的时候，响亮而悠长地鸣叫一声，那才用力用到了点子上。末句以情结尾，比较直率，表明在深山的风雨黑夜里，才真正需要鸡鸣这种"及时雨"。意思是立身行事，应该雪里送炭。虽诗意仍可解为"不鸣则已，一鸣惊人"的暗示，但其主旨是强调这"一声"啼得急切、及时，更符合客观实际的需要，较之常言侧重主观表现，弥足珍贵。

晨鸡　唐·刘兼

朱冠金距彩毛身①，昧爽高声已报晨②。
作瑞莫惭先贡楚③，擅场须信独推秦④。
淮南也伴升仙犬⑤，函谷曾容借晓人⑥。
此日卑栖随饮啄，宰君驱我亦相驯⑦。

注释

①距：雄鸡爪子后面突出像脚趾的部分。金距为装在斗鸡距上的金属假距。②昧爽：黎明之时。③贡楚：典出《太平广记》卷四六一引《笑林》："楚人有担山鸡者，路人问曰：'何鸟也？'担者欺之曰：'凤皇也。'路人曰：'我闻有凤皇久矣，今真见之，汝卖之乎？'曰：'然。'乃酬千金，弗与；请加倍，乃与之。方将献楚王。经宿而鸟死。路人不惶惜其金，惟恨不得以献耳。国人传之，咸以为真凤而贵，宜于献之，遂闻于楚王。王感其欲献己也，召而厚赐之，过买凤之值十倍矣。"后用作不识真伪，不辨贤愚的典故，亦用

作自嘲愚忠之词。④擅场：在场上称雄。张衡《东京赋》："秦政利嘴长距，终得擅场。"薛综注："言秦以天下为大场，喻七雄为斗鸡，利喙长距者终擅一场也。"推秦：推崇秦国。⑤升仙犬：刘安典故。王充《论衡·道虚》："（淮南王刘安）儒书尚有言其得道仙去，鸡犬升天者。"⑥函谷：关名，为孟尝君事。《史记·孟尝君列传》："（秦昭王）囚孟尝君，谋欲杀之。……孟尝君得出，即驰去，更封传，变名姓以出关。夜半至函谷关。秦昭王后悔出孟尝君，求之已去，即使人驰传逐之。孟尝君至关，关法鸡鸣而出关。孟尝君恐追至，客之居下坐者有能为鸡鸣，而鸡齐鸣，遂发传出，出如食顷，秦追果至关，已后孟尝君出，乃还。"⑦宰君：指刺史、太守、县宰等官。驱我：即驱使、用我。

解 说

作者刘兼，约960前后在世，长安（今陕西西安）人。官荣州刺史。有诗一卷传世。余未详。

此诗咏雄鸡之形神，首联即写出雄鸡的风采与功能。颔联颈联连用4典故，综述历史上鸡的荣辱沉浮，尾联急转直下，点明鸡的无奈与难逃庖厨的命运，内容丰富，用典老到，可谓咏鸡诗之佳作。

早行遇雪　唐·石召

荒郊昨夜雪，羸马又须行①。
四顾无人迹，鸡鸣第一声。

注 释

①羸（léi）：瘦、弱。

解 说

作者石召，唐代诗人，有《早行遇雪》《送人归山》等作品传世。余未详。

好一幅清冷早行图。游子在外，羸马荒郊，雪夜中四顾无人，唯一声鸡鸣才有生气。千年之事，历历在目，述旅途劳顿之状，既简练又形象。

近诗 唐·奚锐金

舞镜争鸾彩①,临场定鹘拳②。正思仙仗日③,翘首御楼前。
养斗形如木④,迎春质似泥⑤。信如风雨在,何惮迹卑栖⑥。
为脱田文难⑦,常怀纪渻恩⑧。欲知疏野态,霜晓叫荒村。

注释

①鸾:鸟名,凤凰的一种,雄性的长生鸟。古时铜镜常有鸾纹,故称鸾镜。②鹘(hú)拳:鹘爪。鹘为鸷鸟名,即隼。③仙仗:神仙的仪仗,亦指帝王仪仗。唐岑参《奉和中书贾至舍人早朝大明宫》诗:"金阙晓钟开万户,玉阶仙仗拥千官。"与下句翘首御楼前相属。④形如木:斗鸡驯养的最佳状态。《庄子·外篇·达生》:"纪渻子为王养斗鸡。十日而问:'鸡已乎?'曰:'未也,方虚骄而恃气。'十日又问,曰:'未也,犹应向景。'十日又问,曰:'未也,犹疾视而盛气。'十日又问,曰:'几矣,鸡虽有鸣者,已无变矣,望之似木鸡矣,其德全矣,异鸡无敢应者,反走矣。'"⑤迎春:旧时正月初一,杀鸡悬于宫门以辟邪。南朝梁沈约《宋书·礼志》:"旧时岁旦,常设苇茭桃梗,磔鸡於宫及百寺门,以禳恶气。"宋葛立方《韵语阳秋》卷十九:"岁时有被除不祥之具,而元日尤多,如桃版、韦索、磔鸡之类是也。"质似泥:鸡被磔,质如泥一样瘫软。⑥风雨:典出《诗经·风雨》:"风雨如晦,鸡鸣不已,既见君子,云胡不喜。"惮(dàn):怕。卑栖:地位低下。⑦田文:即孟尝君,春秋战国时的齐国公子,养士三千。被囚秦国时,因手下一名善学鸡鸣之人赚开函谷关而逃生。⑧纪渻(shěng):即纪渻子,周时驯养斗鸡高手。

解说

此诗出唐代王洙(997~1057)《东阳夜怪录》,所谓作者"奚锐金"者,实为一鸡,"奚"为繁体"雞"字之半,"锐金"指其脚距装金套,锐莫能当,故为斗鸡。实际上诗作者当是王洙,或另有其人。原载《太平广记》卷四百九十:奚生念三篇近诗,其中一首就是此诗。锐金吟讫,暗中大闻称赏之声。文中的东阳夜怪乃一公鸡。故此诗是代公鸡自咏之作,描述详尽,用典灵活,鸡之形神、心理跃然纸上,读之饶富兴味。

僧爽白鸡 宋·苏轼

断尾雄鸡本畏烹①,年来听法伴修行。
还须却置莲花漏②,老怯风霜恐不鸣。

注释

①断尾:雄鸡因怕做祭祀的贡品而自残其身。见《左传》"宾孟适郊,见雄鸡自断其尾。问之侍者。曰:'惮为牺也。'"②却:还,再。莲花漏:宋代计时器的一种,据以测算时间。

解说

作者苏轼(1037~1101),字子瞻,又字和仲,号"东坡居士",谥"文忠",眉州眉山(即今四川眉山市)人,北宋著名文学家、书画家,散文家和诗人。豪放词派代表人物。与其父苏洵、弟苏辙皆以文学名世,世称"三苏"。为唐宋八大家之一。作品有《东坡七集》《东坡乐府》等。

此诗本是《盐官绝句四首》之一,盐官为浙江海宁的观潮之乡,濒临钱塘江。题中僧爽为当地高僧,作者自注:"(白鸡)养二十余年,常立座侧听经。"诗写出家人对鸡言修行事,修来生还须得从今生做起。可是鸡已经老了,没有力气再顶风冒雪地啼鸣了,希望大和尚还是配置一个计时的工具,以免误事。风趣生动,明白晓畅而意旨却深,以鸡喻人,非复咏物,此苏诗高妙处。

太湖沿橄西源道即事 宋·程俱

司空山头朝出云①,西源渡口十里阴。
烟中鸡唱未及午,白雨作泥泥已深。

注释

①司空山:在今安徽省岳西县内,为历史文化名山。

解说

作者程俱(1078~1144),字致道,衢州开化(今属浙江)人。哲宗绍圣四年（1097），以外祖荫补吴江县主簿，监舒州太湖（今属安徽）盐场。宣和二年（1120），赐上舍上第。南渡后任秀州（今浙江嘉兴）知州、秘书少监、中书舍人等，因病退居。秦桧当政，荐其主国史馆，拒不赴任。

作者为北宋南渡时的重要诗人，此诗是他行路时所见所闻之作。诗中云遮天，鸡鸣乱，路尽泥，行旅艰难之状，人马凄苦之情，令人扼腕，咏之如见。

早行 宋·刘子翚

村鸡已报晨，晓月渐无色。
行人马上去，残灯照空驿①。

注释

①驿：驿站。

解说

作者刘子翚（1101～1147），字彦冲，号病翁，崇安五夫里（今五夫镇）人，南宋理学家、文学家，学界称屏山先生。以父荫授承务郎，辟真定府幕属。靖康之变，其父刘韐出使金营被扣，不屈自杀。作者曾任兴化军（任所今福建莆田）通判。因体弱辞归武夷山，主管冲佑观，讲学传道，诲人不倦，精研佛道，对诗文有较高造诣。著有《圣传论》《屏山集》等。

本诗由鸡鸣起兴，旅人早行，虽未言旅途辛劳而处处暗含此意。状物言情，主旨集中，文字晓畅，形象隽永。

饮酒西岩 金·蔡松年

鸡群媚稻粱①，老鹤日疏野。
人言随其流，故有不同者。

注释

①稻粱：本指禽鸟寻觅之食物，亦喻人谋求衣食等生活必需品。

解说

作者蔡松年(1107~1159),字伯坚,家乡别墅有萧闲堂,故自号萧闲老人。真定(今河北正定)人,金代文学家。天会年间授真定府判官。完颜宗弼攻宋,与岳飞等交战时,蔡松年曾为宗弼"兼总军中六部事",仕至右丞相,封卫国公,卒谥"文简"。其作品风格隽爽清丽,词作尤负盛名,与吴激齐名,时称"吴蔡体",有文集《明秀集》传世。

此诗以鸡、鹤相比,表达诗人不肯与世俗同流而保持高节。文词简练、立意高远。

仙鸡诗 金·元德明

老雄健斗夸擅场①,韩郎抱归神色伤。岂知黠儿出侥幸,毒手一发不得防。毳衣散洒尚可养②,利嘴一哆何由张③?青囊道人何许来?自言救药我有方。垂髯噀水濯残血,半喙随手生新黄。筠笼半开闻膼膊④,草冠已往徒惊忙。神仙世有宁虚荒,惜哉诡激不可量⑤。世人鸷勇天且劓⑥,况于物也资强梁。敷荣枯枿变金石⑦,未若与世针膏肓。何须变化示狡狯,知君办作淮南王。蓬莱东望云茫茫,爱而不见心为狂。刀圭不愿换凡骨⑧,且欲共醉无何乡⑨。

注释

①擅场(shàn chǎng):压倒全场。②毳(cuì):鸟兽的细毛。③哆(duō):此处应通"剁",被刺或被啄的意思。④新黄:指幼儿之口,此处鸡生出新喙,一如幼儿之口,故称新黄。筠笼:指竹编鸡笼。膼膊(bì bó):鸡声。⑤诡激:诡异偏激,不同常行。《新唐书·刘栖楚传》:"然其性诡激,敢为怪行。"⑥天且劓(yì):遭受肉刑。《易·睽卦》()"其人天且劓",黥额为天,割鼻为劓。此处指好斗的人往往会受到伤害。⑦敷荣:开花。枿(niè):同蘖,树木砍去后又长出的芽子。⑧刀圭:古代量取药物的用具,也借指药物。⑨无何乡:空想的境界或梦境。白居易《渭上偶钓》:"谁知对鱼坐,心在无何乡。"岑参《林卧》:"唯爱隐几时,独游无何乡。"

解 说

作者元德明，1190年前后在世，太原秀容（今山西忻县西北）人，《金史》称其系出拓拔魏。自幼嗜读书，口不言世俗鄙事，乐易无畦畛，布衣蔬食处之自若，家人不敢以生理累之。累举不第，放浪山水间，饮酒赋诗以自适。有《东岩集》三卷。其子元好问，为金代知名文学家。

这是一篇充满幻想的诗，曾因"青囊道人"救治过鸡伤，能"随手生新黄"。便希望找到像淮南王那样的神仙一施药石，达到鸡犬皆可升天的效果。

此诗或是一首嘲讽神仙故事之诗。先说一只独擅"斗场"的老雄鸡，冷不防被一只狡黠的斗鸡伤害，伤得喙不能开合，或被残损。姓韩青年将鸡抱回，正在一筹莫展，来一青囊道人（用华佗故事，指擅医术者），如此这般一治，鸡便生出新喙。众人还未回过神，道人已不知去向。诗人接下来感叹道，世上有神仙也许不是荒诞的吧，但行藏诡谲不可预料。即使能使枯树开花，点石成金，不如针砭世之顽疾好。何须变化施狡诈？你不过想扮作能使鸡犬升天的淮南王罢了。东望神仙居所蓬莱，唯见云海茫茫，即使想得发狂又能如何，即使你有脱胎换骨之术，我也不愿换这一身凡骨，而是愿与同道共醉于无何有之乡。全诗既有记事，又有感叹；既有肯定，又有怀疑；对于青囊道人的仙术，效果如此迅速，出人意料，这究竟是怎么回事？不尽之意，跃然纸上。

晓枕 南宋·范成大

煮汤听成万籁①，添被知是五更。
陆续满城钟动②，须臾后巷鸡鸣。

注 释

①籁：自然界的各种声响。②钟：佛寺悬挂之钟，开饭时要撞响。

解 说

作者范成大（1126~1193），字致能，号石湖居士。平江吴郡（今江苏吴县）人。南宋高宗绍兴二十四年（1154）进士。曾以假资政殿大学士出使金朝。淳熙时，官至参知政事。晚年隐居故乡石湖。卒谥文穆。他与尤袤、杨万里、陆游齐名，号称"中兴四大诗人"。有《石湖居士诗集》《石湖词》等。

此诗为六言诗,诙谐风趣,生动自然,令人莞尔。写清晨待起枕边所闻所感,闲适之情溢于言表。

九曲棹歌 南宋·朱熹

四曲东西两石岩①,岩花垂露碧㞢㟑②。
金鸡叫罢无人见③,月满空山水满潭。

注释

①四曲:武夷山中有九曲溪,此为第四曲。两石岩:为东西岩,是九曲溪四曲之上东西相望的两座巨石。②垂露:岩壁上花草垂滴的露水。碧:碧潭如镜。㞢㟑(cēn sān):纤细之物长垂飘飞貌。③金鸡:东岩上有金鸡洞,相传神鸡会叫。

解说

作者朱熹(1130~1200),字元晦,一字仲晦,号晦庵、晦翁、考亭先生、云谷老人、沧洲病叟、逆翁。南宋江南东路徽州府婺源县(今江西省婺源)人。绍兴十九年(1149)岁进士及第,曾任荆湖南路安抚使,宝文阁待制等。南宋著名理学家、思想家、哲学家、教育家、诗人、闽学代表人物,世称朱子。

此诗为朱熹《九曲棹歌》之一段,提到金鸡啼鸣的传说。朱熹在武夷山五十余年,研究和讲授理学,此间他写了《九曲棹歌》,以歌咏武夷山九曲溪的瑰丽景色,因"四曲"一段写了金鸡洞,提到金鸡啼鸣的传说。诗中起句点题,再写山水灵动之貌,末句以景结尾,诗中有画,幽静空灵,实乃绝妙好诗。

和筹堂途中即事 金·李俊民

晚风吹雨过山堂,灯火秋凉好对床①。
却被荒鸡笑人懒②,一声催起着鞭忙。

注释

①对床：床挨着床。唐白居易《雨中招张思业宿》："能来同宿否？听雨对床眠。"后因以"对床""对床夜雨"写亲友聚首，倾心交谈的欣慰之情。②荒鸡：荒村野外之鸡。

解说

作者李俊民（1176~1260），字用章，金代文学家，自号鹤鸣老人，泽州晋城（今属山西）人。章宗承安五年（1200）举经义进士第一，官应奉翰林文字。不久弃官。宣宗贞祐二年（1214）南渡黄河，隐于嵩山。金亡后，被忽必烈召见，颇加优礼，仍乞还山。卒谥"庄靖先生"。有《庄靖集》存世。

此为和友人所作羁旅之诗，一、二句写旅途相聚，清新自然，三句暗写彻夜长叙，为情语，以鸡笑人懒，饶有趣味，结句生动有余韵，一个"忙"字，形神尽见。

和黄景杜雪中即事 元·赵孟頫

雪寒凄切透书帷①，极目南云入望低。
欲报平安无过雁，忽惊残梦有鸣鸡。

注释

①书帷（wéi）：书房里挂的帐子。

解说

作者赵孟頫（1254~1322），字子昂，号松雪，松雪道人，湖州（今浙江吴兴）人。宋宗室。南宋亡后，归乡闲居。元至元二十三年（1286），赵孟頫等十余人被荐与元世祖忽必烈，被任命为从五品兵部郎中。元贞元年（1295）元世祖去世，赵孟頫借病乞归，在江南闲居，与鲜于枢、仇远、戴表元、邓文原等四方才士聚于西子湖畔。大德三年（1299），赵孟頫被任命为集贤直学士行江浙等处儒学提举。至大三年（1310），元仁宗又将赵孟頫晋升为翰林学士承旨、由于仁宗的青睐和赵氏艺术出类拔萃，晚年官居一品，名满天下。

赵孟頫博学多才，能诗善文，懂经济，工书法，精绘艺，擅金石，通律吕,解鉴赏。以书法和绘画成就最高,开元代画风,被称为"元人冠冕"。鉴于赵孟頫在美术与文化史上的成就,1987年,国际天文学会以赵孟頫的名字命名了水星环形山,以纪念他对人类文化史的贡献。题中黄景杜生平不详。

这首七绝是和友人咏雪之作。因作者本人有宋代宗室的身份,内心常陷于苦闷与矛盾中,在此诗中也有所流露。起句即有凄苦之情,末二句则说连报个平安的机会也难找到,只有梦醒时的鸡鸣,呼人振作。全诗情景交融,极尽渲染却无造作之感,雁书难托,鸡惊残梦,孤羁之思,难言之苦,成为令人长叹的永恒背景。

小游仙 元·杨维桢

东逾弱水赤流深,夜得桃都息羽旌①。
地底日迴天上去,金鸡如凤自交鸣②。

注释

①弱水:神话中水名。《山海经·大荒西经》:"西海之南,流沙之滨,赤水之后,黑水之前,名曰昆仑之丘。""其下有弱水之渊环之。"郭璞注:"弱水,其水不胜鸿毛。"桃都:神话中山名,亦是树名。旧题梁仁昉《述异记》卷下:"东海有桃都山,上有大树,名曰桃都,枝相去三千里,上有天鸡,日初出照此木,天鸡则鸣,天下鸡皆随之鸣。"羽旌:鸟羽用于旌旗的装饰,后指仙人车驾。②迴:回。交:相互。

解说

作者杨维桢(1296～1370),字廉夫,元代著名文学家、书画家。号铁崖、铁笛道人等,晚年自号"老铁""抱遗老人"东维子,会稽(今浙江诸暨)枫桥全堂人。元贞二年(1296),卒于明洪武三年(1370)。泰定四年(1327)进士。历任天台县尹、杭州四务提举、建德路总管推官。入明后隐居江湖,在松江筑园圃蓬台。有《东维子文集》《铁崖先生古乐府》行世。

这首游仙诗,引典所道神仙事。然"地底日回天上去",日出日入与鸡鸣的关系,合符天体运转与自然规律。遣词奇瑰典雅,遐思无穷。

斗鸡行 元·杨维桢

两雄勇锐夸匹敌，老距当场利如戟。氄毳毰毢猬刺张①，怒咽魂礌瞋睛碧②。剑心一动碎花冠，口血相汙胶彩翼。何当罢斗作啼声，埭上梨花春露滴③。

注释

①氄毳（rǒng cuì）：指鸟毛。氄为鸟兽贴近皮肤的细软绒毛；毳为鸟兽的细毛。毰毢（péi sāi）：形容羽毛披散。②魂礌（wěi lěi）：同碨磊，勃起不平状。韩愈《斗鸡联句》："怒瘿争碨磊。"③埭（dài）：土坝、堤岸。

解说

这首《斗鸡行》的七言古诗，描写两鸡相斗的紧张场面。头两句点明主题，两只斗鸡正式出场；以下四句极力描写斗鸡勇猛，颈毛怒张，眼睛喷火，啄冠扯羽，口血淋漓。末两句写斗争终止，双方大叫一声，大概打了平手；这时堤上的梨花业已迎春开放，哪里还有血腥的气味？结语超妙，令人回味。作者从爱物观点出发，大概不主张口血相污而斗争，毛散冠碎而同类相残，却愿同赏埭上梨花春露滴的自然风光。尾联表明主旨，和谐相处，以"和"为贵，明写鸡，实写人。

登师山诸生有书 元·郑玉

城上钟声渡远溪，扶桑破曙海云低①。
披衣欲起还倚枕②，山下晨鸡四面啼。

注释

①扶桑：神话中木名，日出之处。《山海经·海外东经》："汤谷上有扶桑，十日所浴。"郭璞注："扶桑，木也。"②倚枕：靠在枕上。

解说

作者郑玉（1298~1358），字子美，徽州歙县（今属安徽）人。幼敏悟嗜学；既长，博通六经，尤精春秋。教授于乡，门人甚众，学者称师山先生，于其地造师山书院。至正间，征拜翰林待制，奏议大夫，辞疾不赴，以著述为事。明兵至，守将要致之，玉正服自缢死。著有《师山文集》八卷、《遗文》五卷、《周易纂注》《春秋经传阙疑》等。

此诗写山居所闻所见，清新如画，山隐散淡之情，余韵悠然。

金鸡山　元·贡师泰

巨灵劈山石①，飞出黄金鸡。
至今山下人，犹听云中啼。

注释

①巨灵：传说中用掌劈山之大力神。张衡《西京赋》："巨灵赑屃，高掌远蹠，以流河曲，厥迹犹存。"薛综注："巨灵，河神也，古语云：此本一山当河，水过之而曲行，河之神以手擘开其上，足蹋离其下，中分为二，以通河流。手足之迹，于今尚在。"

解说

作者贡师泰（1298~1362），字泰甫，宣城（今属安徽）人，元泰定四年（1327）进士。师泰为官，勤理政，善断狱。

此为咏金鸡山之诗，以神话传说增其美感，文字淡雅，韵味悠长。

题钱舜举画鸡　元·丁复

花前争雄两角勇①，花后伏雌孤哺雏。
忘身纵欲作花伍②，塞耳不听时大夫③。

注释

①两角勇：指两只雄鸡相斗。②花伍：与花为伍。③时大夫：报时的先生，即指雄鸡。

解 说

　　作者丁复，字仲容，元明之际浙江临海人。性情旷达，一生无求，唯以写诗为好。元延祐中（1314～1320），初游京师，纵情于山水。后择居金陵城北，有诗集《桧亭集》行世。其诗精丽奇伟，格超趣远。题中钱舜举为宋末元初画家，名钱选（1235～1301），字舜举，号玉潭、雪川翁、习懒翁。湖州（浙江吴兴）人，南宋景定间乡贡进士。善画人物、山水、花鸟。

　　此题画诗写母鸡哺育幼雏之专意专情，对雄鸡在花前争强斗勇，贪玩打闹无动于衷，是画家，诗人对母爱之盛赞，"时大夫"一词是对雄鸡报时的美称。

杂 兴　元·周权

寒童引羸骖①，路入苍巘去②。
深处有人家，鸡鸣白云树。

注 释

①羸骖（léi cān）：弱马。②苍巘（yǎn）：苍翠的山峦。

解 说

　　作者周权，字衡之，号此山，处州（今浙江丽水）人，元末诗人。负隽才，然不得志。延祐六年（1319）持所作走京师。袁桷大异之，称之为"磊落湖海之士"，谓其诗意度简远，议论雄深，可预馆职，力荐弗就。

　　一、二句写山前所见，三、四句写山前所思。隐士大概就在此山深处，鸡正盘旋在云端树顶。所见者悲凉，所思者深远。结句精妙，虽出于"白云生处有人家"之句，但不失新意。

鸡鸣歌　明·释道衍

　　金壶漏残霜满屋，鸡鸣喈喈乌尚宿。征夫才起促行装，马为驾鞍车整毂①。鸡罢俄闻鼓角悲，别妇出门双泪垂。妇牵夫袂话归日②，愿学鸡鸣不失时。

注释

①整毂（gǔ）：检修车子。②袂（mèi）：衣袖。

解说

作者僧道衍（1335～1418），俗名姚广孝，长洲（今江苏吴县）人，本医家子。年十四，度为僧，名道衍，字斯道。事道士席应真，得其阴阳术数之学。在游嵩山寺时，相者袁珙见之曰："是何异僧！目三角，形如病虎，性必嗜杀，刘秉忠流也。"道衍大喜。后为燕王朱棣谋主，为朱棣夺建文政权出力多多。

这首七言古诗，描写丈夫远行，妻子送别的场景。在漏残霜满的凄凉景色中，鸡鸣而促征夫远行。鼓角声悲，夫妻话别，妻子拉着丈夫切问归期，希望他像鸡鸣那样不失其时，真诚守信，诗中充满哀怨之情。自古征战无休，苍生有泪，诗意凄怆。

鸡鸣歌　明·高启

北斗城头北斗低，万家梦破一声鸡。马蹄踏踏车辘辘①，阙下连趋市中逐。雄鸡安得噤尔声，利名少息市上争。漫漫夜长人不惊。

注释

①辘辘（lù）：形容车轮滚动之声。阙下：集市门口。崔鸿《蜀录》载有晋时成都童谣："江桥头，阙下市。"

解说

作者高启（1336～1373），字季迪，元末明初诗人，长洲（今江苏苏州）人；生性警敏，精历史，好诗歌，与杨基、张羽、徐贲被誉为"吴中四杰"。隐居吴淞江畔之青丘，自号青丘子，作有《青丘子歌》。明洪武元年（1368），高启应召入朝，授翰林院编修，以其才学，受朱元璋赏识，复命教授诸王，纂修《元史》。高启孤高耿介，厌倦朝政，不羡功名利禄；洪武三年（1370）秋，朱元璋拟委其为户部右侍郎，他固辞不受，被赐金放还；高启返青丘后，

以教书治田自给。苏州知府魏观修复府治旧基，高启撰写《上梁文》；府治旧基原为张士诚宫址，有人诬魏观有反心，魏被诛；高启也受株连，被腰斩。

这篇七言古诗，是颇有深意的鸡鸣歌。开头四句描写鸡鸣带动了车马入市，于是"天下熙熙，皆为利来；天下攘攘，皆为利往"；争利之战的一天，即将开始。以下三句，是寄望于雄鸡噤声，减少世人一听鸡鸣便开始争名逐利，扰攘不休。诗人之笔，可谓别具针砭。

马氏东轩　明·高启

阳和受最多，爽气看应少①。
晞发此窗前②，鸡鸣海天晓。

注释

①阳和：春天的暖气。《史记·秦始皇本纪》："维二十九年，时在中春，阳和方起。"爽气：清爽的空气。②晞（xī）发：晒头发使干，通常亦喻高洁之行。《楚辞·九歌·少司命》："与女沐兮咸池，晞女发兮阳之阿。"晋陆云《九愍·行吟》："朝弹冠以晞发，夕振裳而濯足。"

解说

此诗短短20字，概括其东轩建筑特点，虚实结合，文词晓畅，景象小中见大，末句与"雄鸡一声天下白"可为伯仲。

鸡雏　明·瞿佑

壳分混沌见精神①，凤侣鸾俦暂化身②。
傍母浴沙花径午③，随群啄粟草堂春。
馋猫屋后垂涎久，饥鹞天边侧目频④。
羽翼渐成文彩备⑤，不陪谈论亦司晨⑥。

注释

①壳：蛋壳。混沌：为鸡蛋孵化前的状态。②俦：伴侣。③浴沙：鸡以沙

为浴，除去寄生虫。④鹞：鹰类猛禽。⑤文彩：成鸡的花羽。⑥不陪谈论：反用晋代宋处宗有宠物鸡陪他谈论的典故。《幽明录》："晋兖州刺史沛国宋处宗，常买得一长鸣鸡，爱养甚至。栖笼着窗间。鸡遂作人语。与宗谈语，极有言致，终日不辍。处宗因此言功大进。"司晨：雄鸡报晓。

解说

作者瞿佑（1347～1433），字宗吉，号存斋。一说钱塘（今浙江杭州）人，一说山阳（今江苏淮安）人，元末明初文学家。少时即能诗，谙熟典故。洪武时期，由贡士荐授仁和训导，历任浙江临安教谕、河南宜阳训导，后升任周王府长史。永乐间，因作诗获罪，谪戍保安（今河北怀柔一带）十年。后归居故里，以著述度过余年。

此诗写雏鸡的生长过程，摹写形神兼备，趣味盎然。颔联"傍母""随群"正写成长之自然，颈联"馋猫""饥鹞"侧描成长之不易，尤为工妙，尾联情由景（物）生，以"不陪谈论亦司晨"的点评而结篇，境界全出。

斗鸡　明·瞿佑

五德称名不自持①，怒凭爪嘴决雄雌。
三郎好胜真英主②，亚子争强岂小儿③。
两阵猛如刘项敌④，一场喜似孟韩诗⑤。
红罗缠项收功后⑥，赢得旁观举酒卮⑦。

注释

①五德：相传鸡有五种德行。自持：控制自己的欲望或情绪。②三郎：指爱好斗鸡的唐玄宗李隆基。③亚子：唐文宗李昂亦好斗鸡，因他排行第二，故诗中称其为"亚子"。④刘项敌：形容斗鸡相斗的猛烈，如刘邦与项羽之战争。⑤孟韩诗：指韩愈与孟郊的《斗鸡联句》诗。⑥红罗缠项：用红色的丝织品"绫罗"系在鸡的颈项上。⑦卮（zhī）：盛酒的杯子。

解说

这首斗鸡诗专咏唐代斗鸡之盛。唐人陈鸿祖《东城老父传》："玄宗在藩邸时，乐民间清明节斗鸡戏。及即位，治鸡坊于两宫间，索长安雄鸡金豪铁距、高冠昂尾千数，养于鸡坊。选六军小儿五百人，使驯抚教饲。上之好之，民风尤盛。诸王世家、外戚家、贵主家、侯家倾帑破产市鸡，以偿鸡值。都中男女，以养鸡为事。"可见其概。此诗颔联即列举了两位爱好斗鸡的皇帝，颈联点出韩愈、孟郊的《斗鸡联句》诗以记盛。其实，杜甫亦写过反映宫廷斗鸡的《斗鸡》诗："斗鸡初赐锦，舞马既登床。帘下宫人出，楼前御柳长。"李白诗句中亦有："路逢斗鸡者，冠盖何辉赫。鼻息干虹霓，行人皆怵惕。"可见当时风气。尾联言为斗胜的鸡披红挂彩，旁观者举杯庆祝。

钱舜举画花石子母鸡图　明·王淮

落红香散东风软，灵岩络翠苔纹浅。闲庭昼永日当空，花影团团移未转。两鸡不识春意佳，栖迟也傍庭前花。父鸡昂然气雄壮，独立峰颠发高唱。母鸡喈喈领七雏，且行且啄鸣相呼。两雏依依挟母腋，母力已劳儿自得。两雏啾啾趋母前，有如娇儿听母言。两雏唧唧随母后，呼之不前不停口。一雏引首接母虫，儿腹已饱母腹空。嗟尔爱雏乃如此，不知尔雏何报尔？钱翁摹此悦生意，我独观之暗流涕。劬劳难报慈母恩①，漂泊江湖复何济。展图三叹重摩挲，鸡乎鸡乎奈尔何！

注　释

①劬（qú）劳：劳累；劳苦。

解　说

作者王淮，1436年前后在世，字柏源，慈溪（今属浙江省）人。生卒年不详，约明英宗正统初前后在世。为景泰十才子之一。常与汤允绩以博辨相夸，对语移日，允绩叹服。淮工诗，好作长歌，造语奇丽，有稿传世。

此题画诗咏暮春时节花石间母鸡抚育七雏之景象，词语生动，堪称写景状物佳构。并抒发诗人对流落江湖，难报母恩之慨叹。全篇以鸡喻人，情笃旨远。

题画　明·沈周

水次人家似瀼西①，参差竹树路俱迷②。
溪翁兀兀不出户③，日午饭香鸡正啼。

注释

①水次：水边。《汉书·赵充国传》："臣前部士入山，伐林木大小六万余枚，皆在水次。"瀼（ráng）：水名。《寰宇记》："夔州大昌县西有千顷池水分三道，一道南流为奉节县西瀼水"。瀼西：指四川奉节瀼水西岸地。杜甫、陆游曾居于此。②参差（cēn cī）：长短高低不齐。③兀兀：昏昏沉沉的样子。杜牧《即事》："春愁兀兀成幽梦，又被流莺唤醒来。"

解说

作者沈周（1427~1509），字启南，号石田、白石翁、玉田生，长洲（今江苏苏州）人。不应科举，专事诗文、书画，是明代书画名家，为明中期文人画"吴派"的开创者，与文徵明、唐寅、仇英并称"明四家"。传世作品有《庐山高图》《秋林话旧图》《沧州趣图》。著有《石田集》《客座新闻》等。

这首七绝为题画诗，以写近水人家情景，溪翁不出户，日午鸡正啼，一静一动，为画增色，诗情画意，生动有趣。

为张固写鸡　明·沈周

黄卷青衿子①，红冠碧距鸡。
要知勤读处，须候五更啼。

注释

①青衿（jīn）：青色衣领，因古代学子所穿，后指少年学子。

解说

题中张固，字公正，新喻人，宣德八年（1433）进士，正统年间授刑科给事中。后改为吏科，奉命抚裕州流民。景泰年间，迁为大理寺右少卿，镇守建昌。

此为题画诗,主旨言为学须勤而有恒,鸡鸣天晓,当即起学。古人每以物为鉴,人之相期,如潮有信,人之勤学,如鸡啼晨。此诗寥寥二十字,言简意赅。

画鸡　明·吴宽

杜翁昔赋缚鸡行①,韩子曾联斗鸡句②。朱冠铁距本同形,勇怯在人分感遇。鸡邪被缚良可嗟,斗鸡虽勇何足夸。争如此鸡只独立,昂然不属诗人家。

注释

①此句指杜甫曾作《缚鸡行》诗。②此句指韩愈与孟郊的《斗鸡联句》。

解说

作者吴宽(1435~1504),字原博,明诗人、散文家、书法家。号匏庵,玉亭主,世称匏庵先生。南直隶长州(今江苏苏州)人。工诗文,善书。作书姿润中时出奇崛,虽规模于苏,而多所自得。

此诗咏画中鸡之昂然独立,不因食虫蚁而被缚,亦无怒目相斗之场面供诗人吟唱,然观其不怒而威,不斗而勇之状,亦别有诗意所在。

郊行　明·庄昶

凌兢瘦马踏春泥①,雪后郊原绿未齐。
一抹午烟风隔断,野鸡声在竹林西。

注释

①凌兢:寒冷貌,宋苏轼《兴龙节前一日微雪与子由饮清虚堂》诗:"踏冰凌兢战疲马,扣门剥啄惊寒鸦。"又战栗、恐惧貌。白居易《谢蒙恩赐设状》:"臣所以凌兢受命,俯伏荷恩,心魂不宁,手足无措。"

解 说

作者庄昶（1437～1499），字孔旸，号木斋，晚号活水翁，学者称定山先生，江浦孝义（今江苏南京浦口区东门镇）人。明景泰七年（1456）乡试中举人，明成化二年（1466）中进士，改庶吉士，后授翰林院检讨。

此诗写早春雪后郊景，新绿初发，鸡鸣入耳，生气盎然，引人入胜。

题金鸡报晓图（三首）　明·唐寅

武距文冠五色翎，一声啼散满天星；
铜壶玉漏金门下①，多少王侯勒马听。

头上红冠不用裁，满身雪白走将来；
平生不敢轻言语，一叫千门万户开。

血染冠头锦做翎，昂昂气象羽毛新；
大明门外朝天客②，立马先听第一声。

注 释

①铜壶玉漏：古人计时器之美称。金门：金马门或金明门之省称。金马门为汉宫门，学士待诏之处。金明门为唐宫门，门内为翰林院所在。②大明门：唐代大明宫门，内有麟德、含元、宣政、紫宸等殿。泛指皇宫议政之所。

解 说

作者唐寅（1470～1523），字伯虎，一字子畏，号六如居士、桃花庵主、鲁国唐生、逃禅仙吏等，据传于明宪宗成化六年庚寅年寅月寅日寅时生，故名唐寅。吴县（今江苏苏州）人。他玩世不恭而又才气横溢，诗文擅名，与祝允明、文征明、徐祯卿并称"江南四才子"，画名更著，与沈周、文征明、仇英并称"吴门四家"。后人借其声名演绎之《三笑姻缘》，即《唐伯虎点秋香》，广为传播，成为戏曲影视之重要题目，长盛不衰，唐先生也作为"风流"人物传播人口。

此三诗为题画诗，鸡为物虽小，其啼声却是一天之始，无论帝王将相，平民百姓，都要听其呼唤，受其指挥。鸣鸡之英姿飒爽，亦为作者着力刻画，跃然纸上，如见其形，所谓诗中有画者！

（何焱林注）

途中　明·陆深

晓行不知程，梦醒闻细浪。
曙月逐鸡声，棹歌来枕上①。

注释

①棹歌：船歌。

解说

作者陆深（1477~1544），初名荣，字子渊，号俨山，上海人。少时即与徐祯卿相切磋，以文章著名。善书，仿李邕、赵孟頫体。登弘治十八年（1505）进士第。嘉靖中，为太常卿，兼侍读。卒谥文裕。有《俨山集》一百卷。

此诗写舟行拂晓之景，途中所闻，乃日夜兼程之声，个中辛劳，如诗人闲逸之情，历历在目，所谓曙月鸡声，棹歌枕上，正是夜航及晓之情景。

赠致政司谏刘后峰　明·李开先

人散灯残睡正浓①，惊回晓梦思重重。
揽衣欹枕从容听②，野店鸡声野寺钟。

注释

①灯残：油干灯草尽。②揽衣：拿过衣裳。欹（yī）枕：靠在枕上。

解说

作者李开先（1502~1568），字伯华，山东章丘人，明文学家、戏曲家。号中麓子、中麓山人等。历官户部主事、吏部考功主事等。后因言被罢官，壮年归田，不肯趋附权贵，故闲居终老。嘉靖初年，李开先与王慎中、唐顺之、赵时春等并称八才子。题中司谏刘后峰，生平不详。

此诗写旅愁,情景相生,逼真如画,结句为景句,尽显重重愁绪,余韵长远。

鸡　明·俞允文

月落空营旧垒低,寒风猎猎大荒西①。
惊魂易断江南梦,恼杀重城未晓啼②。

注释

①猎猎:风声。②重城:古代城市在外城中又建内城,故称。《文选·左思〈吴都赋〉》:"郛郭周匝,重城结隅。"刘逵注:"大城中有小城,周十二里。"亦泛指城市。

解说

作者俞允文(1511~1579),字仲蔚,昆山(今属江苏昆山)人。少工临池,久益擅之。小隶习欧阳询、柳公权,晚习赵孟𫖯;行书出入褚遂良,稍纵之则为米芾。

此为一首吊古诗,一、二句写空营旧垒的荒寂,三、四句写当年戍边人的凄苦,最后点出鸡鸣,托出全诗荒寂落寞的基调,情景交融,感人至深。

斗鸡图　明·周天球

英年曾入斗鸡场,金距狸膏事已荒①。
惟有雄心忘未得,披图犹自问低昂②。

注释

①金距狸膏:斗鸡身上的装备。②披图:翻开画图。

解说

作者周天球(1514~1595),字公瑕,号幼海,太仓(今属江苏)人。从文徵明游,习书法,善大小篆、隶、行、楷。善画兰,间作花卉,有出新之妙。

此诗虽为题画诗,却咏鸡喻人,直是言情,非复咏物。结句甚妙,与"老骥伏枥,志在千里"异曲同工。

宿太华山寺 明·张佳胤

石床横架万峰西,海上双珠入户低①。
自是山中无玉漏②,朝霞还有碧鸡啼③。

注释

①双珠:指太阳和月亮。②玉漏:古代以滴漏计时,玉漏为其美称。③碧鸡:传说中之神鸡。《汉书·郊祀志下》:"或言益州有金马碧鸡之神,可醮祭而致,于是遣谏大夫王褒使持节而求之。"颜师古注引如淳曰:"金形似马,碧形如鸡。"元张雄飞《碧鸡山》:"北阙辞丹凤,南云看碧鸡。"

解说

作者张佳胤(1526~1588),字肖甫,明兵部尚书。重庆府铜梁县(今属重庆市)人。嘉靖二十九年(1550)进士,穆宗隆庆五年(1571)升右佥都御史,巡抚保定,途因丧归故里。神宗万历七年(1579)复职。拜戎政尚书,寻兼右副都御史,总督蓟、辽、保定军务。加太子少保。张佳胤病退还乡,将其所有诗文搜集整理,汇集成《张岠崃先生集》。两年后张佳胤病逝,神宗闻讯,悲痛不已,下诏国葬。满朝文武大臣也西向叹息"国栋摧矣"。张佳胤被厚葬于铜梁城西岠崃山上。

此诗写山寺夜宿,一、二句写所见之景,三、四句写所思之事,点出鸡鸣。山中景色尽在其中。兴起自然,议论不着色相,情景相生,有仙家况味。

题山鸡 明·王世贞

莫怪殷勤学凤凰,只因毛羽有文章。
驺虞已自新颁朔①,平虑于今复拜郎②。

注 释

①驺虞（zōu yú）：古代相传的瑞兽，明代永乐、宣德时都曾经出现过，百官歌功颂德。《明太宗实录》卷34："永乐二年九月，周王橚来朝，及献驺虞，百僚请贺，以为皇上至仁，格天所至。"卷140："永乐十一年五月，曹县献驺虞行在。礼部尚书吕震奏：驺虞上瑞，请明旦率群臣上表贺。上曰：百谷丰登，雨旸时顺，家给人足，此为上瑞，驺虞何与民事？不必贺。"又《礼部志稿》卷三《却庆贺之训》："宣德四年三月，南京守备襄城伯李隆献驺虞二，云出滁州来安县石固山。素质黑文，驯狎不惊，命群臣观之行在。礼部尚书胡濙等请上表贺。上曰：祯祥之兴，必有实德庶几副之。朕嗣位今四年，中外所任，岂皆得人？农亩岂皆有收？民生岂皆得所？朕夙夜不遑宁处。驺虞之祥，于德勿类，况天道无常，理乱之几，恒相倚伏，岂可不虞？朕与卿等宜共谨之，遂免贺。"颁朔：孟冬时，由皇帝将历书颁给王公百官，领受历书后，再颁布给百姓，称为颁朔之礼。②平虑：一种祥瑞之木。汉班固《白虎通·封禅》："贤不肖位不相逾，则平露生于庭。平露者，树名也，官位得其人则生，失其人则死。"《应群芳谱·木谱》谓平露一名平虑。又指平虑草，即仙人掌别名。拜郎：三国时吴国因人家生出平虑草而得郎官之事。《资治通鉴·晋武帝咸宁五年》："吴有鬼目菜，生工人黄耇家；有买菜，生工人吴平家。东观案图书，名鬼目曰芝草，买菜曰平虑草。吴主（孙皓）以耇为侍芝郎，平为平虑郎。"此典与鸡有何关？不详。此处或影射山鸡。一说为帮助君侯管理庄园的猎官，"驺"为天子园囿，"虞"为司兽之官。按《三国典略》："齐长广王湛即皇帝位於南宫，大赦改元。其日将赦库，令於殿门外建金鸡。"说明金鸡也是瑞物。

解 说

作者王世贞（1526～1590），字元美，号凤洲，又号弇州山人，明太仓（今属江苏）人，文学家、史学家。"后七子"领袖之一。赠太子少保。有《弇州山人四部稿》一百七十四卷、《弇山堂别集》一百卷、《艺苑卮言》十二卷（南北曲源流与评论）、《鸣凤记》（剧本，以批严嵩为题材）、《史乘考误》传世。

这首题画诗，前两句赞美山鸡毛羽绚丽，其状欲学凤凰之鸣，定会发出"雏凤清于老凤声"之鸣唱；因此也被人视为祥瑞。末两句以古时祥瑞的动植物为衬托，讥刺时人动辄鼓吹祥瑞，阿谀上级，实际上求取自身名利；使并非祥瑞之物，也成为瑰宝。语言犀利，入木三分。

田家即事　明·唐时升

新成燕麦欲相扶①，风急高杨落乳乌②。
社酒醒来人寂寂③，紫桐花下数鸡雏。

注释

①燕麦：一年或二年生草本植物，籽实可以吃，也可作饲料。②乳乌：才孵出的乌鸦。③社酒：古时春秋社日祭祀土神，饮酒庆祝，称所备之酒为社酒。陆游《春社》："社肉如林社酒浓，乡邻罗拜祝年丰。"

解说

作者唐时升（1551~1636），号叔达，嘉定（今属上海市）人。从归有光游，工诗及古文。与娄坚、程嘉燧、李流芳并称嘉定四先生。善画墨梅。

此诗是写诗人酒后之态。远观燕麦，仰望乳乌，近数鸡雏，皆为盛筵已散，排遣孤寂闲适之情，不落俗套，堪称佳作。

泖上嘲吴凝父　明·范汭

林皋叶脱风凄凄①，远峰森立寒云齐。
满船离思半江月，未到五更鸡乱啼。

注释

①林皋：指山林。

解说

作者范汭（ruì）（约1573~约1616），字东生、东山，浙江乌程人，徙居吴门。史志称其凿池种竹，攻苦读书，家贫落魄，愤懑不得志。

题中"泖（mǎo）"是水面平静的小湖，或流动缓慢的水。

此诗写晚秋情景，秋景萧瑟，离愁万绪。鸡惊残梦，以"鸡乱啼"表达诗人思绪纷扰,刻画入微也。

鸡鸣 清·钱澄之

冬已过半夜偏长,愁人不眠独在床。寒鸡拥翰不肯叫①,老鸱得气山头啸。山头有虎伺人行,伥鬼骑虎学鸡鸣②。鸡在墙根鼓两翅,欲鸣不鸣时未至。村南村北闻犬喧,鸡未三唱勿出门。窗前山鬼太无赖,低头树下学人拜。遥遥古寺打钟声,一声一拜声声惊。鸡鸣一声天下白,千状万态从此灭。

注 释

①翰:羽毛。②伥(chāng)鬼:传说中被老虎咬死的人变成的鬼,这个鬼不敢离开老虎,反而给老虎作帮凶。

解 说

作者钱澄之(1612~1694),字幻光,原名钱秉镫,安徽桐城人。曾任南明隆武朝延平府推官,永历朝礼部精膳司主事,翰林院庶吉士,后迁翰林院编修,主管制诰。南明永历四年(1650),两粤失守,永历帝自梧州逃奔南宁。钱秉镫未及随驾,于是削发为僧,法号西顽。后返乡还俗,改名澄之,字饮光,晚年号田间老人。他是明末清初的文学家,著有《藏山阁集》《田间集》。

此诗首二句点出愁人不眠,此后历数鸱、虎、伥鬼、山鬼等之横行与祸乱,一腔忧国忧民之心绪,而雄鸡则鼓翅以待时。临末直用唐李贺"雄鸡一声天下白"句,以"千状万态从此灭"为结,盼战乱结束,天下太平,明白晓畅,淋漓痛快。

刘越石闻鸡处 清·宋琬

衰柳平沙古渡村,传闻此地舞刘琨①。
鞭惟祖逖能先著②,客有卢谌感旧恩③。
江左衣冠空北顾,古来天地此中原④。
鸡声依旧清霜晓,招得并州万里魂⑤。

注 释

①刘琨（271~318）：字越石，中山魏昌（今河北无极）人，西晋诗人。《晋书·祖逖传》："与司空刘琨俱为司州主簿，情好绸缪，共被同寝，中夜闻荒鸡鸣，蹴琨觉曰：此非恶声也，因起舞。"②祖逖（tì）（266~321）：晋朝名将。《晋书·刘琨传》："吾枕戈待旦，志枭逆虏，常恐祖生（指祖逖）先吾著鞭。"③卢谌：原为刘琨僚属，后为段匹磾（dī）别驾。④江左衣冠：指西晋南渡诸士人，曾作新亭之泣，所谓风景不殊，正自有山河之异。虽则有南渡之惭，失土之痛，故国之思，却不思振作，终无力驱逐强虏，还于旧都，此所谓空北顾者。而古来天地，此处方是中原，足以警醒以偏安一隅为乐者。⑤并州万里魂：为刘琨招魂。

解 说

作者宋琬（1614~1674），字玉叔，号荔裳。莱阳（今属山东）人。清诗人。顺治四年（1647）进士，授户部主事，累迁吏部郎中，出为陇西道。顺治十八（1661）年擢浙江按察使，因山东于七农民起义，仇家告他有牵连，因此，系禁三年，几死狱中。获释后流寓吴、越，至康熙十一（1672）年起用，授四川按察使。次年入京觐见，适逢吴三桂举兵占领成都，因家属留蜀，惊悸忧愁去世。曾修订《秦州志》13 卷。

题中刘琨（字越石），于晋怀帝时出任并州刺史，晋愍帝时拜大将军，都督并、冀、幽三州诸军事，曾为石勒所败，后为段匹磾杀害。此诗系对刘琨之赞赏与思念，首联和颔联仰慕古人，树立壮志激励自己，颈联抒发对庸碌之辈偏安一隅、苟且一时的感慨。尾联归结到鸡鸣，应效法前辈英雄志士意气风发，有所作为。

鸡鸣曲　清·蔡衍鎤

银湾迢递明星烂，寒夜鸡鸣夜方半。闺人宵起发哀叹，辗转虚楹旦复旦①。玉漏声寒闻捣衣，霜清露白孤鸿飞。

注 释

①楹（yíng）：屋一间为一楹，虚楹犹言空房。

解 说

作者蔡衍锟,字宫闻,号操斋,漳浦(今福建漳州)人。诸生。康熙二十三年(1684)刻有《操斋集》。

鸡鸣半夜,最易勾起思妇情怀。尤以征夫积年不归,除旦暮辗转思念和捣衣寄送之外,无可奈何。古来此类诗颇多,此诗亦凄凉婉转。

缚鸡行 清·曹复元

舟人买鸡江岸边,转卖邻舫趁客钱。船头缚鸡船尾杀,釜中汤沸命一霎。岂知杀鸡鸡未殊①,惊飞带血乱水凫。舟人脱手空大叫,更有邻舟得而笑。是时张帆舟难旋,公然攘之当面前②。吁嗟人事,动多反覆。买者垂涎,攘者食肉。

注 释

①殊:作"死"解。《后汉书·梁冀传》:"融自刺不殊,明遂死于路。"
②攘(rǎng):抢夺。

解 说

作者曹复元,字兴门,号月帆,上海籍嘉善人。乾隆丙辰(1736)举人,官林县知县,改溧阳教谕。有《六榆散人草》《静宁室诗钞》等传世。

世事波谲云诡,循规蹈矩者每有落空之虞,巧取豪夺者时而得逞,此诗咏买鸡者不得其食而乘机抢夺者乃食其肉。此诗举一反三,故有此不平之鸣。

鸡鸣歌 清·潘德舆

万物冥冥,雄鸡一声。鸡声一作,天地清廓。天地清兮日当中,雄鸡声声声满空。空中百鸟聋聩浪言语①,天以鸡为晨昏之钟鼓。大声中宫小声羽②,声虽婉转力轩举③。我老闻之不能舞,雄鸡雄鸡吾负汝。

注释

①聋瞆：耳朵听不清。浪：随便。②中宫、羽：古时代表高低不同音阶的词语。③轩举：高昂。

解说

作者潘德舆（1785～1839），字彦辅，一字四农，江苏山阳人，道光八年（1828）举人。有《养一斋集》传世。

此诗言鸡声雄壮，且"日当中""声满空"，天地清廓，鸣得其时。却因自身年事已高，不能随之起舞，徒呼有负。然亦大有"老骥伏枥，志在千里"之壮心，诗意可嘉。

午鸡　清·姚濬昌

九衢车马簇云烟，清响因风得偶传。
四海烟尘谁起舞，一窗晴色忆谈玄①。
碧幢幸少祠神使②，绛帻深愁作埭年③。
旅馆下帘浑漫想，重明日月正尧天。

注释

①谈玄：清谈玄学。②幢（chuáng）：车帘。《隋书·礼仪志》："乌漆轮毂、黄金雕装，上加青油幢。"或指旗帜仪仗之类。此处暗指碧鸡神。③绛帻（zé）：深红色的头巾，此处指雄鸡。埭（dài）：坝，用鸡鸣埭典。作者自注："时修三海费六百万金。"

解说

作者姚濬昌，字孟成，号慕庭，安徽桐城人。活动于清同光间，官竹山知县。有《五瑞斋诗钞》等传世。

此诗首句点题，颔联尤佳："四海烟尘谁起舞，一窗晴色忆谈玄。"言国事艰危，当闻鸡起舞。"忆谈玄"用李商隐"不问苍生问鬼神"句意，颈联之"深愁作埭年"实讥刺当政者不务振兴而修三海以图享乐。末句点明诗人思虑之所关注，忧国忧民，欲正尧天。

古代涉鸡词曲

凤归云 宋·柳永

向深秋，雨余爽气肃西郊①。陌上夜阑，襟袖起凉飙②。天末残星，流电未灭，闪闪隔林梢。又是晓鸡声断，阳乌光动③，渐分山路迢迢。　驱驱行役④，苒苒光阴。蝇头利禄，蜗角功名⑤，毕竟成何事，漫相高。抛掷云泉⑥，狎玩尘土，壮节等闲消。幸有五湖烟浪，一船风月，会须归去老渔樵。

注释

①雨余：雨后。肃：清肃、清凉。②夜阑：夜深，夜将尽。凉飙：凉风。③阳乌：指太阳。古人以为日中有三足乌。④驱驱：辛苦奔波。行役：泛指行旅。⑤蝇头利禄、蜗角功名：微小的功名利禄。⑥云泉：流云清泉。

解说

《凤归云》：词牌名，唐教坊曲，平韵一百一字者，仙吕调；仄韵一百十八字者，林钟商调。

作者柳永（987~1053），原名三变，字景庄。后改名永，字耆卿。排行第七，又称柳七。崇安（今属福建）人，出身官宦，为人跌宕不羁，终生潦倒。宋仁宗朝进士，官至屯田员外郎，故世称柳屯田。创作慢词独多，对宋代慢词发展影响颇大。擅长白描手法，铺叙刻画，情景交融，常以俚语入词，其词流传广远，影响甚大，在词之发展上占有重要地位。有《乐章集》传世。

　　这是柳永状写深秋旅次之词。晨起天末残星，流电未灭，闪闪隔林梢，状雨后夜景，十分生动。接着进一步写晓鸡叫残，晨光流动，山路渐渐显现，一天的征程又将开始。下片写行人为了蝇头微利，蜗角末功，将悠悠岁月，巍巍壮志，都耽误在风尘仆仆的奔走上。还不如归去，趁五湖烟浪，赏一船风月，终老渔樵来得逍遥自在。这也是柳永毕生不得志之写照，也是柳永终于渐悟人世真谛之言吧。

（何焱林注）

渔家傲　宋·王安石

　　平岸小桥千嶂抱①，柔蓝一水萦花草。茅屋数间窗窈窕②。尘不到，时时自有春风扫。　　午枕觉来闻语鸟，欹眠似听朝鸡早。忽忆故人今总老。贪梦好，茫然忘了邯郸道③。

注　释

　　①嶂（zhàng）：山峰如屏障。②窈窕：玲珑而清爽。③邯郸道：典出唐代小说邯郸梦。唐沈既济《枕中记》载：卢生在邯郸客栈中遇道士吕翁，授之瓷枕，卢生立入梦乡，经数十年富贵荣华。醒时店家炊黄粱未熟。后因以"邯郸梦""黄粱梦"喻梦幻人生。

解　说

　　作者王安石（1021～1086），字介甫，晚号半山，小字獾郎，抚州临川（今江西抚州市临川区）人，封荆国公，人称王荆公，又称临川先生。北宋政治家、思想家、文学家、改革家，唐宋古文八大家之一。庆历二年登杨镇榜进士，先后任淮南判官、鄞县知县等官。神宗即位，诏王安石知江宁府，旋为翰林学士。熙宁二年提为参知政事，从熙宁三年起，两度任同中书门下平章事，推行新法。熙宁九年罢相后隐居，病死于江宁（今江苏南京市）钟山，谥"文"。其词能"一洗五代旧习"。今传《临川先生文集》《王文公文集》。

　　《渔家傲》词牌名，北宋流行歌曲。《清真集》入"般涉调"。双调，六十二字，上下片各五仄韵。

此词当是王安石退隐钟山后之作，上片写其居所山环水绕，花木蓊郁，窗明室静。下片借写午眠而回首前尘。觉闻语鸟，朦胧中以为是鸡催早朝，勾起当年汲汲于政事之许多回忆。忽然想起当年故人，现在都该上年纪了。贪梦好，当时之位高权重，雄心万丈，希图力挽国之颓势，然而事与愿违，用尽移山心力，仍未能使国势有所改观，茫然忘记那不过是邯郸道上之一枕幽梦。

(何焱林注)

踏莎行·阳羡歌　宋·贺铸

山秀芙蓉①，溪明罨画②。真游洞穴沧波下③。临风慨想斩蛟灵④，长桥千载犹横跨⑤。　解组投簪，求田问舍⑥。黄鸡白酒渔樵社。元龙非复少时豪⑦，耳根清净功名话。

注释

①芙蓉：山形似芙蓉状。②罨画：如光网掩映之画。阳羡有芙蓉山，罨画溪。③真：真人，仙人。传当年张陵曾在此修真。④斩蛟：用周处事。《晋书》："周处，字子隐，义兴阳羡人也。父鲂，吴鄱阳太守。处少孤，未弱冠，膂力绝人，好驰骋田猎，不修细行，纵情肆欲，州曲患之。处自知为人所恶，乃慨然有改励之志，谓父老曰：'今时和岁丰，何苦而不乐耶？'父老叹曰：'三害未除，何乐之有！'处曰：'何谓也？'答曰：'南山白额猛兽，长桥下蛟，并子为三矣。'处曰：'若此为患，吾能除之。'父老曰：'子若除之，则一郡之大庆，非徒去害而已。'处乃入山射杀猛兽，因投水搏蛟，蛟或沈或浮，行数十里，而处与之俱，经三日三夜，人谓死，皆相庆贺。处果杀蛟而反，闻乡里相庆，始知人患己之甚，乃入吴寻二陆。时机不在，见云，具以情告，曰：'欲自修而年已蹉跎，恐将无及。'云曰：'古人贵朝闻夕改，君前途尚可，且患志之不立，何忧名之不彰！'处遂励志好学。"⑤长桥：在江苏省宜兴市，建于东汉，传为晋周处斩蛟处，又名蛟桥。桥跨荆溪，一名荆溪桥。⑥解组投簪：解下系印之组绶，丢弃固冠之簪子，意为辞去官职。求田问舍：买田置房，终老农事。⑦元龙：东汉陈登字元龙。

解 说

作者贺铸（1052～1125），字方回，号庆湖遗老。卫州（今河南卫辉）人。自称远祖本居山阴，是唐贺知章后裔，以知章居庆湖（即镜湖），故自号庆湖遗老。一生多任闲官，郁郁不得志。为苏门四学士之一，存词280余首。此词作者一作苏轼。

《踏莎行》，词牌名。又名《柳长春》《喜朝天》《踏雪行》等。双调五十八字，仄韵。又添字名《转调踏莎行》，双调六十四字或六十六字，六句四仄韵。入中吕宫。

题中宜兴古称阳羡。贺铸晚年寓居苏州、杭州、常州一带，常常往来于宜兴等地，此篇想是晚年所作。下片抒怀与"慨想"暗脉相通。组，印绶，即丝织的带子，古代用来佩印。"解组"，即辞去官职。"投簪"，丢下固冠用的簪子，也比喻弃官。"解组"三句是说自己辞官归隐，终日与渔人樵夫为伍，黄鸡白酒，作个买田置屋的田舍翁。结处以陈登自比。据《三国志·魏志·陈登传》记载，东汉人，陈登，字元龙。许汜见陈登，陈登自己睡大床，而让许汜睡下床。后刘备与许汜论天下英雄时，许汜说："陈元龙湖海之士，豪气不除。"刘备责难许汜没有济世忧民之心，只知求田问舍，为个人打算。并且说，要是我的话，我要自己睡到百尺楼上，让你许汜睡在地上。此处贺铸借陈登说自己已不再有年轻时忧国忧民、建功立业的豪情壮志，耳边也不再有功名利禄之语。这结句实则是反语，是壮志难酬的激愤之语。

（何焱林注）

清平乐 南宋·辛弃疾

茅檐低小。溪上青青草。醉里蛮音相媚好①。白发谁家翁媪。

大儿锄豆溪东。中儿正织鸡笼。最喜小儿亡赖②，溪头卧剥莲蓬。

注 释

①蛮音：此指少数民族语言。媚好：指翁、媪间亲昵闲谈。②亡赖：即无赖，指小儿尚小，顽皮恃娇。

解 说

《清平乐》：唐教坊曲，一名《清平乐令》《忆萝花》《醉东风》等。双调四十六字。前段四句四仄韵；后段四句三平韵。又一体，前段四句四仄韵；后段四句三仄韵。

作者辛弃疾（1140～1207），南宋爱国词人。原字坦夫，改字幼安，中年名所居曰稼轩，因此自号"稼轩居士"。历城（今山东省济南市）人。存词600多首。强烈的爱国主义思想和战斗精神是辛词的基本思想内容。是我国历史上伟大的豪放派词人、爱国者、军事家和政治家。辛弃疾在文学上与苏轼齐名，号称"苏辛"，与李清照并称"济南二安"。

此词正如词调三字"清平乐"所示，词人活画出一幅农家清平之乐图。此正农闲时，大田之事告一段落，白发翁媪坐在屋檐下，一边乘风纳凉，一边亲昵地摆着家常。大儿中耕，二儿编织，忙于生计，小儿最天真可爱，睡在溪头边剥莲蓬边吃莲子。百姓喜爱幺儿之民俗风情尽显其中。

（何焱林注）

古代涉鸡赋

斗鸡赋 晋·傅玄

玄羽黝而含曜兮，素毛颖而扬精，红缥厕于微黄兮，翠彩蔚而流青①。五色错而成文兮，质光丽而丰盈。前看如倒，傍视如倾；目象规作，嘴似削成。高膺峙跱，双翅齐平；擢身竦体②，怒势横生。爪似炼钢，目如奔星；扬翅因风，抚翮长鸣③。猛志横逸，势凌天廷。或踯躅踟蹰，或喋蹑容与④；或爬地俯仰，或抚翼未举。或狼顾鸱视，或鸾翔凤舞；或佯背而引敌，或毕命于强御⑤。于是纷纭翕赫，雷合电击；争奋身而相戟兮，竞隼鸷而雕睨⑥。得势者凌九天，失据者沦九地。徒观其战也，则距不虚挂，翮不徒拊⑦，意如饥鹰，势如逸虎。

注释

①黝（yǒu）：微青黑色，形容玄色的羽毛。含曜：发亮。颖：末端尖锐。缥（piǎo）：青白色，淡青。蔚：荟聚。②规作：好像圆规画出。膺（yīng）：胸部。跱（zhì）：耸立。竦（sǒng）：伸长脖子耸立。③翮（hé）：鸟的翅膀。④踯躅（zhí zhú）：徘徊不前的样子。踟蹰（chí chú）：缓行的样子。喋蹑（dié niè）：轻步行走的样子。容与：徘徊犹疑之状。⑤强御：强势的对方。《诗经·大雅·烝民》："不侮矜寡，不畏强御。"⑥翕（xī）赫：盛大。相戟：

相互攻击。隼（sǔn）：白天活动的猛禽。鸷（zhì）：凶猛的鸟，如鹰、鹇、枭等。雕：即鹇，大鹰。⑦距：公鸡爪的上部朝后叉去的一趾，相当于倒刺。徒拊（fǔ）：无故地拍打。

解 说

作者傅玄（217~278），字休奕，北地郡泥阳（今陕西铜川）人。晋初为司隶校尉，加驸马都尉、侍中、太仆。

这篇赋原文业已失传，此处为《艺文类聚》所摘录的片段。赋文主题是描述参加竞斗的雄鸡。开头6句，叙述雄鸡色彩鲜艳，黑羽黑得发亮，白羽白得锐利，浑身红中带青，黄里流翠，五颜六色，丰盈靓丽。下面14句，主要刻画斗鸡的姿态雄伟，看上去好像要扑过来一般，鸡眼圆得像圆规画出，鸡嘴尖得像刀子削成，鸡爪利得像钢铁铸就，挺胸伸腿，怒气冲天。再下8句形容斗鸡的性格傲慢，你看它不慌不忙，从容徐步；或者趴在地上打个滚，或者昂首四顾舞一番；有时故意背朝敌方，有时假装屈服于强势。末尾11句则正式描写争斗开始，雄鸡跳起来攻击对方，快捷而迅猛，广泛出招，如鹰似虎，得胜者趾高气扬，战败者垂头丧气。赋文把整个斗鸡场面浓缩成短短的四段，如见其形，如闻其声，十分精彩。

（冯广宏补充）

山鸡赋　晋·傅玄

惟南州之令鸟，兼坤离而体珍①；被黄中之正色，敷文象以饰身②。翳景山之竹林③，超游集乎水滨；鉴中流以顾影，睎云表之清尘④。

注 释

①南州：即今南川。令鸟：知名的鸟类，指野鸡。坤离：八卦中的两卦，方位分别是西南方和南方。《逸周书·王会》言成王时，蜀人献文翰，即山鸡，蜀位于西南。《春秋说题辞》："鸡为积阳，南方之象。"②黄中：野鸡以黄色居中，兼有四方之色，按《周易》之论为通晓事物之理。《周易·坤·文言》："君子黄中通理，正位居体，美在其中，而畅于四支，发于事业，美之

至也。"敷：铺陈。文象：花纹图案。③翳（yì）：遮蔽。④鉴：映照。晞（xī）：消解。云表：云外；上天。

解说

这篇赋原文业已失传，此处为《艺文类聚》所摘录。前四句，说明山鸡的珍贵，虽然出产在南州，但已广布南方和西南；野鸡身上的彩色，以黄色居中，符合《周易》所谓"黄中通理"之道，这些话显然大大提升了野鸡的身价。后四句，则描述野鸡的生存环境，主要是竹林和水滨，它可以随时在清流中照见自己的身影，还可以随时飞升蓝天，避开俗世的红尘。虽然此处只留下简单的几句文字，但已将野鸡的面貌刻画得相当到位，不愧为名家之作。

（冯广宏补充）

长鸣鸡赋 晋·陆善

美南鸡之殊伟①，察五色之异形；何伺晨之早发②，抗长音之逸声。

注释

①殊伟：谓奇伟之物。②伺晨：等待天明。即指公鸡报晓。

解说

作者陆善，生平不详。曾为《文选》中晋文作注。

此赋原文不存，只留下《艺文类聚》所摘录的这四句。但仅看这四句，也不难发现，作者已充分表述出公鸡的形态和鸣声，落墨十分空灵。尤其是末两句，烘托了千千万万志士仁人，怀着满腔热忱等待着天亮，纷纷早起，正随着晨鸡的一声声长鸣，或踏上征途，或拔剑起舞。

（冯广宏补充）

长鸣鸡赋 晋·习嘏

嘉鸣鸡之令美，智穷神而入冥；审璇玑之回遽，定昏明之至精①。应青阳于将曙，忽鹤立而凤停；乃拊翼以赞时②，遂延颈而长鸣。若乃本其形象，详其羽仪；朱冠玉珰，彤素并施；纷葩赫弈，五色流离③；殊姿艳溢，采曜华披；雍容郁茂，飘摇风靡④。扇六翮以增晖，舒毳毛而下垂；违双距之岌峨，曳长尾之逶迤⑤。

注 释

①令美：相当美好。入冥：进入神化的境界。璇玑：北斗斗魁四星，随着时光流逝而不断旋转。古代观测天象的仪器亦有此名。回遹：循环迅速。昏明：夜晚和白天。②青阳：古代天子明堂之东向室。《吕氏春秋·孟春纪》："天子居青阳左个。"又是春天的别称。《尔雅·释天》"春为青阳"，郭璞注："气青而温阳。"拊（fǔ）翼：拍翅膀。《汉书·叙传》"拊翼俱起"颜师古注："拊翼，以鸡为喻，言知将旦，则鼓击其翼而鸣也。"③玉珰（dāng）：戴在耳上的玉制装饰品。彤（tóng）素：红色和素色。纷葩（pā）：盛多貌。赫弈：声势盛大。流离：光彩焕发貌。④华披：光彩散开。风靡：像风吹倒草木一样。⑤六翮（hé）：鸟类双翅中的正羽。《战国策·楚》："奋其六翮而凌清风，飘摇乎高翔。"毳（cuì）毛：鸟身上细密的毛。距：公鸡爪的上部朝后叉去的一趾，相当于倒刺。岌（jí）峨：耸出的样子。曳：拖着。逶迤（wēi yí）：蜿蜒曲折。

解 说

作者习凿，字彦文，襄阳（今属湖北）人。初为临湘令，永嘉三年（309）征南将军山简出镇襄阳后，任其为功曹，后转记室参军。为官举其大纲，不拘文法，时人号为"习新妇"。

此赋描述报晓的公鸡，录自《艺文类聚》所摘较为精彩的段落。赋文大体可分前后两段：前段八句，主要讲述长鸣鸡报时的功能，以及啼鸣时的神态；后段各句，则着力描写公鸡形象的华美，色彩的鲜明，姿态的雄壮。虽然未见全文，也可以看出作者运笔的功力。

（冯广宏补充）

山鸡赋 南朝·宋·刘义庆

形凤婉而鹄跱，羽衮蔚而缃晖；临渌湍而映藻①，傍青崖而妍飞。不隐耀而贻累，倏见屈於虞机②。

注 释

①鹄（hú）：即天鹅，体较鹅大，鸣声洪亮，善飞，吃植物、昆虫等。跱（zhì）：耸立。衮（gǔn）：绣花礼服。蔚：荟聚。缃（xiāng）晖：浅黄色的光。渌（lù）湍：水清而流急。②贻（yí）累：受到连累；招致祸害。倏（shū）：极快地。虞机：古代虞官用以捕鸟兽的机关。舜封伯益为虞官，专管草木、鸟兽之事；春秋、战国时称为"虞人"。

解 说

作者刘义庆（403~444），字季伯，彭城（今江苏徐州）人，刘宋宗室，袭封临川王，赠荆州刺史；后任江州刺史，一年后因同情贬官王义康，改任南京州刺史、都督和开府仪同三司。不久，以病告退。曾著有《世说新语》。

此赋主要描述野鸡（雉），与家鸡有所区别。原文已佚，此处录自《艺文类聚》，并非全文。仅就现存的几句，亦可发现作者文字相当华美。开头两句描写野鸡色彩的艳丽，姿态的动人；下面两句则描写栖息环境之优良，在青山绿水之间；末尾两句话头一转，指出野鸡不肯隐藏自己的丽色，反而引人注目，于是就招惹了杀身之祸，猎人的网罗正在那里等待着。言外之意，锋芒毕露的人，也应该引以为戒。

（冯广宏补充）

鸡九锡文 南朝·宋·袁淑

维神雀元年，岁在辛酉，八月己酉朔，十三日丁酉，帝颛顼遣征西大将军下雄公王凤，西中郎将白门侯扁鹊，咨尔浚鸡山子①：维君天姿英茂，乘机晨鸣；虽风雨之如晦，抗不已之奇声②；今以君为使持节金西蛮校尉，西河太守，以扬州之会稽封君为会稽公，以前浚鸡山为汤沐邑。君其祗承予命③，使西海之水如带，浚鸡之山如砺④，国以永存，爰及苗裔。浚山侍郎丁鸿，舍人凫亭男梁鸿，郎中苏鹄死罪，伏惟君德著朝野，勋加鹓鹭⑤，故天王凤皇，特锡位封⑥。

今凤鹬等在栖外，原时拜受，不胜欣豫之情，谨诣栖下以闻⑦。

注释

①颛顼（zhuān xū）：上古五帝之一。相传是黄帝子昌意的后裔，号高阳氏。咨：赞叹语，上古行文时常用。浚鸡山子：作者给鸡起的名字，戏称此鸡为浚鸡山之子；后来文化界即以"稽山子"为鸡的别名。②如晦：语出《诗经·郑风·风雨》："风雨如晦，鸡鸣不已。"意思是风雨之夜，漆黑无光，但鸡仍然按时啼鸣。下文"不已"亦用此典。③汤沐邑：受封者收取赋税的私邑。《史记·平准书》："自天子以至于封君汤沐邑，皆各为私奉养焉。"祗（zhī）承：恭敬地奉承。《尚书·大禹谟》："文命敷于四海，祗承于帝。"④砺（lì）：磨刀石。语出《史记·高祖功臣侯者年表》所记封爵之誓："使河如带，泰山若砺；国以永宁，爰及苗裔。"意思是千秋万代以后，黄河萎缩成带状，泰山风化成磨刀石，也决不改变。⑤鹓鹫（yuān zhuó）：凤凰一类的瑞鸟。⑥锡：赏赐。⑦栖下：诙谐的尊称。对人称为"阁下"，对鸡当然要称"栖下"了。

解说

作者袁淑（408～453），字阳源，陈郡阳夏（今河南太康县）人。元嘉二十六年（449），为尚书吏部郎。累迁太子左卫率。刘劭将叛，袁淑因不从而被害。

这篇赋体文章全是戏词。设想凤凰天王给鸡加封，给予"九锡"的待遇，此文即作为代拟的诏书。因此，文中处处都围绕禽类用语来做文章，如年号称"神雀"，年月日建"酉"，人名中也多带鸟，如下雉公王凤、扁鹊、丁鸿、凫亭男梁鸿、苏鹄、凤鹬等皆是。封鸡为"会稽公"，也因与"鸡"同音之故。看上去表面文字虽一本正经，其实非常幽默风趣。

（冯广宏补充）

木鸡赋 唐·浩虚舟

（以"致此无敌，故能先鸣"为韵）

惟昔有人，心至术精，得鸡之情①。情可驯而无小无大，术既尽而不飞不鸣②。对劲敌以自持，坚如挺植③；登广场而莫顾，混若削成④。

注释

①惟：语词。昔有人：往昔有人，即指纪渻子。心至：心有独悟。术精：驯鸡之术精深。②可驯：均可调教。术既尽：即尽其术，调教到位。③自持：自我控制。挺植：坚定如棍子插在地里。挺当是梃，《广雅·释器》："梃，杖也。"④广场：宏大场面。莫顾：无所顾忌。混若：好似，恰如。削成：用木刻削而成，故名木鸡。

初其教以自然，诱之不惧①；希渐染而能化，将枯槁而是喻②。质殊朴斫，用明不竞之由③；状匪雕镂，盖取无情之故④。然则饮啄必异，嬉游每殊⑤。伫栖心而自若，期顾敌而如无⑥。

注释

①教以自然：顺其自然地调教。诱之不惧：诱使其斗，令其不惧怕。②渐染：渐渐感染上战斗之习。能化：进入化境。枯槁：形如枯树槁木，不动声色。是喻：作比喻。③斫（zhuó）：用刀斧劈削。朴斫：斫雕为朴之省，《史记·酷吏传序》："汉兴，破觚而为圜，斫雕而为朴。"索隐引晋灼云："斫理凋蔽之俗，使返质朴。"质殊朴斫：其质非常朴实无华。用明：用以表明。④匪：即非。雕镂（sōu）：刻意修饰。盖：语词，应该是。⑤饮啄：鸡的饮和食。殊：不同。⑥伫：久立、企盼。栖心：存心、寄心。三国魏嵇康《释私论》："若质乎中人之性，运乎在用之质，而栖心古烈，拟足公涂。"自若：悠然自得。期：期望、期待。顾敌：看视敌手。如无：不当回事。

日就月将，功尽而稍同颠桢①。不震不悚，性成而渐若朽株②；已而芥羽讵设，雕笼莫闭③。卓然之志全变，兀若之姿已致④。首圆胫直，轮桷之状俱呈⑤；觜利距铦，枳枸之铓并利⑥。

注释

①就：成就。将：进步。日就月将：每天有所进步。《诗经·周颂·敬之》："日就月将，学有缉熙于光明。"功尽：训练达到火候。颠：顶，树梢。

枿（niè）：树砍后剩下之树桩。②不震不悚：不震颤，不惊悚。性成：习性已经练就。朽株：腐朽之树木。意为没有一点生气。③已而：稍后，不久。芥羽：在鸡羽毛上涂上芥末。《左传·昭二十五年》："季、郈（hòu）之鸡斗，季氏介其鸡，郈氏为之金距。"孔颖达疏引郑司农曰："介，甲也，为鸡著甲。"《史记·鲁周公世家》作"季氏芥鸡羽"。裴骃集解引服虔曰："捣芥子（即芥末）播其鸡羽，可以坌（bèn）郈氏鸡目。"后芥羽即指斗鸡。当以《史记》所说为是。讵（jù）设：不设。雕笼：雕刻有花纹的鸡笼。莫闭：不关闭。④卓然：卓尔不群，雄豪挺拔。全变：完全改变。兀（wù）若：摇摆不定。已致：已经达致。⑤首圆：头首光润圆滑。胫直：小腿笔直。轮桷（jué）：圆形与方形材质。卢照邻《病梨树赋》："尔生何为，零丁若斯，无轮桷之可用，无栋梁之可施。"⑥觜（zuǐ）：鸟类之喙。距：雄鸡足后突出如趾之尖骨，斗时用以刺对手。铦（xiān）：锋利。枳枸（zhǐ gǒu）：一作枳椇（zhǐ jǔ），落叶乔木。叶广卵形，边缘有锯齿。夏季开绿白色小花，果实味甘，可食。又称拐枣、金钩子、木珊瑚、鸡距子、枸。铓（máng）：剑、钩等的尖端。

是以纵逸情绝，端良气全①。臆离披而踵附，眸眩曜而节穿②。惊被文而锦翼蔚矣，迷搴木而花冠烂然③。虚憍者怀不才之虞，安能自恃④？贾勇者有攻坚之惧，莫敢争先⑤。

注释

①纵逸：放纵逸荡。晋张华《博陵王宫侠曲》之一："身在法令外，纵逸常不禁。"端良气全：端正纯良之气质完全具备。②臆：胸臆、心意。离披：下垂、分散，此处有击打对手，使其毛羽解体意。踵（zhǒng）：脚后跟，亦指脚。眸眩曜（xuàn yào）：眼眸精光四射。节穿：骨节为穿。③被：覆盖、包裹。被文：全身为文绣包裹。锦翼：如锦缎般光彩的羽翼。蔚：盛大、有文采。搴（qiān）：指雄距木桩上。花冠：鸡冠子。烂然：灿烂夺目。④虚憍（jiāo）：同虚骄，无才无能而妄自尊大者。虞：忧虑。安能：怎有。⑤贾勇：凭借勇力。语本《左传·成公二年》："齐高固入晋师，桀石以投人，禽之，而乘其车，系桑本焉。以徇齐垒，曰：'欲勇者，贾余余勇。'"杜预注："贾，卖也。言已勇有余，欲卖之。"后以"贾勇"为鼓足勇气。攻坚：攻击坚城、

坚垒。

故能进异激昂，处同虚寂①。郢工误起乎心匠，邱氏徒惊乎目击②。淡然无挠，子綦之质方俦③；确尔不回，周勃之强未敌④。

注释

①进异激昂：进攻不表现慷慨激昂之神态。处：安处，歇息。虚寂：虚无静寂。《淮南子·俶真训》："若夫神无所掩，心无所载，通洞条达，恬漠无事，无所凝滞，虚寂以待。"平时不声不响，形同乌有。②郢工：楚郢都之工师。《庄子·徐无鬼》："郢人垩漫其鼻端，若蝇翼，使匠石斫之。匠石运斤成风，听而斫之，尽垩而鼻不伤，郢人立不失容。"心匠：精心设计。邱氏：鲁国喜斗鸡的贵族。目击：亲眼看见。③子綦（qí）：《庄子·齐物论》中人物："南郭子綦隐几而坐，仰天而嘘，荅焉似丧其耦。颜成子游立侍乎前，曰：'何居乎？形固可使如槁木，而心固可使如死灰乎？今之隐机者，非昔之隐机者也。'子綦曰：'偃，不亦善乎，而问之也！今者吾丧我，汝知之乎？'"④确尔不回：义无反顾，一往无前。周勃：西汉初功臣，从刘邦起义，封绛侯。刘邦曾谓勃厚重少文，然安刘氏者必勃。吕后称制时，诸吕掌权。吕后死，勃与陈平共诛诸吕，迎立刘桓，是为汉文帝。

其喻斯在，其由可征①。驯致已忘乎力制，积习渐通乎性能。是则语南国者未足与议，斗东郊者无德而称②。

注释

①可征：可以征信。②是则：如此则。东郊：曹植《名都篇》中有"斗鸡东郊道，走马长楸间"之句。

士有特立自持，端然不倚①。块其形而与木无二，灰其心而顾鸡若是②。彼静胜之深诚，冀一鸣而在此③。

注释

①特立：不同凡响的意志。自持：自守其义，不为外物所动。不倚：不走邪径。②块其形：木然无知貌。《庄子·应帝王》："于事无与亲，雕琢复朴，块然独以其形立。"成玄英疏："块然，无情之貌也。"顾：试看。③静胜：以

静制动，以默制胜。深诚：用心深远，用意专诚。冀：希望。一鸣：即一鸣惊人。《史记·滑稽列传》："此鸟不飞则已，一飞冲天；不鸣则已，一鸣惊人。"

解说

作者浩虚舟，中唐人，中宏词科。曾任隰州刺史。

木鸡一词，出《庄子·外篇·达生》："纪渻（shěng）子为王（《列子·黄帝篇》作周宣王）养斗鸡，十日而问曰：'鸡已乎？'曰：'未也。方虚骄而恃气。'十日又问。曰：'未也。犹应向景。'十日又问。曰：'未也。犹疾视而盛气。'十日又问。曰：'几矣。鸡虽有鸣者，已无变矣，望之似木鸡矣，其德全矣，异鸡无敢应者，反走矣。'"以喻"静以制动，逸以待劳"制胜之道。

浩虚舟于唐穆宗李桓长庆二年（822）以《木鸡赋》应试，中进士第。赋题有"以'致此无敌，故能先鸣'为韵"之设，为限韵律赋，后遂以八韵为格。洪迈《容斋续笔》卷十三《试赋用韵》条载："自大（太）和（827～835）以后，始以八韵为常。"书中引及浩虚舟《木鸡赋》为例。所谓《赋格》《赋谱》等程式相继出现。至宋太平兴国三年，始诏进士律赋平仄次第用韵，考官所出，官韵必用四平四仄。律赋之格越益严整。八股文滥觞于此，浩此赋亦四平四仄韵。

此文虽赋木鸡，对于人之训练与教育，亦可资借鉴。如"初其教以自然，诱之不惧；希渐染而能化，将枯槁而是喻"。顺物性之自然，先诱使其乐于接受训练，如孔子之教子路。以至其渐受习染，进入化境，其技能如与生俱来，成为天性。

此文亦倡导"进异激昂，处同虚寂"。不事张扬，韬光养晦，以静制动，以逸待劳之策略。有道家无为而无不为之深意。文章不长，精彩之句不少，如"臆离披而踵附，眸眩曜而节穿"所谓目射精光，心到行到，实乃技击家语。

（何焱林注）

鸡鸣赋　宋·张耒

先生闲居学道，昧旦而兴①。家畜一鸡，司晨而鸣。畜之既老，语默有程②。意气武毅，被服鲜明。峨峨朱冠，丹颈玄膺。苍距矫攫③，秀尾翘腾。奉职有恪，徐步我庭。啄粟饮水，孔肃靡争④。山川苍苍，风霰宵凝⑤。黯幽窗之沉沉，恍余梦之初惊。万里一寂，钟鼓无声。闻振衣之腷膊，忽孤奏而泠泠。委更筹之杂乱，和城角之凄清⑥。应云外之鸣鸿，吊山颠之落星。歌三终而复寂，夜五分而既更⑦。万境皆作，车运马行。先生杖屦而出，观大明之东生⑧。

注　释

①昧旦：天将明未明之时；破晓。《诗经·郑风·女曰鸡鸣》："女曰鸡鸣，士曰昧旦。"②语默：说话或沉默，泛指生活中的动静。程：规矩；习惯方式。③膺（yīng）：胸脯。距：雄鸡两腿内侧向外凸出的短趾，泛指鸡爪。矫攫（jiǎo jué）：抬起来抓取。④奉职：担任职务。恪（kè）：敬慎。孔肃：非常认真。靡：没有。⑤霰（xiàn）：雨点下降遇冷凝结成的微小冰粒。⑥腷膊（bì bó）：鸡鸣前的拍翅声。古诗《两头纤纤》："腷腷膊膊鸡初鸣，磊磊落落向曙星。"泠泠（líng）：流水声，借指清幽的鸡鸣。更筹：古时夜间报更用以记时的竹签。城角：城头上传来报时的号角。⑦三终：重复三次。五分：古代把一夜分为五更，按更击鼓报时。每更就是一个时辰，相当于现在两个小时。即夜晚戌时为一更，亥时为二更，子时为三更，丑时为四更，寅时为五更。既更：所有的更都已报过。⑧杖屦（jù）：手杖与鞋子，指老人的穿戴。古礼规定老人可以挂杖；因入室时鞋必须脱在户外，但长者可先入室，后脱鞋。《礼记·曲礼》："君子欠伸，撰杖屦，视日蚤莫，侍坐者请出矣。"大明：指太阳。《周易·乾文言》："大明终始，六位时成。"李鼎祚《集解》引侯果曰："大明，日也。"

（冯广宏补充）

解　说

作者张耒（1054～1114），字文潜，号柯山，人称宛丘先生、张右史。楚州淮阴（今江苏淮安市淮阴区）人。熙宁年间（1068～1077）进士，历任临淮主簿、著作郎、史馆检讨。绍圣初（约1094）以直龙阁知润州。徽宗初年（约1102）召为太常少卿。为苏门四学士之一。诗效白居易体，乐府效张籍。晚年益务平淡。著有《两汉决疑》《诗说》《宛丘集》等。

这篇赋主要描述作者家中老公鸡的报时成绩，写得很有人情味；不但叙述了鸡鸣主题，而且把作者清晨的活动也融入其中，十分富有生活气息。全文可分五段：第一段六句，交代自称"先生"的作者，热衷于修道。每天起得很早，养了一只公鸡，已经多年，全靠它按时啼鸣，维持生活的节奏。第二段六句，赞美公鸡的颜色和形态，显得相当威武雄壮。第三段四句，讲述公鸡履行职责非常认真，行动很从容，饮食很规整，简直就与世无争。第四段前六句，指出有时刮风下雪，寒夜黝黑，四面寂静无声，简直不知几时几刻；后八句接着说，这时忽然听到公鸡在拍翅膀，紧接着响起了一声鸣啼，与城头上报时的号角相应，就这样重复啼叫了三遍，原来整夜五更皆已度过了，大家也该准备起床了。第五段4句是结束语，鸡鸣已毕，街头的车马声渐渐传来，一天的生活重新开始，而先生也准备扶杖出门，迎接那初升的朝阳，接受宇宙间的元气。全文一气呵成，层次井然。

（冯广宏补充）

鸡鸣赋　元·胡炳文

亥子混沌，人物鸿濛①。汝喔喔兮初动，日杲杲兮将东②。

注释

①亥子：亥时子时，相当于现在的21时至次晨1时。混沌：一片模糊。鸿濛：人与物都在迷迷糊糊的状态。②汝：指鸣鸡。喔喔：雄鸡啼声。初动：鸡欲叫时，鸡笼中先有响动。杲杲（gǎo）：日出光明耀眼貌。将东：将从东方升起。

雷之惊蛰也，一岁云始①；汝之惊人也，旦旦如是②。鼓两翼兮有声，作群动乎不已③。舜蹠之徒，其趋也异，此时闻之，皆悟而起④。暨汝再鸣，日将中矣⑤。悠悠者昼寝，营营者趋市⑥。鸣何殊哉？闻者异耳。

注释

①惊蛰（zhé）：二十四节气之一。此时气温上升，春雷始鸣，蛰伏过冬的动物惊醒过来。云始：开始活动。②汝：指鸣鸡。旦旦如是：天天早晨如

此。③鼓两翼：鸡鸣时必先鼓动两翼。群动：一鸡鸣则众鸡鸣，故称群动。④舜：继尧禅为帝，姓姚，为有虞氏，名重华，史称虞舜。蹠（zhí）：一作跖，即盗跖。《庄子·盗跖》："盗跖从卒九千人，横行天下，侵暴诸侯。"舜蹠之徒：舜古人以为大圣，蹠古人以为大盗，即贤与不肖之人。趋：行动走向。悟：睡醒，醒来。⑤暨（jì）：到。日将中：时将正午。⑥悠悠者：悠闲者。昼寝：白天睡觉。营营者：忙碌于生计者。趋市：赶集市。古代日中为市。

故或名汝以翰音，或呼汝以司晨①。或以朱而著姓，或以碧而称神②。孰知真机之自动，无如旦气之方新③。彼方同梦也，此足以轰媱怠者之耳。彼未起舞也，此足以激忠义者之心④。

注释

①翰音：鸡之雅称。《文选·张协〈七命〉》："封熊之蹯，翰音之跖。"吕延济注："翰音，鸡也。"司晨：鸡之别称。《尸子》卷下："使星司夜，月司时，犹使鸡司晨也。"②以朱著姓：公鸡羽毛与鸡冠皆红色，尤以鸡冠为朱红。故著于姓氏，民间常称大红鸡公。以碧称神：所谓金马碧鸡之神。《汉书·郊祀志下》："或言益州有金马、碧鸡之神，可醮（jiào）祭而致。"③孰知：谁知。真机：自然之妙理，先贤之秘要，真正之机制。唐杨巨源《送淡公归嵩山龙潭寺葬本师》诗："野烟秋火苍茫远，禅境真机去住间。"无如：赶不上，不及。旦气：朝气，清晨之气。④同梦：同在梦乡。轰：轰鸣，震动。媱（yáo）：游玩，嬉戏。怠：懒散，怠惰。起舞：用闻鸡起舞典故。《晋书·祖逖传》："中夜闻荒鸡鸣，蹴（cù）琨觉，曰：'此非恶声也。'因起舞。"舞为舞剑。按：此元人赋，真、侵韵通押。

至于食必呼俦，斗不留怒①。被服孔文，爪距翼武②。群出以朝，群栖以暮。动静不失其时③，风雨不改其度④。声者雄牝者不敢与之双，唱者一而和者不可知其数⑤。是皆见于已鸣之后，而不知其已鸣之故⑥。

注释

①食必呼俦：公鸡觅得食物，必召唤同类。斗不留怒：与另鸡斗完就止，并不余怒不息，寻衅不休。②被服：身上羽毛。孔文：光大文采。翼武：助其

武事。③不失其时：公鸡鸣比较守时。④不改其度：不改变其行动规律。⑤声者雄：啼鸣者为雄鸡。牝（pìn）：雌禽雌兽均可言牝。《说文》："畜母也。"不敢与之双：不敢与之齐鸣。按：母鸡发声器官不同，非敢不敢。此处仍有"牝鸡之晨，惟家之索"之观念。唱者一：一鸡先啼。和者：跟着啼鸣者。⑥是皆：都是。见（xiàn）：同现。不知已鸣之故：不知群鸡已鸣之原因。此有隐喻一人倡议，众人应和；一夫首义，万人跟从意。

万籁无声，一天微露①。汝之初鸣，乾将辟户②。是谓一日之贞下起元，而天地人物之一悟③。盖得乾坤之初者震、巽，乾坤之中为坎、离④。坎司子之候，离当午之时⑤。汝巽禽也，乃通坎、离之道，而知夫子午天地之中正⑥，卯酉阴阳之出入；阴之精而泽于阳，月之象而影于日⑦。汝之初鸣，日犹未出。于此之时，子以悟无极之真，午以见道心惟一⑧。孜孜为善，守而勿失。舜人也⑨，我亦人也，如之何其不可及也夫⑨？

注释

①籁（lài）：本为箫之一种，借指从孔穴发出之声，亦泛指各种声音。一天微露：天光微微露出一痕。②乾（qián）：天。《易·说卦》："乾为天。"辟：开。户：单扇门。乾将辟户：天将开门，古人以为天门开则天亮。天门闭则天黑。《易·系辞传》："辟户为之乾。"③贞下：定于。起元：起始，开始。④震（zhèn）：卦名，《易·说卦》："震为雷。"巽（xùn）：卦名，《易·说卦》："巽为木，为风。"《易·说卦》："震一索而得男，故谓之长男。巽一索而得女，故谓之长女。"得乾坤之初者震巽：乾为天，为阳；坤为地，为阴。阴阳剖判，天地始成。前引《易·说卦》，一者始也，震一索得男，男为阳；巽一索得女，女为阴，故震巽得天地之初始。坎（kǎn）：卦名，《说卦》："坎为水。"离（lí）：卦名，《易·说卦》："离，为火，为日。"《易·说卦》："坎再索而得男，故谓之中男；离再索而得女，故谓之中女。"阴中、阳中，故文称乾坤之中为坎离。⑤司子之候：候此处指时间，《素问》："歧伯曰：'五日谓之候，三候谓之气，六气谓之时，四时谓之岁。'"坎为水，夜为阴，故坎之司职在夜半。离当午之时：离为火，为丽，为阳，昼为阳，午时丽日中天，故有此说。⑥巽禽：《易·说卦传》："巽为鸡。"又巽通逊，巽禽即驯禽。

通坎、离之道：通晓坎、离之道理。所谓坎、离之道，即下句知夫子午为天地之中正。鸡凌晨初鸣，午时亦鸣，故有是说。⑦卯酉：卯时相当于5～7时，酉时相当于17～19时，指早晚。⑧初鸣：所谓金鸡三唱，鸡初鸣时，太阳未出。道心：道义之心。《书·大禹谟》："人心惟危，道心惟微。"蔡沈集传："心者，人之知觉，主於中而应於外者也。指其发於形气者而言，则谓之人心，指其发於义理者而言，则谓之道心。"⑨不可及：不可能赶上。

解 说

作者胡炳文（1250～1333），字仲虎，号云峰，婺源考川（属今江西省）人。元代教育家，文学家。胡炳文秉承家传，精研《易》学，并倾注数年努力对周易进行了全面考订，完成专著《周易本义通释》，以纠偏辨错，阐发先圣本义。

文章开始即切入主题，鸡将鸣之时即日将出之时。古人日出而作，日入而息，鸡鸣实与人的活动密切相连。

第二段以雷的惊蛰是一年一次，而鸡鸣却天天如此，以赞鸡之忠勤。人虽贤愚各别，勤惰有差，但皆为鸡鸣所惊醒，各趋生计，各奔前程。

第三段紧扣第二段，鸡或名翰音，是文明之音；或名司晨，告诉人早晨已至；但无论如何，雄鸡长鸣足以激忠义者起舞之心，勤谨者开始一天之业。

第四段则写鸡的食必相呼，风雨不改之德行。言鸡鸣不离主题，赞鸡之习性。"声者雄，牝者不敢与之双"句，为文之对偶需要，仅说明鸡的习性雌雄有别。

末段以鸡鸣议及义理之学。鸡之鸣，叫人起，教人作，教人兢兢业业，开始一天之事业，故结尾数语，教人珍惜时间，教人奋发。舜人也，我亦人也，舜能做到之事，我何以不能做到？这是励志之语，所谓取法乎上，仅得其中。以高的标准要求自己，见贤思齐，勤于上进。庶几无愧于天之赐，人之助，也才对得起鸡天天唤人早起。

（何焱林注）

鸡子赋 元·涂几

二仪肇分①，厥生不息②，太和絪缊③，群命斯植④。有物于此兮，不方而圆。包括二质兮，阴阳具全⑤。金玉发耀兮，互相裹缠⑥。外固内藏兮，刚柔以宣⑦。清浊未判兮，浑浑其天⑧，无首无趾兮，突然而然⑨。元气密受兮，母以子传⑩。野人不识兮，请占筳篿⑪。

注释

①二仪：天、地称二仪。《周书·武帝纪上》："二仪创辟，玄象著明。"肇分：肇，始，开创。晋·张华《大会歌》："肇建帝业，开国有晋。"肇分：始分。②厥：其，他（它）的。《诗·商颂·玄鸟》："方命厥后。"厥生：其生，此指二仪之所生，即生命。厥生不息：生生不息。③太和：一作大和、太龢。指天地间冲和之气。《易·乾》："保合大和，乃利贞。"大，一本作"太"。朱熹本义："太和，阴阳会合冲和之气也。"絪缊（yīn yūn）：古指天地阴阳二气交互作用的状态。《易·系辞下》："天地絪缊，万物化醇；男女构精，万物化生。"孔颖达疏："絪缊，相附著之义，言天地无心，自然得一，唯二气絪缊，共相和会，万物感之，变化而精醇也。"④群命：种种生命。斯植：斯，语词。植即殖，生长。斯植：繁衍生殖。⑤二质：蛋黄蛋白。阴阳：蛋白为水，为阴。蛋黄色黄，象日，亦为帝王服色，为阳。具全：具即俱，具全即俱全。⑥金玉：指蛋黄蛋白。发耀：光彩焕发。南朝梁江淹《让太傅扬州牧表》："皇极不爽……国步斯泰，未有革序变伦而能流英发耀者也。"裹缠：包裹缠绕。⑦外固：外面为蛋壳，其质坚。内藏：藏质于里。刚柔：外刚内柔。宣：宣示，谓蛋之里外，宣示刚柔相济之理。⑧清浊：轻清与重浊，喻天地。左思《魏都赋》："夫太极剖判，造化权舆，体兼昼夜，理包清浊。"李善注："清轻者上为天，浊重者下为地。"未判：未分。浑浑：混沌。《云笈七籖》卷二："《太始经》云：'昔二仪未分之时，号曰洪源。溟涬（xìng）濛鸿，如鸡子状，名曰混沌。'"浑浑其天：未开辟时之天。《艺文类聚》引徐整《三五历纪》曰："天地混沌如鸡子，盘古生其中，万八千岁，天地开辟，阳清为天，阴浊为地，盘古在其中，一日九变，神於天，圣於地，天日高一丈，地日厚一丈，盘古日长一丈，如此万八千岁，天数极高，地数极深。"这是中国古人对开辟的一种看法。天地混沌如鸡子，鸡子多大，古人没有说，比之天地，鸡蛋不过是一个物理质点，这与宇宙大爆炸说宇宙起源于一个高能质点有异曲同工

之妙。不过中国的宇宙形成说不是起源于一次大爆炸,而是经历了一万八千年的演变,是一次历经一万八千年的爆炸。⑨无首无趾:没有头没有脚。当鸡还是蛋时,除了一片混沌,当然什么也没有。突然而然:突然间鸡雏破壳而出,则叽叽有声,头足俱全,一次小小的宇宙爆炸,生命从混沌中一跃形成。这就是一次由量到质的突变,突然而然了。⑩元气:天地未开辟时充塞宇宙之气。近世宇宙大爆炸说认为那是一个高能质点。《汉书·律历志上》:"太极元气,函三为一。"颜师古注引孟康曰:"元气始起於子,未分之时,天地人混合为一。"即万物为一,一团气,一个点。密受:秘密接受,此处有自然衍化之机理,生命延续之法则,乃生物自先天密受。母以子传:母传于子。即生命延续之链,一环扣一环,是由生命的母体一代一代地传下去的。⑪野人:古时称住于郊野的人,与"国人"相对。《左传·定公十四年》:"大子蒯聩献盂于齐,过宋野,野人歌之曰:'既定尔娄猪,盍归吾艾豭。'"此处指乡野无知者。占:占卜。筵篿(zhuān):一作"筵篿",古时楚地的一种占卜法。《楚辞·离骚》:"索藑茅以筵篿兮,命灵氛为余占之。"王逸注:"索,取也。藑(qióng)茅,灵草也。筵,小折竹也。楚人名结草折竹以卜曰篿。"王夫之通释:"筵,折竹枝。篿,为卜算也,楚人有此卜法。取琼茅为席,就上以筵卜也。"

曰:此先天浑沌之体欤①?抑胚腪品汇之有始欤②?非温而温,生于天一之水欤③?非燥而燥,成于真阳之气欤④?守雌抱一⑤,静以为其理欤⑥?抑知时啐啄⑦,喈喈而行地者欤⑧?

一族百产⑨,前钜后细⑩,非黄非白,圆转诡谲⑪,充饱作饼,便利老齿⑫,惟此独能,请赋鸡子。

注释

①此:指鸡蛋。先天:开辟前。浑沌:宇宙未开辟时无有无无,无声无形无色无象之态。汉王充《论衡·谈天》:"说《易》者曰:'元气未分,浑沌为一。'"体:宇宙之本体。欤为疑问词尾,下准此。②胚腪(yùn):一作胚浑,有胚胎、胚芽义,生命最初的混沌状态。唐陆龟蒙《读〈阴符经〉寄鹿门子》诗:"生者死之根,死者生之根。方寸了十字,万化皆胚腪。"金元好问《游承天悬泉》诗:"太初元气未凝结,更欲何处留胚腪。"品汇:品种类别。《晋

书·孝友传序》:"分浑元而立体,道贯三灵;资品汇以顺名,功苞万象。"有始:从此开始。③非温而温:不加温而自温润。蛋虽在数九寒天而不冻结,故为不温而自温。天一:古神名。《史记·封禅书》:"人有上书,言'古者天子三年一用太牢祠神三一:天一、地一、太一'。"唐司马贞《索隐》引宋均曰:"天一、太一,北极神之别名。"此指北天极,又北方壬癸水,天一之水,即上天之真水、灵泉。④非燥而燥:蛋在水里不浸渍。不烤炙而自干燥。真阳:真阳本中医家名词,又称"肾阳""元阳"。为先天之真火,人体热能的源泉。此处真阳当指纯阳。古人以为阴阳二气合成宇宙万物。火为纯阳,水为纯阴。《北堂书钞》卷一四九引汉蔡邕《月令章句》:"天有纯阳积刚,运转无穷。"《易·乾》:"元、亨、利、贞。"唐孔颖达疏:"言此卦之德,有纯阳之性。"⑤守雌:道家所倡以宽柔之态处世。《老子》:"知其雄,守其雌,为天下豀。"吴澄注:"雄,谓刚强;雌,谓柔弱。"晋葛洪《抱朴子·至理》:"涤除玄览,守雌抱一。"此有母鸡孵蛋之意。抱一:道家谓坚守一定之道。一,指道。《老子》:"少则得,多则惑,是以圣人抱一以为天下式。"汉贾谊《新书·道术》:"言行抱一谓之贞,反贞为伪。"晋孙绰《喻道论》:"耳绝淫声,口忘甘苦,意放休戚,心去於累,胸中抱一。"⑥静:鸡蛋常处静态,没有外力则雌伏不动,看似无生,实则待时而动,此即其处静之理。⑦抑:或者。知时:知道时刻。鸡蛋孵化时,母子皆知其出生之时刻。啐啄:指鸡雏孵化出壳。小鸡将出壳时,即在壳内吮声,谓之"啐";母鸡为助其出而同时啮壳,称为"啄"。释家因以"啐啄同时"比喻机缘相投。⑧喈喈(jiē):鸟鸣声,此指小鸡之唧唧声。《尔雅·释鸟》:"行扈(hù)喈喈。宵扈啧啧。"郭璞注:"喈,音即。"《淮南子·原道训》:"乌之哑哑,鹊之喈喈,岂尝为寒暑燥湿变其声哉!"注中之扈为农桑候鸟之通称。⑨句意为同为鸡族,其形体则各不相同,其蛋之大小色泽亦各不同。⑩钜:同巨。前钜后细:指鸡蛋一端粗,一端细。⑪非黄非白:蛋中黄白兼具,故不能称其黄,亦不能说其白,此处也有非金非银之调侃意。汉应劭《风俗通·正失·淮南王安神仙》:"俗说淮南王安,招致宾客方术之士数千人,作《鸿宝》《苑秘》、枕中之书,铸成黄白,白日升天。"王利器校注:"《汉书·本传》注:'张晏曰:"黄,黄金;白,白银也。"'"诡谲(jué):奇异,奇怪,不可思议。《文选·王褒〈洞箫赋〉》:"趣从容其勿述兮,骛合遝以诡谲。"李善注:"诡谲,犹奇怪也。"李周翰注:

"诡谲，奇异。"此亦作者之调侃语。⑫齿：年齿，即年龄。《庄子·徐无鬼》："舜举乎童土之地，年齿长矣，聪明衰矣，而不得休归。"老齿即老龄，老人。

解 说

作者涂几，字守约，又字孟规。江西宜黄人。元末明初学者、诗人。生卒年未详。曾以学者李存为师，研究陆九渊理学。志尚高古，素有抱负，但体弱多病，又逢乱世，不得施展，以隐居著述称。明洪武初（1368），曾拟就时事策19篇，准备上进，因病未果。工诗文，与邹矩（1368~1398）（字元方。崇仁人。明初诗人）齐名，人称"邹涂"。文辞高雅，自出机杼。别具情致。著有《东游集》《涂子类稿》，存目于《四库全书总目》集部别集类，现已收入《四库全书存目丛书》。事见《江西通志》《四库全书》《明诗综》《明人小传》。

本篇系短篇咏物小赋，但却有以下特征：

一、历来多咏鸡之文却少见咏蛋之篇，其中"元气密受，母以子传"之句，令人想起鸡乎蛋乎，孰先孰后之争。

二、本文紧连鸿蒙开辟之说而议鸡蛋之形质，饶有兴趣而别开生面。当然，此非作者之首创，无论《云笈七签》或《三五历记》均以为"混沌如鸡子"。当其清浊未判之时，浑浑如天，即开辟前宇宙之混沌状态。这是中国古人对宇宙形成的理性看法，这种看法不承认宇宙之神造说，也不承认宇宙自来说，即宇宙自然而然地存在。而是有所来历，那就是"天地混沌如鸡子，盘古生其中"。这与今人宇宙始于一个高能质点大爆炸之说有相似之处。天地混沌如鸡子，鸡子虽不是一个点，但比起浩瀚宇宙，它实质上也只是一个点，在清浊未判，一片混沌之时，不存在时空的概念，它只是一个存在。而盘古生其中，天日高一丈，地日厚一丈，开始了宇宙的膨胀，宇宙的爆炸。当然，中国古人的"爆炸"比今人的爆炸说慢了许多，但比起宇宙存在的年龄，一万八千年也不过一瞬。同样，今人宇宙形成之初的大爆炸所用的时间，比起夸克的生灭，其时间之长也不可比拟。当然，中国古人的宇宙不是无限膨胀的，而是经一万八千年的膨胀而止，这与古人看到天上的日月星辰的大小与亮度几乎没有变化是密切相关的，他们以为除了行星而外，其余星辰的位置与大小都已经自那一万八千年以后，一直固定下来。这与当时人们的认识水平、科学水平密切相关，能这样理性地看待宇宙的成因，已经难能可贵了。

三、从"曰"起,便是卜者猜迷似的卜辞了。这些卜辞既描写了鸡蛋之形与质,也说了一些相关于鸡蛋引申出之哲理。

四、天南海北,说到最后,归结到鸡蛋之功用是充饱作饼,便利老齿,唯此独能,请赋鸡子。与起始句"二仪肇分,厥生不息"相呼应。人食鸡子,也是厥生不息之需啊。可谓亦庄亦谐,有始有终。

古代涉鸡文

书博鸡者事 明·高启

博鸡者袁人①,素无赖,不事产业,日抱鸡呼少年博市中,任气好斗,诸为里侠者皆下之。

元至正间,袁有守多惠政,民甚爱之。部使者臧,新贵,将按郡至袁。守自负年德,易之,闻其至,笑曰:"臧氏之子也②。"或以告臧,臧怒,欲中守法。会袁有豪民尝受守杖,知使者意嗛守③,即诬守纳已赇。使者遂逮守,胁服,夺其官。袁人大愤,然未有以报也。

一日,博鸡者遨于市。众知有为,因让之曰:"若素名勇,徒能藉贫屡者耳。彼豪民恃其资,诬去贤使君,袁人失父母。若诚丈夫,不能为使君一奋臂耶?"博鸡者曰:"诺!"即入闾左,呼子弟素健者,得数十人,遮豪民于道。豪民方华衣乘马,从群奴而驰。博鸡者直前捽下,提殴之。奴惊,各亡去。乃褫豪民衣自衣④,复自策其马,麾众拥豪民马前,反接、徇诸市,使自呼曰:"为民诬太守者视此!"一步一呼,不呼则杖,其背尽创……

日暮,至豪民第门,捽使跪,数之曰:"若为民不自谨,冒使君,杖汝,法也。敢用是为怨望!又投间蔑污使君,使罢。汝罪宜死。今姑贷汝，后不善自改，且复妄言，我当焚汝庐、戕汝家矣！"豪民气尽，以额叩地，谢不敢。乃释之。

博鸡者因告众曰："是足以报使君未耶？"众曰："若所为诚快，然使君冤未白，犹无益也。"博鸡者曰："然。"即连楮为巨幅，广二丈，大书一"屈"字，以两竿夹揭之，走诉行御史台。台臣弗为理。乃与其徒日张"屈"字游金陵市中。台臣惭，追受其牒，为复守官而黜使者。

方是时，博鸡者以义闻东南。

注释

①袁：袁州路，在今江西宜春一带。②臧氏之子：语出《孟子·梁惠王下》，指鲁平公宠臣臧仓，曾阻止平公见孟子。③嗛（xián）：怀恨。④褫（chǐ）：剥去。

书鸡鹤事 明·王世贞

余恒以未明起礼诵，而虞不获①。时童子买一鸡，犹稚，久之始能啼。然不为置敌偶，不辨其能斗与否也。园丁以一驯鹤至，步中庭饮食自如。鸡始自匿不敢近，已就食焉而稍亲，已又若有竞者。鸡倏起搏鹤，鹤喙其冠而举之，数掷乃下，冠血淬淬流矣。鸡复奋翼起，高与鹤齐，然不能突其喙而入。鹤复喙翼而举之，又数掷不下。童子为解之，鸡尚竦身自淬砺也②。已复前，则为鹤所蹈，而数喙其翅，羽离披散坠，童子惧其遂毙也，抱而去，息之它所。

浃晨③，鹤复食庭中，鸡匿身松柏间，忽然从后奄至，趣其后距④。鹤惊不暇，反顾而走，则追逐之。走愈急，逐愈劲，匿跳入水中乃已。又明日，园丁复以鹤之雄至，谓戾足以刺五尺童子者⑤。鸡复持击前鹤法击之，则败遁愈甚。自是鹤匿林，左右探伺，计惟有走而已。

嗟夫！鹤之形，高五倍于鸡，其大三倍之，其力四倍之。鸡不以不相当，故逆；自沮斗而不以伤，故退却。从容以定其气，多方以图其间，掩其所不备，攻其所不能，顾破其胆，使不复振。夫岂直悍勇跻敢哉？厥亦有胆智焉。季路之所以饰而冠也。彼二鹤者，但植立毋缩，一喙足以逆十距无难也。计不出此，而不羞走者，何也？汝独不忧夫摩空之雕⑥，俯而尽汝技，汝不血肉乎？为我语山司徒曰：稽延祖孱且败矣！

注 释

①虞不获：担心做不到。②淬砺：磨炼砥砺，准备再战。③浃晨：次日早晨。④趣：通"促"，逼近。⑤戾足：犹翻足，举足。⑥汝：谓鹤。

编后记

本辑由《申猴卷》与《酉鸡卷》组成。

猴虽不在六畜之列,不是人们蓄养的动物,而是野外的树栖动物,山野、丛林是其主要活动场所,但猴类与人类的关系也颇为密切。过去时代,尤其在古代,当时不止在山上,在平原地带,只要不是田畴密布之所,也有成片成片的树林,也有猿猴在其间栖息,猴类也就成了人的紧邻,成了人们习见的动物。

从我们选入的涉猴诗词曲赋作品来看,有两个说法对后来的涉猿文艺创作有着不可忽视的影响,一是晋葛洪《抱朴子》所说:"周穆王南征,一军尽化。君子为猿为鹤,小人为虫为沙。"周穆王南征事不见诸史传,葛洪或别有所本,但这对后世涉猿词赋却影响不小。猿鹤、虫沙也就成了士人以及黎庶因兵燹战乱而枉死的代称。因为猿与人同属灵长类,猿猴比之别的动物更像人,所以葛洪以为,猿是死于战乱者之冤魂所化,因而猿往往成了悲剧性角色。不过从进化论的观点来看,葛洪的说法把人猿关系弄颠倒了,不是人化成了猿,而是一部分猿、类人猿,进化成了人。

另一个重要影响是北魏郦道元的《水经注》造成的,造成这一影响的其实只有两句话,即:"巴东三峡巫峡长,猿鸣三声泪沾裳。"杜甫就是受其影响者之一,其《秋兴八首》之一就有"听猿实下三声泪"之句,本册涉猿诗词中,不少作者都用到三峡清猿长啸这一景象。

四川在历史上,以猿猴多,至少是捕捉多而著称,过去民间有"四川猴子河南人牵"的说法。这是因为过去"唱猴戏"的多是河南人。"唱猴戏"这种民间表演形式,今天已经看不到了。过去人们文化生活贫乏,尤其是农村,不仅没有电影电视,连戏曲也没有机会看到。演木偶戏(川人俗称"被单戏")、猴戏,便成了人们偶尔一遇的文化娱乐。而演猴戏者,多为远道而来的河南人。

猴类中最负盛名者当然是《西游记》中的主角孙悟空,他不仅是中国的,也是世界的。《申猴卷》中,读者从所选的《龙济山野猿听经》等戏曲节选

中，可以看到《西游记》小说之成书过程。

鸡是六畜之一，是家禽，一般而论，在六畜中是体形最小者。在农家中，甚至在城市中，在皇宫中，却往往是最重要者。至少从两个方面可以看出它的重要。

一、鸡能报时，过去别说是农家没有报时的水漏沙漏那样的设备，就是庄园主、大商家也没有这些设备，更古一点，乃至朝堂，也要听鸡声而会百官，《诗经》中就有"女曰鸡鸣"，"匪则鸣"这样的对话。就是关隘，也要听鸡声而启闭。战国时齐之孟尝君能出函谷关，躲过秦昭王的追杀，靠的就是其门客中有人能学鸡鸣，引得一城之鸡皆鸣。故守关者将关门打开，孟尝君得以死里逃生。

昔人称鸡为翰音，把书斋称为鸡窗，而"三更灯火五更鸡，正是男儿读书时"正是读书人闻鸡声而发奋之写照。晋刘琨与祖逖"闻鸡起舞"之典故，更成为千古流传的励志名言。

二、在农家，杀猪宰牛绝非轻而易举之事，即使杀羊，也非想杀就能杀，但杀只鸡，至少吃个鸡蛋，却并非难事。《论语》中就有荷蓧丈人杀鸡为黍招待子路的记载。唐诗人孟浩然也有"故人具鸡黍，邀我至田家"之句，可见农村以鸡待客为常例。

斗鸡在古代之贵胄公子间，是一种经常进行并乐此不疲的游戏。曹植等建安文人也热衷于此，并有斗鸡诗篇流传后世。据说初唐文坛四杰的王勃，因为一篇《檄英王鸡》赋，惹恼了唐高宗，差一点罹杀身之祸。以二十九岁英年，死于赴交趾探亲的渡海途中。

历史上最大的斗鸡玩家要数风流天子唐明皇，为其养斗鸡的小儿贾昌，因其所养斗鸡十分出色，而混到了一个五品服色，比那些十年寒窗苦读，有幸入学中举的士人还要风光。大唐之由盛转衰，未必与李隆基晚年的懈怠朝政，醉心于游乐无关。

由于科技发达，我国经济日益发展，20世纪以来，不仅城市，即使边远农村，钟表手机等已经普及，再也不用闻鸡作息。公鸡司晨的作用已经不复存在，兼以大型养殖场的发展，一家一户养鸡生蛋的日子也渐次结束，鸡鸣声也渐从人们的耳廓淡出，活鸡的身影也从人们的视界淡出，也许，子孙后代会有鸡蛋从哪里来的怪问。

这本书,可以为读者提供有关鸡的知识,历史上有关鸡的一些传闻及鸡在人类生活中所起的作用,以及鸡对人类文明进步所作的贡献,从而对这种家禽产生一种感恩之情,能够从闻鸡起舞这一类故事中得到激励,那就是对编书者的莫大鼓励,莫大慰藉。

　　本书所引先秦文学作品《诗经》《楚辞》等一般分章排列,古风、歌行体及排律体诗,一般连排。近体诗,即五言绝、律;七言绝、律,则两行一排。赋则分段连排。接下来是注释,解说;对于较难读之字,则用汉语拼音注音,以便读者。

　　本书重在注释与解说。注释是为了扫清读者阅读的障碍,并获得与相关内容有密切联系的更多文学与历史知识,因而不仅释其今义,并力求究其源头,即所谓辞源。不仅期望为一般爱好者提供一部可读性、趣味强的生肖读物,也期望为从事生肖研究工作者提供一套可资参考的工具书。

　　由于我们水平有限,资料不全,难免讹误,敬希读者不吝赐教。

　　本辑《申猴卷》由冯广宏校改,何焱林核补;《酉鸡卷》由何焱林校改,冯广宏核补。

编者识

编后记